古堰华彩

——都江堰市建市三十周年回望

中共都江堰市委宣传部
都江堰市文学艺术界联合会　　编著

光明日报出版社

图书在版编目（CIP）数据

古堰华彩：都江堰市建市三十周年回望 / 中共都江
堰市委宣传部, 都江堰市文学艺术界联合会编著. -- 北京：
光明日报出版社, 2018.8
　　ISBN　978-7-5194-4529-4

　　Ⅰ.①古…　Ⅱ.①中…　②都…Ⅲ.①纪实文学–作
品集–中国–当代　Ⅳ.①I25

中国版本图书馆 CIP 数据核字(2018)第 192850 号

古堰华彩 ： 都江堰市建市三十周年回望
GUYAN HUACAI　DUJIANGYANSHI JIANSHI SANSHI ZHOUNIAN HUIWANG

编　　著：中共都江堰市委宣传部　都江堰市文学艺术界联合会

责任编辑：李壬杰　　　　　　　责任校对：吕杭君
封面设计：景秀文化　　　　　　责任印制：曹　净

出版发行：光明日报出版社
地　　址：北京市西城区永安路 106 号，100050
电　　话：010-67021047（咨询），010-63131930（邮购）
传　　真：010-67078227，67078255
网　　址：http://book.gmw.cn
E – Mail：lirenjiem@126.com
法律顾问：北京德恒律师事务所龚柳方律师

印　　刷：四川科德彩色数码科技有限公司
装　　订：四川科德彩色数码科技有限公司
本书如有破损、缺页、装订错误，请与本社联系调换，电话：010-67019571

开　　本：145mm×210mm　　　印　　张：10
字　　数：250 千字
版　　次：2018 年 8 月第 1 版
印　　次：2018 年 8 月第 1 次印刷
书　　号：ISBN　978-7-5194-4529-4

定　　价：38.00元

三十而立话辉煌（序）

唐小峰

　　都江堰从远古走来，李白在蜀道难中写道：尔来四万八千岁，不与秦塞通人烟。显然是夸张了古蜀国的历史。但《蜀王本纪》和《华阳国志》却有着这样的记载：鱼凫田于湔山。有王杜宇，教民务农，移治郫邑。充分说明了于今之都江堰市，在杜宇以前相当长的时期中，都是古蜀国的活动中心。老灌县境内最早的政区设置，最早当属始于秦的湔氐道，汉升为县，蜀汉时称湔县。曹魏灭蜀，改湔县为晏官县。南齐设齐基县，北周改齐基县为清城县。唐武德六年（623）设导江县，后改置清城县，开元十八年（730）去水作青城县。前蜀置灌州，北宋改灌州为永康军，元又置灌州。明太祖洪武九年（1376）降灌州为灌县，直至1988年撤销灌县，建立都江堰市，最终结束了自明以来建县612年的历史。在都江堰的历史进程中，撤县建市无疑是一个重大的历史事件，它开启了都江堰跨越发展的新篇章，具有划时代的重要意义。

　　三十年风雨如磐，沧桑巨变，蓦然回首，那山、那水、那人、那城已在悠悠历史岁月中褪去昔日色彩，而记忆中那些泛黄的陈年往事却鲜活照旧，历久弥新。如今当人们再次低头俯瞰都江堰山水大地时，辽阔的大地一片生机勃勃，连2008年那次地震浩劫也被青山绿水掩去，只留下都江堰人代代传承的感恩。

回溯都江堰市的发展轨迹，需要把时钟回拨到三十年前。1988 年 3 月 3 日，国务院批复：同意撤销灌县、设立都江堰市（县级）。1988 年 4 月 29 日，四川省人民政府〔1988〕151 号函正式下达：

> 经国务院批准，同意撤销灌县，设立都江堰市（省辖县级市）。由省直辖，成都市代管。

1988 年 5 月 20 日，古老而美丽的灌县城乡都沉浸在建市的喜悦之中。这一天，彩旗飘扬，人流如潮，欢歌四起。人们用不同的方式，来庆祝灌县历史性的转折，庆祝都江堰市的诞生。自此，都江堰的历史，开始了全新的一页。

三十而立，对一个人而言，三十岁的人生历经磨炼能自立于世；对于一座城市来讲，三十年的岁月是一部风雨兼程的发展史诗。

该用什么样的词汇来回顾都江堰这三十年？有人说，这是不忘初心，砥砺前行的三十年；有人说，这是一个飞速发展的三十年；有人说，这是充满激情和干劲的三十年……

三十年前，新成立的都江堰市，各项事业刚刚起步，人民生活水平处于温饱；三十年间，都江堰伴随着发展的浪潮，在社会主义现代化建设的大道上奋勇前行；三十年后，都江堰实现了前所未有的历史性跨越，工业、农业、旅游业全面发展，正向着建设更高水平小康社会大步迈进。国家卫生城市、中国优秀旅游城市、中国宜居城市，世界自然、文化遗产地……这一项项桂冠，是对都江堰市三十年发展印记的最佳注解。

三十年前，都江堰从起点出发，创造了前所未有的辉煌；三十年后，都江堰从又一个新的起点出发，开始又一段逐梦之旅。

站在三十而立的节点上，我们面对的未来，也许路途难免坎坷，但我们目光坚定向前，矢志不渝。在党中央的领导下，我们一定会完成我们的大国梦想。

2018 年是都江堰撤县建市三十周年，为充分展示三十年以来都江堰市在政治经济、社会文化、生态文明等领域取得的辉煌成果和喜人成就，热情讴歌全市人民解放思想、凝心聚力、奋发有为、与时俱进的创业精神，激发全市人民热爱家乡、建设家乡的热情，以更加饱满的激情、昂扬的斗志适应新时代、新常态，实现新跨越，我们特编辑了这本向建市三十年献礼、表达殷切之意的文集。

目　录

第三章　如椽巨笔写宏篇

第四章　千家万户入画图

第一章 天翻地覆慨而慷

结束 612 年漫长的建县史，老灌县华丽转身。撤县建市，历史赋予都江堰新的使命。积淀丰厚的文化潜质，使建市后的第一波便惊世骇俗。

岁月流金党旗飘
——都江堰市建市三十周年党建工作巡礼

南 风

岁月流金，党旗高扬。

在建市三十年波澜壮阔的岁月中，鲜红的党旗始终在都江堰改革发展的大潮中高高飘扬，引领和激励着都江堰人民不断开拓进取，阔步向前。光辉的历程无时无刻不在昭示我们：实现跨越，关键在党；再创辉煌，希望在党。

思想：凝聚力量引领航向

如何通过思想建设引领都江堰走在时代前列？这是三十年来都江堰始终在思考和探索的课题。踏着改革开放的铿锵步履，一代又一代都江堰共产党人高举实事求是、解放思想的旗帜，始终保持思想的敏锐性和开放度，打破传统思维定式，以思想认识的新飞跃，永立时代潮流之端，走在改革开放前沿，不断开创工作新局面，在古堰大地上谱写了一部解放思想、与时俱进、开拓进取的宏伟史诗。

20 世纪 90 年代，都江堰市掀起七次学习邓小平理论热潮。通过学习，市委牢固树立解放思想、改革开放的理念，率领全市人民朝着对外开放、深化改革的大道奋勇向前。

1988 年撤县建市之初，市委的打算是把都江堰市建成风景旅游城市，隶属成都市辖中等城市。1988—1998 这十年间，我市坚持大市场、大旅游的思路，把旅游产业作为全市经济发展的先导和支柱，坚持规划、建设、管理、保护并重的原则，实行多渠道、多形式开发旅游产业，投入资金 10 亿多元，配套完善了都江堰、青城山、龙池等景区，加快开发了青城后山、青城外山、青城高尔夫俱乐部等景区景点。1997 年，接待中外游客 431 万人次，比建市前的 1987 年增长 48.6%。旅游收入从 1987 年的 487 万元猛增到 1997 年的 3.25 亿元。以旅游业为龙头的第三产业在国内生产总值的比重达 40.6% 以上，比 1987 年增长 15.15 个百分点，成为我市国民经济的一大支柱。

旅游资源是都江堰市旅游业赖以发展和壮大的根基。为了尽快把资源优势转化为产业优势，进而转化为市场优势，1998 年开始，市委、市政府确立了"开明促开放，开放促开发，大开发促大发展"的发展思路，走出"肥水不流外人田"的误区，把旅游开发推向市场，制定了"谁投资、谁受益、谁所有"的综合开发配套举措。

在此基础上，我市以创建这个优秀旅游城市为目标，狠抓城市规划、建设和管理，塑造名城形象，形成成都城市建设副中心。随后，时任市委书记侯雄飞在建市十周年庆祝大会上提出"坚持旅游兴市、工业强市、农业产业化富农村"的经济发展思路和"把都江堰市建设成为综合经济实力较强的中国优秀旅游城市"的奋斗目标。

按照国家优秀旅游城市硬件标准，坚持"精、美、特"的思路，逐步实施城区河道亮河边工程，集中力量抓好幸福大道开发建设，真正体现山、水、城、林、堰、桥融为一体的旅游城市特色，向中国优秀旅游城市目标冲刺。

经过全市上下的努力，我市还先后荣获"中国最佳旅游城市"和"中国最佳魅力城市"称号。2000 年，荣获"全国历史文化名城"称号。2004年，都江堰市已建设成为中国首批优秀旅游城市。2006年，青城山—都江堰被列入《世界文化遗产名录》。2009年，都江堰市荣获"中国楹联文化城市"称号。

信念：坚守共产党人精神追求

理想信念乃精神之"钙"。没有崇高信仰和坚定信念，精神就会"缺钙"。崇高信仰、坚定信念不会自发产生，必须坚持思想理论建设，用科学理论武装头脑。社会主义初级阶段理论学习、党的基本路线教育、坚持四项基本原则宣传教育、掀起邓小平理论学习热潮、开展"三讲"教育活动、"三个代表"重要思想学习教育活动、保持党员先进性教育活动、深入学习实践科学发展观活动、推进学习型党组织建设、创先争优活动、党的群众路线教育实践活动、"两学一做""三严三实"学习教育、贯彻落实习近平同志新时代中国特色社会主义思想……

建市三十年来，都江堰市始终把思想理论建设放在党的建设的首位，思想武装的步伐铿锵有力。立足"都江堰实践"建基地，围绕"都江堰精神"搞教学，突出"都江堰特色"配师资，在加强理想信念教育和党性教育的过程中，都江堰市初步形成了自己的特色。

推进党员干部理想信念和党性教育的实践，是我市开展基层组织建设年活动的一个缩影。为贯彻落实省第十次党代会、成都市第十二次党代会精神，进一步加强理想信念教育和党性教育，着力提高党员干部思想政治素质，市委组织部特制定了开展理想信念教育和党性教育的实施方案，重点围绕理想信念教育、革命传统教育、道德情操教育、忠诚教育、权力责任教育、拒腐防变教育六个方面抓好培训。此外，还充分发挥成都村政学院、市委党校主阵地作用，利用党员干部教育微党校开展大规模轮训，大力提升党员领导干部的党性修养，2012年培训党员领导干部3000人，2013年起每年培训党员领导干部都不少于5000人。

在全国党员干部现代远程教育网络的基础上，我市立足实际，采用创建"都江堰党建""廉洁都江堰"公众号，与都江堰广播电视台、《都江堰快报》联办《古堰先锋》《古堰党建》栏目，建立一系列党员干部现场教育基地、党员干部勤廉教育基地，并通过网上党校、网上讲堂、网上论坛、短信、微博、QQ等形式，加大党员干部教育的互动性，开展"订单式""菜单式""点播式"的在线学习、讨论、辅导活动。这些行之有效的举措，突破了传统党员教育方式的时空局限，扩大了党员教育的覆盖面，使新媒体成为党员理想信念教育的新载体。

党的十八大报告指出，"共产党人必须坚定理想信念，坚守共产党人精神追求。对马克思主义的信仰，对社会主义和共产主义的信念，是共产党人的政治灵魂，是共产党人经受住任何考验的精神支柱。"在"两学一做"中，我市突出坚定理想信念这个根本要求，教育引导全市党员干部自觉加强党性修养和品德修养，增强党纪观念，努力提高辨别能力、政治定力和实践能力。

坚定的理想信念，历来是共产党员的立身之本、动力之源。革命战争年代，无数先烈为了共产主义事业不惜抛头颅、洒热血；在社会主义建设时期，广大党员牢记党的宗旨，充分发挥先锋模范作用。可以说，我们所取得的一切成就，都与始终坚持理想信念密不可分。

"两学一做"学习教育既是2016年以来组织工作的首要任务，也是巩固拓展党的群众路线教育实践活动和"三严三实"专题教育成果，深化党内教育的又一次重要实践，更是推动党内教育从"关键少数"向广大党员拓展、从集中性教育向经常性教育延伸的重要举措，是加强党的思想政治建设的重要部署。

按照中央、四川省委、成都市委部署要求，都江堰市各级党组织和广大党员扎实深入开展"两学一做"学习教育，各项工作得到有力、有序、有效推进。"五个突出"推进学习教育深入开展的经验和做法受到成都市委组织部充分肯定，分别是：突出"学"这个基础，抓实抓常增强思想自觉；突出"引"这个导向，多维度营造学习教育氛围；突出"做"这个关键，以知促行争当合格党员；突出"改"这个重点，落细落小分类深入整改；突出"干"这个核心，担当尽责服务中心大局。

我市坚持把推动中心工作、促进事业发展作为检验"两学一做"学习教育成效的重要标准，引导各级基层党组织和广大党员干部勇于担当、干事创业。期间，先后抽调 200 余名优秀干部参与滨江新区建设、棚户区改造、"一核多元、合作共治"党建引领基层治理创新等重点工作，选派 35 名"第一书记"驻村帮扶（其中成都市选派 11 名），推动各项工作落实落地，营造了"干在实处、走在前列"的良好氛围。推动改革发展取得新成效，启动国家全域旅游示范区创建，有力推进国家卫生城市、全国文明城市和全国平安建设先进县创建，获评四川省现代农业（林业）重点市（县）。

理念：既要金山银山，更要绿水青山

"发展不进则退，慢进也是退""既要金山银山，更要绿水青山"……通过一次次思想的洗礼，我市广大党员干部逐步转变安于现状、因循守旧的观念，牢固树立科学发展、绿色发展、"五位一体""四个全面"的理念，认识有了新的升华。

党的十八大以来，都江堰市深入贯彻中央、四川省、成都市有关部署，扎实做好稳增长、促改革、调结构、惠民生等各项工作，经济社会实现平稳健康发展。经济发展稳中有进，产业转型有序推进，品质城市持续打造，改革开放力度加大，社会大局和谐稳定，管党治党从严从实。绿色发展建设美丽都江堰是落实中央"五位一体"总体布局、"四个全面"战略布局的具体实践，是都江堰市加快建设国际旅游名城的核心优势、永续动力和必由路径。都江堰市作为长江上游生态屏障和成都市唯一水源涵养地，承担着义不容辞的生态保护责任。都江堰市水源一旦受到污染，对成都市上千万市民是无法交代的。

2016年1月15日，市委第十四届三次全体（扩大）会议圆满召开，全会审议通过了《中共都江堰市委关于坚持绿色发展建设国际旅游名城的实施意见》。在成都建设全面体现新发展理念的国家中心城市的关键时刻，都江堰市这座世界双遗之城，大力践行成都市委"西控"战略，倾力建设绿色都江堰，永葆世界自然文化"双遗产"本色，构建适应绿色发展的空间体系、产业体系、城乡体系和制度体系。

2017年以来，都江堰市明确提出打造"国际生态旅游名城"，力争建成国家中心城市中旅游吸引力最强、旅游业态品质最高、旅游综合服务最完善的旅游产业核心功能区。在中国共产党都江堰市第十四届委员会第六次全体（扩大）会议上提出了打造"国际生态旅游名城"，争做成都建设全面体现新发展理念的国家中心城市的绿色发展示范区这一目标。

《中共都江堰市委关于贯彻落实"西控"战略加快建设国际生态旅游名城的实施意见》提出构建"双心两区"全域空间发展格局。其中都江堰主城以灌县古城提升、滨江新区建设为重点，以绿地网络、慢行交通体系构建为基础，打造以文化娱乐、商贸服务为主的旅游城市核心。以建设国际生态旅游名城为目标，都江堰市以加强生态环境保护为基础，以创新体制机制为动力，围绕"双心两区"全域空间发展格局，加快构建具有都江堰特质、旅游与其他产业融合发展的现代产业体系，探索生态、产业和城市协调发展模式，争做成都建设全面体现新发展理念的国家中心城市的绿色发展示范区。

都江堰水利工程、道教发源地青城山、大熊猫乐园、熊猫谷……拥有多张成都城市名片的都江堰市，在落实成都市空间发展战略"西控"时，将如何定义自己新的历史使命和城市功能？将有怎样的发展格局和战略定位？市委书记卢胜通过一系列调研后认为，通过总体城市设计，充分考虑旅游城市"山、水、人、文"四要素的协调融合，我市将形成"一核、两翼、三轴六心、五廊串珠"的空间结构，塑造"望得见山，看得见水"的田园城市形态。

都江堰市本轮规划，根据乡村振兴战略，优化构建"主体功能区—特色镇——一般镇/新型社区/林盘聚落"的三级城镇体系，规划形成 4＋1 个主体功能区、4 个特色镇、7 个一般镇、11 个新型社区、187 个林盘聚落的城乡体系。卢胜表示，希望以此来打造蕴含天府文化、独具川西魅力的现代美丽乡村，努力争当成都乡村振兴和城乡融合发展的样板和示范。

"一核"是指古城核心；"两翼"包括沿灵岩山边界和赵公山边界的城市沿山边界景观；"三轴"分别是滨水旅游服务轴、城市综合服务轴、文创旅游轴；"六心"是在滨江新区、高铁枢纽、迎宾大道、都江堰大道、柏条河、壹街区六处形成的景观中心；"五廊"分别是沿黑石河、江安河、走马河、柏条河、蒲阳河形成的沿河景观廊道。

山泉多的地方，河流总是澎湃。在都江堰每一个发展的关键点上，思想理论都成为最有力的武器，为都江堰市指引前进的方向，最大限度地凝聚起智慧与力量，引领都江堰市阔步走在时代前列。

队伍：德才兼修砥柱中流

推动都江堰市发展改革稳定，核心在党、关键在人。最近五年多以来，市委狠抓从严从实、管党治党，着力营造建设国际生态旅游名城的风清气正环境。全市各级党组织切实担负起全面从严治党主体责任，引领广大党员干部不忘初心、继续前进，齐心协力推动新一轮发展，把党的政治优势和组织优势转化为建设国际生态旅游名城的坚强保证。

一是坚守绝对忠诚的政治信仰。坚持把理想信念教育作为强化忠诚信仰的战略任务，突出抓好习近平总书记系列重要讲话精神的深入学习、准确把握、实践运用，不断增强政治意识、大局意识、核心意识、看齐意识，引导广大党员干部主动肩负建设国际旅游名城的责任担当。坚持把严肃党内政治生活作为锤炼党性的主要平台，严格执行党内政治生活各项制度，切实提高贯彻执行民主集中制自觉性，严格执行议事规则和决策程序，不断推进党的建设制度化、规范化、程序化。坚持把学习型党组织建设作为思想建设的主要抓手，完善党委中心组学习制度，改革党校办学模式，优化提升成都村政学院，打造全国基层干部教育培训一流品牌。坚持理论联系实际，建立健全"两学一做"长效机制，切实把理论武装成果转化为谋划发展的思路、促进发展的措施、领导发展的本领，引导全体党员模范践行"四讲四有"，争做合格党员、干事先锋。全面落实意识形态工作责任制，牢牢掌握意识形态工作领导权、话语权，引领社会思潮沿着正确、健康方向发展。

二是锻造崇严尚实的干部队伍。坚持好干部标准和"三重"用人导向，坚持德才兼备、以德为先，树立坚定忠诚、敢于担当、清正廉洁、群众公认的鲜明导向，努力造就一支高素质干部队伍。严格执行干部选拔任用制度，坚决防止和纠正选人用人上的不正之风，认真执行和完善干部选拔任用廉政审核和考核评价等制度，落实干部选拔任用监督机制和责任追究制度，防止干部"带病提拔"。健全领导班子综合分析研判制度，着力优化班子结构；提升广大干部的精神区位，锻造具有"工匠精神"的干部队伍。健全干部监督管理制度，重点加强党政正职、关键岗位干部的管理，严格干部日常监督管理，落实党政正职和领导班子抓党建工作责任、选人用人责任、任期经济责任等联审巡查制度，健全干部谈心谈话、函询诫勉等制度，推动干部能上能下。加大优秀年轻干部培养选拔力度，重视培养女干部、少数民族干部、党外干部，注重从基层一线选拔干部。开展产业人才专项服务行动，引进一批高层次人才及团队。提升人才公共服务效能，营造人才发展良好环境。高度重视老干部工作。

三是打造坚强有力的基层堡垒。严格落实党建工作责任制，认真践行省委"落实到基层、落实靠基层"重大要求，层层压实党委管党建、书记抓党建的领导责任。全面加强各领域基层党建工作，坚持党建工作重心下移，强化社区、机关、国有企事业单位等基层党组织建设，推动基层党建全面进步、全面过硬。推进服务型党组织建设，大力创新服务载体和方式，全面推进社区党建标准化规范化建设，打通服务群众"最后一公里"，不断增强党的影响力和凝聚力。持续深化党建工作品牌。探索党建引领发展有效途径，积极创建一批内涵深、特色明、实效好、叫得响、树得住的"商圈党建""两新党建""区域党建"等特色党建工作品牌，充分发挥示范带动效应，全面提升全市党的建设科学化水平。进一步健全党的基层组织体系，深入整顿软弱涣散基层党组织，加强基层党组织队伍建设，选优配强基层党组织带头人。关心和爱护基层干部，保障基层干部的合理待遇。严格落实"三会一课"等制度，提高组织生活质量。把好发展党员质量关，注重在高层次人才和基层优秀人才中发展党员，培育和树立党员先进典型，激发广大党员干部坚定信心、鼓足干劲、增强创造活力。

四是狠抓"人才兴旅"。2017年9月19日，市委召开第37次常委会议，专题审议通过了《都江堰市实施人才兴旅发展战略行动计划（试行）》（以下称《行动计划》）和《关于深化人才发展体制机制改革助推国际生态旅游名城建设实施意见》（以下称《实施意见》），力争建立更具竞争力和灵活性的人才发展体制机制，最大限度激发和释放人才创新、创业活力。《行动计划》和《实施意见》结合成都市大政方针和都江堰市经济社会发展实际，是对人才引进培育工作的一次全新突破。《行动计划》主要围绕贯彻《成都实施人才优先发展战略行动计划》，从扶持高层次人才创新创业、加大急需紧缺人才引进力度、成立旅游精英人才国际化发展专项基金、统筹推进五支旅游人才队伍建设、建立经济社会发展专家智库、引导激励多元化引才、实施本土优秀人才育苗计划、强化创新创业平台扶持、推动校地企联动平台建设、鼓励青年人才来都江堰市落户、加大人才住房保障力度和健全人才服务配套机制十二个方面来实施人才兴旅发展战略，不断强化人才支撑。《实施意见》提出，都江堰市将力争通过三年努力，基本构建起与建设国际生态旅游名城相适应的人才制度体系，人才引、育、用、管机制更加完善，形成人才引领创新、人才支撑发展的生动格局；力争通过五年努力，基本形成与建设国际生态旅游名城相匹配的规模宏大、结构优化、布局合理、富有创新精神的人才队伍，形成科学规范、开放包容、运行高效的人才发展治理体系。

廉洁：拒腐防变永葆本色

为了巩固风清气正的政治生态，都江堰市持之以恒落实中央八项规定精神，坚决整治和查处侵害群众利益问题，推动全面从严治党向基层延伸，防止"四风"问题反弹回潮。严格执行《中国共产党廉洁自律准则》《中国共产党纪律处分条例》和《中国共产党问责条例》，进一步规范党员干部行为，维护纪律的严肃性和权威性。建立健全一抓到底、跟踪问效的工作机制，重实际、说实话、办实事、求实效。积极构建"亲""清"政商关系，做到既亲近企业、优化服务，又清廉交往、遵纪守法。

我市坚持无禁区、全覆盖、零容忍，严肃查处上有政策、下有对策和有令不行、有禁不止行为，严肃查处工程建设、征地拆迁、资金管理、选人用人等领域案件，严肃查处党员干部滥用职权、贪污受贿、失职渎职等案件，以铁的意志、铁的手腕，坚定不移反对腐败。始终把纪律和规矩挺在前面，实践运用好监督执纪"四种形态"，紧盯作风领域问题的新形式、新动向，常态化开展全面巡察、重点巡察、专项巡察工作，着力整治"庸懒散浮拖""为官不为"等问题。

进一步扎紧制度笼子，坚决推进廉政监督机制创新，完善乡镇（街道）、市级部门党政正职监督暂行规定等制度，加快构建不敢腐、不能腐、不想腐的长效机制。

"老虎苍蝇一起打"。在全市 20 个社区推行"微权力"治理试点，以框制权力清单为支撑，以再造优化流程为抓手，逐步构建了科学明权、规范量权、阳光晒权、多方管权的社区治理体系。五年来，积极推进转职能、转方式、转作风，党风廉政建设和反腐败工作取得明显成效，宣传教育、纪律审查等工作连年位居成都市前列，2013 年被成都市委市政府授予"执行党风廉政建设责任制先进单位"称号；2014年被成都市纪委授予"落实党风廉政建设监督责任先进单位"称号。

数字印证足迹。五年来，都江堰市坚持突出主责主业，强化监督执纪问责，消除了"塌方式"腐败的恶劣影响，遏制了"苍蝇式"腐败蔓延势头，风清气正的良好政治生态基本形成。全市共立案查处512件561人，其中，局级干部59人、一般干部232人、村组干部141人，移送司法和司法移送处理77人。实践运用"四种形态"，谈话函询413人次、诫勉谈话185人次、批评教育350余人次、发出纪律检查建议书26份。切实发挥市委反腐败协调小组的作用，建立反映党员干部问题线索相互移送制度，全面清理存量问题线索，问题线索处置率达100%。

荣誉见证辉煌。近年来，都江堰市围绕"一核多元、合作共治"基层治理机制，以融入式党建为治理牵引，以院落（小区）基本单元为治理依托，以培育多元社会组织为治理支撑，以院落环境整治和城乡物业管理全覆盖为治理载体，探索了一条"党组织领导、村（居）委会管理、群众主体、多元支撑、依法治理"的基层治理新路子，巩固了社会治理中基层治理这一最基础的环节，构建了完善的服务群众"最后一公里"和群众自治"最先一公里"的工作机制，初步形成了党建引领、多元共治的基层善治新格局。基层治理创新经验被《人民日报内部参阅》、人民网、《四川党的建设》等作为地方创新经验刊用。2015年12月，在北京举行的"第二届地方改革创新成果新闻发布会暨基层治理创新发展地方经验报告会"上，都江堰市以《党建引领院落自治——深化"一核多元、合作共治"基层治理机制都江堰探索》为题，全面介绍了都江堰市深化"一核多元，合作共治"基层治理的工作机制及党建引领社会基层治理的创新经验。2016年11月11日，都江堰市基层治理创新工作被国家行政学院、人民网选评为"2016年全国创新社会治理优秀案例"。

2008年5月12日，是都江堰人民最难以忘怀的一年，是全市党员干部经受严峻考验的一年。面对8.0级特大地震来袭，在市委的坚强领导下，迅速形成了党政协调、上下贯通、干群配合、军民一体的抗震救灾工作格局。在大灾大难面前，全市党员干部身先士卒，不畏艰险，冲锋在前，勇挑重担，科学救灾，服从大局，百日攻坚。

抗震救灾期间，广大党员干部既当指挥员，又当战斗员，充分发挥了先锋模范作用和战斗堡垒作用，与广大解放军指战员、志愿者、救援者、建设者一道，夺取了都江堰市抗震救灾、应急抢险、过渡安置、永久安置的一系列重大胜利。他们当中，先后涌现出42个获国家级和省部级表彰的先进集体、84个获国家级和省部级表彰的先进个人。

三十年间，一批先进党委、党支部怀着赤诚为民的真心，赢得了人民群众的真心，从项目建设到招商引资，从文明创建到征地拆迁，从志愿服务到救困帮扶，各级基层党组织成为都江堰市改革发展的坚强堡垒和力量之源。2011年，天马镇党委书记、镇人大常委会主席竹柯被授予"全国优秀党务工作者"称号。2012年，天马镇党委荣获"全国创先争优先进基层党组织"称号。

问渠那得清如许？为有源头活水来。正是因为有这样一支强大的干部队伍作为中坚力量，都江堰的发展才会如此迅速，都江堰的明天才更加令人期待。

雄关漫道，从头再越。三十年的辉煌，注定被历史铭记。时间在流逝，城乡在巨变，唯一不变的，是鲜艳的赤红。三十而立，站在新的起点，都江堰像一个迎着朝阳奔跑的青年，必将在党旗的引领下昂首奔向更加美好的明天。

助力大国梦 向幸福出发

——都江堰市建市三十周年巡礼

李 崎

奔腾不息的岷江，携高山之威，聚万壑之力，滔滔南去，一泻千里。"天府源头、道教圣地、熊猫家园"——都江堰，就像一颗璀璨的明珠，镶嵌在岷江河畔。

这是一座富有文化底蕴的城市。都江堰市是道教文化的发祥地，古代爱国诗人扬雄、左思、李白、王维、杜甫、唐求、花蕊夫人、苏洵、苏轼、陆游……都在这里创作了不朽的诗篇，党和国家第一代领导人毛泽东、周恩来、刘少奇、朱德、邓小平、李先念、陈毅等，董必武、郭沫若、魏传统、张爱萍、萧华、黄镇等无产阶级革命家……曾在这里留下了深深的脚印。

这是一座充满无限生机的城市。今年是都江堰市建市三十周年，都江堰人民在这片热土上，传承着艰苦奋斗、百折不挠的李冰精神，用开拓进取、奋力拼搏的气魄和行动，铸造着惊人的变化：经济社会高速发展，城市建设日新月异，各条战线捷报频传，社会事业蒸蒸日上，人民生活水平稳步提高……

三十年来，敢为人先的都江堰人，正用自己的勤劳和智慧，创造着赶超跨越的奇迹。2017 年都江堰市经济社会平稳健康发展，实现地区生产总值348.5 亿元，较上一年增长8.7%；固定资产投资266.6 亿元，增长12.3%；一般公共预算收入25.8 亿元，增长 10.4%；社会消费品零售总额135.1 亿元，增长

13.2%；城乡居民人均可支配收入分别增长 8.8%、9.4%。国际生态旅游名城建设开篇起航，成功入围全国县域经济强县，荣获 2017 年度中国十大品质休闲县市。今天，在都江堰市委、市政府的坚强领导下，六十八万淳朴、智慧的都江堰儿女，正迈着坚定的步伐，朝着"幸福都江堰"的目标砥砺奋进！

——题记

经济转型篇：从大办工业到绿色发展

中华人民共和国成立以后，灌县的工业在经历了漫长的手工业时代后，逐步发展起现代工业，行业涉及煤炭、冶金、机械制造、造纸、陶瓷、轻纺、印刷、化工、建材、制革、食品、服装、农机具等。改革开放以后，大力发展乡镇企业，在此基础上，灌县现代工业经历了从无到有、从弱到强的艰辛历程。从各乡镇大办村办企业、乡镇企业，再到都江堰经济开发区建设，带动了现代都江堰工业的快速发展。

撤县建市后不久，市委从发展社会主义商品经济的战略要求出发，把都江堰市放到当今国内经济发展和竞争的格局中，对全市经济发展的多种相关因素进行综合性动态分析，确定了经济建设的战略指导思想。指导思想包括以下基本点：建市后的首要任务，是以改革总揽全局发展商品经济，开创经济建设新局面；以新的经济开发区为突破口，从都江堰市的实际出发，以城区为重点，带动和促进全市经济的发展；立足于发展经济增加积累，走工业富市的道路。

上述三点，概括起来总的指导思想是：以旅游为引导，农业为基础，工业为重点，"工农贸旅"协调发展，把都江堰市建设成为工业发达的旅游名市。第一，建设小区域开发区，初步规划建设三个工业开发区、一个旅游开发区和一个商业开发区，开发项目主要是电子、药材、轻纺、食品、建材、机械等；第二，发展卫星集镇，逐步形成以镇促乡、以镇带材的发展格局；第三，建设一批亿元企业和亿元镇。

1990 年，我市首先在张家湾建立了工业经济开发区，成为全省首个获批的工业开发区，标志着我市工业经济集中发展开始起步。

"八五"期间，我市乡镇企业保持持续、稳定、健康，成为国民经济的重要支柱。"九五"期间，乡镇企业在我市实现战略目标中担负着挑大梁的重任。

工业不兴，差距难以缩小；工业不兴，财力无法增加；工业不兴，农业难以上新台阶；工业不兴，富民升位就会成为一句空话。

为促进乡镇企业快速发展，提高乡镇企业发展质量和水平，实现乡镇企业的第二次创业和腾飞，完成我市"九五"发展目标，1996 年 1 月 25 日，市委、市政府下发《关于高效发展乡镇企业的决定》。随后，市委、市政府下发了《关于进一步加快工业发展的意见》。

1995 年以来，我市以企业产权制度改革为重点，坚持以改革促发展、以改革促效益的思路开展工作，使全市企业改革有新的进展，初步实现了三个新突破。一是思想观念上有新突破，二是改革措施上有新突破，三是工作开展上有新突破。截至 1995 年底，全市企业改革达 224 家。其中：改制 46 家，转让 69 家，租赁 75 家，兼并 10 家。给企业注入了生机和活力，较好地促进了我市经济的发展。

1995 年，全市乡镇企业总产值突破 60 亿元大关，比"七五"末增长了 8.8 倍，增长率达 57.8%；安置农村剩余劳动力

11万人，占全市农村剩余劳动力的1/3；乡镇企业站值占全市光亚总产值的77%，入库税金占全市工商税收的30%以上。乡镇企业不仅成为全市财政收入的主要来源和农民增收奔小康的主要途径，而且成为全市农村经济的主体。

"八五"期末与"七五"期末相比，全市工业总产值增长4倍，工业增加值在国民生产总值中的比重由33.4%提高到36.8%。1996年1—6月，全市实现工业总产值26.55亿元，同比增长30.7%；国有企业实现产值12.33亿元，同比增长19.1%；上缴国税5290.5万元、地税2443.4万元，分别同比增长18.3%、29%。

改革开放后，乡镇企业、城镇集体工业以及个体、私营经济的蓬勃发展，给我市工业经济注入了新的活力，基本形成了以公有制为主体、多种经济成分共同发展的格局，活跃了整个工业经济。"九五"期间，我市乡镇企业总产值200亿元，其中工业总产值120亿元。安置农村剩余劳动力15万人，年均增长9.2%。青城山、幸福、灌口、蒲阳四个镇陆续挤进成都市先进乡镇，高桥、塔子、高埂、高林四个村先后跻身成都市先进村。

建市十年间，我市城市工业稳步发展，规模不断扩大，工业在国民经济中的主导地位更加突出。1997年全市工业总产值17.21亿元，比1987年增长1.8倍，年均递增10.9%。机械、电子、能源、轻纺、建材等工业行业已初具规模，培植一批重点企业，工业产业结构、产品结构和企业组织结构得到合理调整，发展和改造一大批工业项目。

之后，市委提出了"工业强市、旅游兴市，农业产业化富农村"的思路，引进了年产能百万吨水泥厂——拉法基水泥制造有限公司。

在探索工业强市的过程中，我市工业经济陆续经历了所有制调整、产业结构调整和集中发展几个阶段，逐步走上科学发展、集中发展、规模发展的轨道。在全市范围内大力实施中小工业企业成长工程，有力地促进了市域内存量和增量经济的增长。

21 世纪初，产业结构调整不断推进，工业经济开始注重培育支柱产业。随着工业经济所有制结构转变基本完成，产业结构调整步伐加快。在此期间，我市先后引进和培育了拉法基水泥有限公司、宁江集团、都江机械有限责任公司、南宝蜂产品公司、钙品公司等具有较强经济实力的公司和企业集团。研制、开发了数控机床、汽车车桥、南宝蜂产品系列、石墨电极、金属密封扭矩蝶阀、拉法基水泥、磁钢、电解锰等在国内、国外具有一定影响的产品。初步形成了机械、建材、医药化工、印刷包装、能源五大支柱产业。

相关统计数据表明，2002 年全市年产值超过亿元企业 6 家；利税总额达 6.15 亿元，比 2001 年增加 42 家，达到 118 家，比 2001 年增长 1.9 倍，年均增长 16.9%。规模以上工业企业总量不断扩大，全口径工业完成增加值 27.75 亿元，建材、能源、医药、食品加工为主导的产业新格局。

2003—2007 年，全口径工业增加值分别以 16.1%、19.6%、16.2%、17%、21.3%增速增长；规模以上工业增加值分别以 18.8%、21.3%、22.5%、25.7%、30%增速增长；利税总额分别以 38.9%、19.5%、32.5%、54.5%、50.2%增速增长，经济总量、效益呈快速增长态势。

2007 年，普什宁江实现销售收入 5.9 亿元。拉法基水泥有限公司在完成二期技术改造基础上，于同年 10 月 16 日开工三线扩建工程，并计划将再投资 6.9 亿元上四线扩建工程，投资 5.5 亿元上矿山扩建工程，整个项目达产后，都江堰拉法基水泥有限公司的产能将达 700 万吨/年。2007 年都江堰拉法基水泥有限公司实现年销售收入 9.46 亿元，实现利润 2.7 亿元，拉法基水泥有限公司通过技改扩能，已跃升为我市龙头企业。

2007 年，我市以机电产业为龙头，已形成机械制造、汽车零部件制造、医药、信息、水泥建材等产业，建成了一批如拉法基水泥、紫坪铺电厂、普什宁江、恒创特种纤维、都江机械、都江钙品、三奇制药、扬子江药业、中金医药包装、南宝蜂、台湾益华、珠峰陶瓷等科技、环保、高效的工业企业。

据统计，到 2007 年底，我市工业企业户数达 564 户。其中，规模以上企业 131 户，从业人员平均人数 19003 人；年销售收入上亿元工业企业 11 户。全市工业完成增加值 27.7 亿元，规模以上企业完成增加值 19.05 亿元，实现销售收入 54.41 亿元，完成利税金额 6.15 亿元。一、二、三产业占本市地区生产总值的比重为 13.3∶36.9∶49.8。

至此，工业经济成为都江堰市经济社会发展的重要支撑。

2008 年 "5·12" 地震使都江堰市的工业企业遭受严重损失，使我市规模以上企业全部受灾停产，全市工业基本处于瘫痪状态，直接财产损失 27.4 亿元。地震之后，我市积极开展企业的灾后恢复和重建工作。震后不到百日，全市 131 户规模以上工业企业基本恢复，正常生产企业达到 103 户。

汶川地震后的恢复重建中，我市围绕产城一体，大力实施 "两化" 互动，工业集聚效应不断增强。启动南区 "三纵两横" 骨架路网等基础设施建设，完成北区 6.67 平方公里基础配套，实现项目全面入驻，建成 30 万平方米标准化厂房和 83 万平方米安置房。引进江翰工业、好圣汽车、雪国高榕等项目 128 个，总投资 65.8 亿元，其中，亿元以上项目 32 个。软件与信息服务业加快发展，被商务部授予 "中国服务外包基地（成都）城市" 称号。2011 年，全市规模以上工业增加值 32.8 亿元，较 2006 年增长了 1.4 倍，工业集中度由 56% 提高到 71%。

2017 年以来，我市深入学习贯彻党的十九大精神，坚持以新思想新理念新战略为统揽，认真落实四川省、成都市党代会精神和市委十四届六次全会总体部署，围绕"西控"战略，聚焦绿色发展，聚力改革创新，优化城市空间，重塑经济地理，高位推动生态环境保护。

——启动四大产业功能区建设，调整设立园区管理机构，构建产业集聚、功能复合的产业生态圈，组织经济工作的方式发生了历史性变革。

——推动乡村振兴，天府源田园综合体获批全省唯一国家田园综合体建设试点，都江堰精华灌区修复、川西林盘自然村落保护纳入成都战略，乡村振兴发展高位开篇。

——清理整治"散乱污"企业 394 家，实施生态搬迁 1033 户，拆除金马河东岸沿河临建 71 处 2.5 万平方米，绿色都江堰成为城市品牌、全民意志和共同追求。

——致力旅游改革创新，建立"1+3+N"旅游市场综合管理体制，"5A+"都江堰样本得到国家旅游局肯定，在国家全域旅游示范区建设中树立了标杆。

——深化对外开放，成功举办世界旅游组织大会都江堰专场推介，与德国途易集团、丹麦 VIA 大学等知名企业和高校开展战略合作，形成了高层次、宽领域的对外开放格局。

——致力建设旅游枢纽，成灌快铁加速迈向公交化，成都"三绕"都江堰段开工建设，"三高五快五轨一机场三枢纽"的立体交通网络加快构建，串联成都平原经济区、川西北生态经济区的旅游集散功能日益凸显。

特别值得可圈可点的是，我市围绕"大旅游"创新产业链、培育生态圈，加快构建以旅游为主导、三次产业融合发展的高端绿色产业体系。

一是旅游产品更加丰富。安缇缦、水果侠建成运营，万达文旅区加快建设，大熊猫国际生态主题度假区、悦榕国际生态旅游度假区签约落地，成功列入全省唯一国家中医药健康旅游示范区创建单位。2017年，全市接待游客2354万人次，实现旅游综合收入195.9亿元，分别同比增长4.9%、34.6%。

二是适旅工业加快发展。我市加快"健康中国食品产业园"建设，签约落地中基华夏、中金胜邦等医药服务企业，全年规模以上工业增加值增长9.5%，工业投资完成66.8亿元。都市现代农业加快发展，天府源田园综合体路网、渠网、污水处理站等基础设施加快建设，完成"两区"划定，推动5万亩菜粮基地高标准农田建设，新增无公害种植面积3724亩，成功创建国家级出口猕猴桃质量安全示范区，都江堰猕猴桃登陆欧洲市场。玫瑰花溪谷等12个农业景观项目加快建设，安龙海棠公园、柳街田园诗歌等乡村旅游品牌更加响亮，农业增加值增长4.5%。

三是创新驱动发展取得实效。我市积极承接成都"创业天府·菁蓉汇"平台，成功举办"创响都江堰"首届创新创业大赛，开展创业培训1650余人次，培育创业企业1707家，专利申请总量同比增长24.3%，技术交易额同比增长12%。大力实施"中小企业成长工程"，出资设立"债权融资风险资金池"，创新推出"壮大贷"等金融产品，新增科技创新企业80余家，海蓉药业、华都核能等企业科技成果转化9项。深入实施质量强市、商标品牌战略，新增注册商标1763个，餐饮服务管理规范获批四川省区域性地方标准。

社会民生篇：谱写现代文明幸福乐章

对于一座城市而言，只有把民生放在首位，发展才会有强大而厚实的根基。

三十年前，处于改革开放初期的灌县，还不曾体味幸福生活的真谛；而今，随着民生工程年年推进，幸福的足音已经响彻城市每个角落，满足的表情写意在老百姓的眉间心上。

撤县建市后，老百姓身边的变化首先从电信通讯开始。小灵通在经过井喷式增长后很快被移动电话取代，互联网进入千家万户，电报逐渐萎缩，传真乃至微型通信逐渐普及。再后来，数字电视、高清电视又相继进入寻常百姓家。

我市社会保障工作起始于 1986 年。2005 年，全市初步建成基本养老保险、基本医疗保险、失业保险、工伤保险、机关事业养老保险、新型农村合作医疗保险、生育保险等 10 个险种为一体的社会保障体系。这一年，全市参加养老保险基金 9614 万元。与此同时，随着普九和扫盲的完成，教学改革的深化，医疗机构、体育场馆的建成，娱乐场所的增加，城乡公交车的开通运行，老百姓子女就读、就医、乘车更加方便，文化娱乐生活丰富多彩。1992 年，我市获"全国农村初级卫生保健工作先进县（市）"称号；1995 年，我市获得"全国卫生城市"称号；1999 年，我市被授予"全国卫生先进城市"称号；2003 年、2004 年，我市又分别被评为"国家级农村卫生工作先进县（市）""全国牙防工作先进县（市）"。

汶川地震后的第三年，也就是 2010 年，是奋力夺取灾后重建决定性胜利的攻坚之年。按照"三年重建任务两年基本完成"的目标，我市紧扣时间节点，严格项目管理，抢进度，保质量，如期完成决胜年各项重建任务。总投资398亿元的1031个灾后重建项目全部开工，累计竣工951个，竣工率达92%；累计完成投资359.8亿元，投资完成率达90.4%，项目投资额和建设进度均位居全省灾后重建县（市）前列。

我市攻坚克难，统筹推进，灾后重建决战决胜，为灾区人民早日住上新房、搬进新家、过上好日子创造了条件。灾区人民群众从中享受到巨大的民生福祉。

人是漂泊的船，家是温暖的岸。政府全面完成380万平方米的城市安居房、廉租房和拆迁安置房建设后，灾区群众"住有所居"的梦想真正成为现实。通过"两次公开摇号，电视同步直播，全程社会监督"的方式，分6批次圆满完成城市安居房分配工作，18058户城镇安居房住户、698户廉租房和公租房住户顺利分得新居。174个城区居民自建点的11764套自建住房加快建设，当年竣工8210套，完成入住5810套，40万平方米商铺重建加快建设。按照"四性"要求和"九化"原则，全市34447户农村住房重建全面完成，投入13亿元完善农村集中安置点的水、电、路、气、讯等配套设施建设。天马金陵花园、柳街鹤鸣村、石羊金羊村、翠月湖东桂园等农房重建两点示范得到进一步推广。

重建后的都江堰城乡，公共服务设施得到极大改善。2010年，全市投入资金5643万元，全市学校教育技术装备实现全覆盖。加快推进"校安工程"建设，按照8度抗震设防标准，完成15万平方米校舍维修加固。壹街区小学、都江堰市幼儿园等建成投入使用。

温情的风景还映射在医疗卫生事业的快车道上。灾后重建以来，我市瞄准人人享有健康梦的目标，大力发展公共卫生服务，交出了令人欣喜的答卷。市人民医院（医疗中心）、市中医院、市妇幼保健院建成投运,完成市计生指导站和天马、石羊、青城山计生指导中心站建设。建成蒲阳、翠月湖标准化敬老院和儿童福利院。至此,我市全域均衡的公共服务体系基本形成,城乡教育文化、医疗卫生、就业保障等公共服务功能进一步提升。

文化惠民之波在带来一场场精神饕餮的同时,更展示了温暖人心的坚实力量。在我市,文化活动已经形成这样一个惯例:把最好的座位留给下岗职工、特困居民、农民、劳动模范、退役军人和环卫工人代表,定期举办残疾人、农民工专场演出,让各行各业都能共享文化发展成果。如今,无论城区还是乡镇、社区的文化广场,每到晚上总是人山人海,载歌载舞,欢乐和喜悦之情溢于每个市民的脸上。

一组数据忠实记录着幸福指数的上扬走势:2016 年,全市城镇居民人均可支配收入 28540 元,较 2011 年增长 76.3%;农村居民人均可支配收入 18070 元,较 2011 年实现翻番;储蓄存款达 530 亿元,较 2011 年增长 41.1%。

回首 2011—2017 年,这六年我市着力聚焦社会热点难点、群众关切期盼,遵循共建共享,倾力改善民生,市民幸福指数持续提升。

——扶贫开发取得实效。投入 1.25 亿元,全面完成 21 个经济发展缓慢村脱贫任务。大力实施精准扶贫"六大行动",高标准推进 21 个相对贫困社区和 1002 户相对贫困户精准扶贫工作。全面完成对口支援道孚县工作,有序推进对口支援康定市工作。

——民生事业持续发展。投入 65.91 亿元完成民生工程项目832 项。城镇登记失业率控制在 3% 以内,城乡低保救助支出保障金 2.05 亿元,城乡居民养老保险、医疗保险参保率分别达93%、98%。新增公办幼儿园 31 所,高考本科上线人数持续上升,成功创建全国义务教育发展基本均衡县。严格实行"药品零加成"，实现异地就医即时结算。建成 96 个社区日间照料中心、257 个社区法律服务工作室。圆满承办全国第九届残运会暨第六届特奥会。实施包括老年人、残疾人等特殊群体在内的公交公益性补贴 6485.4 万元。国家卫生城市创建通过专家检查，成功创建 3 家国家"三乙"医院。全国文明城市创建扎实推进，成功创建国家公共文化服务体系示范区，荣获首届国际水利遗产奖。

——民生关切有效回应。实施农村危旧房改造 3000 户。分配安置房 10983 套、经营性用房 330524 平方米，办理各类权证 130544 户，完成 24145 名被征地农民参保工作，调解处置 172 起农村土地整理、386 起联建项目矛盾纠纷，完成 1325 户保障性住房分配。市领导包案化解信访遗留问题 441 件，办结民生信访积案 634 件。实施地质灾害工程治理项目 73 个，完成受地质灾害威胁农户永久性避让搬迁安置 218 户。拨付村公资金 4.4 亿元，实施村级公共服务项目 10606 个。

——城市品位持续提升。滨江新区建设恢宏开局，成都万达文化旅游城首开区基本建成，启动实施滨江新区市政道路、金马河闸坝工程、天府源湿地等项目。城市更新再造有序推进，编制完成城市总体规划，完成棚户区改造搬迁 4780 户、老旧院落整治 221 个、"城中村"点位改造 4 个；新改建农贸市场 10 个，新建、改建、开放旅游公厕 176 所；建成邮票绿地 61 个，实施拆墙建绿 95 处，新增城市绿地 140 万平方米、城市休憩空间 16 处；拆除"两违"建筑 21 万平方米；实施城市光彩工程点位 60 个，橱窗靓化改造店面 1800 余间，"九河十八岸"景观打造柏条河示范段初见成效。

——城市功能提档升级。"两高三轨三改造"有序实施，成灌快铁发车频率达 30 分钟/列，M－TR 旅游客运专线、"三绕"都江堰段开工建设；快铁离堆支线、环山旅游公路、成灌高速崇义立交等重大项目建成投运；完成 S106 线、彩虹大道、灌温路等干道改造提升；新建改造市政道路 118 条；完成 144 条背街小巷路灯改造；建成智能交通主体工程。成都市应急水源工程实现应急供水。成功引进成都第三幼儿园、泡桐树小学、龙江路小学、树德中学、成都七中、成都嘉祥和成都第一、第三人民医院等优质教育医疗资源。优化布局一批金融服务、商业网点等便民配套设施。

——城乡发展同步推进。青城山、蒲阳 2 个全国重点镇建设有序推动，建成向峨猕猴桃风情小镇。实施"小组微生"综合体打造，完成 400 公里通村公路建设，建成幸福美丽新村 131 个。改造危旧桥 12 座，新建道路安防工程 100 余公里；新增城乡公交线路 19 条，城乡公交通车率达 95%；完成农村电网升级改造 1100 公里，农村宽带覆盖率 100%。

——城乡环境持续改善。深入开展"四改六治理"行动，全域推进"美好家园·美丽我院"城乡环境提升，完成 3020 个散居院落综合整治。健全城乡环境治理机制，市容环境常态精细化管护水平位列成都市前茅。在西部县（市）中率先发布 PM2.5 监测数据，空气质量优良率年均达 93.96%；新增森林面积 2.16 万亩，森林覆盖率达 59.61%；城市集中式饮用水源地水质达标率 100%。

变化的数字，永恒的发展。在一个个跳跃式的数据背后，见证的是三十年筚路蓝缕和沧桑巨变，勾画的却是一幅幅温暖人心的民生画卷。2016 年，我市荣获联合国"杰出绿色生态城市奖"，并获得"国家生态市""省级环保模范城市""省级环境优美示范县城"等称号。荣誉背后，彰显的是体恤民生的滚烫情怀，换来的是群众幸福感和满意度的大幅提升。奖杯揽入怀中的同时，也将幸福永远定格在这座城市的记忆里。

回望都江堰市撤县建市三十年巨变历程，我们可以看到：在发展的长卷上，民生一直占据重要位置；在执政的理念中，民生始终是第一考量。从扩大社会就业，到健全社会保障，到发展社会事业，到加强社会管理，无不如此。它启示我们，都江堰市"让人民群众生活得更加体面、更加幸福、更有尊严"，绝不是一句空洞的口号，而正在成为这座城市固有的品位与内涵。

玉垒浮云变古今

——灌县撤县建市概记

马　瑛

1988年4月29日，四川省人民政府〔1988〕151号函正式下达，给灌县人民带来了一个喜讯：经国务院批准，同意撤销灌县，设立都江堰市（省辖县级市）。

灌县境内政区设置是从秦代开始的。史载历朝历代曾设湔氐道、湔县、都安县、晏官县、永康郡、导江县，等等。明太祖洪武九年（1376）设灌县，后历经清代、中华民国，直至中华人民共和国成立，都沿袭了灌县县名。

到1988年撤销灌县设立都江堰市，结束了长达612年设立灌县的历史。

一

当历史的脚步迈进了20世纪80年代的时候，在党的十一届三中全会的春风吹拂下，古老的灌县历经了中华人民共和国成立后的各个历史阶段，在改革开放的大好环境中已经取得了工业、农业、旅游、文卫教育诸方面的长足发展。全县的广大干部和群众，在灌县县委和县政府的领导下，从本地实际情况出发，认真贯彻上级党委和政府的各项方针政策，创造性地开展工作，全县经济有了较大的发展，城市建设有了一定的规模，"两个文明"建设取得了比较显著的成效。撤县建市的条件日趋成熟，呼声日益强烈。撤县建市旨在：使生产力得到迅速发展，进一步提高灌县的知名度，争取上级相关的政策，加速经济社会进步。

撤县建市的意愿，早在20世纪50年代、70年代就都曾有过。1958年，温江地区准备将地委、行署迁到灌县，改灌县为都江市。当时还确定了把木机厂、林校分别作为办公区。打前站的人都到了灌县，后来因为种种原因，此举未能实施。1977年"文革"后期，当时省委在重庆召开会议，让各地区报建一个市。徐振汉同志出席了此次会议，他当即提出了把灌县建为市的要求。出席会议的温江地区领导认为灌县建市条件尚不成熟，又未能如愿。然而尽管如此，灌县为了适应时代的要求和经济的持续发展，一直不倦地坚持着建市的追求，期待着机遇的来临。

二

历史的巨轮驰进1986年，灌县历届县委、县政府和52万人民期盼了很久的机遇终于出现了：中央出台了《控制大城市规模，合理发展中等城市，积极发展小城市》的相关政策，给灌县建市带来了希望的曙光。灌县县委、县政府为了把握好这个良机，认真分析了灌县的县情后，认为灌县具备丰富的旅游资源、自然资源和经济发展空间大、城市人口比例大等诸方面的优势。在工作与实践中深刻体会到：作为一个县的设置，对灌县经济发展的内引外联、招商引资已明显不适应，甚至还形成了一定的制约。因此，撤县建市，是经济大发展的需要，是"两个文明"建设的需要，是势在必行、事在人为的一件大事。就这样，撤县建市这项工作，就摆上了灌县县委、县政府的重要工作日程。根据灌县县委和县政府的决定，由县政府办公室牵头、县民政局参加，搭建了相关机构，开展了深入细致的基础调查工作和建市的前期筹备工作。

当时，国务院公布的撤县建市标准有三条：一是城区非农业人口要达到 8 万人以上；二是城镇国民总产值要在 2 亿元以上；三是城市已具有一定的知名度。灌县人民政府办公室根据以上标准，很快地拿出了调查结果：到 1986 年底，城区非农业人口已达 126328 人；城镇国民总产值已达 47675 万元。此外，灌县拥有两千多年的都江堰水利工程和道教发祥地之一的以"幽"闻名天下的青城山，这在国内外都有很高的知名度。更兼有旅游胜地和川西物资集散地的双重优势，完全达到和超过了建市的标准。这些客观条件进一步增强了灌县撤县建市的决心。灌县上上下下都围绕着撤县建市这个目标，做出了不懈的努力，从而加快了撤县建市的进程。就在这个时候，四川省委常委、成都市委书记吴希海来到了灌县。灌县县委书记徐振汉向他汇报了有关撤县建市的想法。吴希海书记当即表示：这是一件有利于灌县发展的大好事，我支持你们。

三

就在灌县撤县建市的筹备工作紧锣密鼓地进行之时，全县人民对建市后的市名表现出了异乎寻常的关心。热情的干部群众都希望撤县建市后能有一个既有意义又有特色的大名。为此，灌县人民政府在社会各界人士中广泛地征求过意见，采用什么样的市名还引起过不同的争论。大家提议颇多，各有道理，分别提出了都江市、青城市、导江市、岷江市等市名，后来正式出台的市名是"都江堰市"，让许多人都感到意外。这中间，有个小插曲不可不提：就在筹划撤县建市期间，县委书记徐振汉、县长孙寿权率县委、县政府部分领导到广州考察。在广州办事处，大家又就市名展开了讨论。在场的彭伟同志说："不好意思，我建议改为'都江堰市'，供领导参考。"这一提议引起了大家强烈的共鸣，大家你一言我一语地分析利弊，最终在场的人员一致认为好。考察组回县后，徐振汉同志把考察组议论的把"都江堰"作为市名向县委和县政府的领导们提出，并阐述了三点理由：一是市名应当独具亮点和特色；二是有着两千多年历史的都江堰是具有世界唯一性的水利工程；三是都江堰的知名度极高。

经过若干年的验证，可以确认当初对市名的决定是正确的。特别是青城山—都江堰列入《世界遗产名录》后，"都江堰市"再次提升了知名度，正一步步迈向国际级的旅游文化名城行列。

四

1986年11月，灌县县政府正式向成都市政府呈送了《关于建立"都江堰市"的报告》，报告分四个部分对灌县概况、建市条件、建市打算、有关政策进行了阐述，受到了成都市政府的高度重视。由于灌县条件具备，各项工作准备充分，再加上四川省、成都市民政部门的大力支持，当时省民政厅还派出一位老副厅长专程赴京为灌县撤县建市跑审批，因而，整个报批过程相当顺利。

1987年8月14日，灌县政府又向成都市政府报送了《关于建立"都江堰市"的补充报告》和《关于建立"都江堰市"的请示》。时隔数日，成都市政府经成都市人大常委会批准，向四川省政府报送了《关于撤销灌县设立县级都江堰市的请示》。1987年9月22日，四川省政府经省人大常委会批准，正式向国务院报送了《关于撤销灌县设立县级都江堰市的请示》。

1987年10月下旬，由时任县长孙寿权同志带队，马志祥

（原县长）、县政府办公室主任青叔志、县民政局局长梁克成和县城乡建设委员会等部门的负责同志参加的赴京汇报团到了北京，向民政部领导汇报了灌县撤县建市的情况，并呈报了建市的相关材料和灌县城区平面图。

1988 年 3 月 3 日，国务院批复：同意撤销灌县、设立都江堰市（县级），由省直辖，以原灌县的行政区域为都江堰市行政区域。四川省内与都江堰市同期批准设立的还有江油市、广汉市、峨眉山市。这是四川省首批设立的 4 个县级市。后来四川省政府决定，委托成都市代管都江堰市，原有一切关系不变。这样，都江堰市就成了成都市当时唯一的县级市。

五

为了迎接这个喜庆日子的到来，中共灌县县委于 5 月 14 日召开了七届四次全委扩大会。5 月 18 日县人大常委召开了十一届人民代表大会第三次会议，召开了十一届人大常委会第八次会议。同时，县政协召开了第八届三次全委会，召开了第八届六次常委会。会上，分别宣读了成都市人民政府〔1998〕28 号函《关于撤销灌县设立都江堰市的批复》和中共成都市委成委发〔1988〕14 号《关于撤销中共灌县县委和县纪委设立中共都江堰市委和市纪委的通知》。这些会议，分别通过了撤县建市后党代会、人代会、政协会的届数在原灌县届数的基础上连续计算的决定；通过了撤销灌县人大常委会、灌县人民政府、灌县政协、灌县人民法院、灌县检察院，设立都江堰市人大常委会、都江堰市人民政府、都江堰市政协、都江堰市人民法院、都江堰市检察院的决定；通过了确认市人大常委、市政府、市政协、市法院、市检察院领导班子的组成人员名单，顺利完成了从县到市的法律衔接程序。

1988年5月20日，古老而美丽的灌县城乡都沉浸在建市的喜悦之中。这一天，彩旗飘扬，人流如潮，欢歌四起。人们用不同的方式，来庆祝灌县历史性的转折，庆祝都江堰市的诞生。

都江堰市成立大会会场设在原灌县电影院。来自四川省、成都市、兄弟县市的代表和我市各级领导及各界人士代表约1300人出席了庆祝会。

上午10时左右，都江堰市成立大会在音乐和礼炮声中开始。大会由市委副书记代兴泉主持。市人大常委会主任刘先鑫宣布到会的四川省、成都市领导及有关单位名单。市长孙寿权发表了热情洋溢的致辞。成都市委书记吴希海、都江堰市委书记徐振汉发表了重要讲话。

吴希海同志在讲话中说：都江堰市的建立，是改革开放的成果，是贯彻执行中央"以经济建设为中心"的战略决策的成果，是都江堰市全体共产党员和广大干部群众共同努力、开拓创新、团结奋斗的成果。他鼓励全市人民紧紧团结在都江堰市委、市政府周围，继续发扬艰苦创业、为民造福的精神，让古老的都江堰在改革开放中焕发青春。徐振汉同志在讲话中着重强调：都江堰市的建立，标志着灌县进入了一个新的发展时期，但我们面临的任务是光荣而艰巨的。他希望各级党组织、各级干部都要深入学习党的基本路线，不断提高政策水平和决策水平，增强工作的预见性、创造性和科学性；要有一个新的工作作风，发扬艰苦奋斗、开拓进取、为民造福的李冰精神，勤奋努力，多办实事；要艰苦朴素、秉公办事、为政清廉，带领全市人民为加快都江堰市的发展和建设而共同奋斗。

庆祝会上，四川省劳模、北街小学教师方文渊和工商联主任刘卓然作为全市各条战线的代表在大会上发言，表达了祝贺都江堰建市、把都江堰市建设得更好的决心。会后，到会代表敲锣打鼓、披红挂彩将市委、人大常委、政府、政协的挂牌送到了各自的大门口挂上。市区举行了盛大的街头文艺表演活动。当夜幕来临之时，千束礼花绽放在夜空，五十二万都江堰儿女无不沉浸在建市的欢乐之中。古老的都江堰，从此翻开了崭新的一页。

六

撤县建市后，如何使"市"真正名副其实起来，决不能停留于称谓的变化上，务必要让"市"富有新的深刻内涵，是摆在都江堰市委、市政府和全市人民面前的新的课题。对此，市委和市政府广泛征求意见，多次开会研讨。逐步形成了清晰的思路：

——在人们的观念上要有一个质的变化。即：在思想上，尽快实现由传统农民到现代市民的转变；在管理上，尽快实现由管理传统农业县到管理综合经济市的转变。

——在经济建设上要有实质性的突破。即：由侧重抓第一产业转为三大产业并重。制定了长远发展的战略方针：以旅游为先导，实现富民；以工业为重点，实现富市；以建十大基地为载体，实现农村商品化。

——在城市建设上要有新的拓展。即：提出了由农业县城向先进的中等城市发展的目标。

四川省和成都市肯定了都江堰市的发展思路。为了实现上述目标，都江堰市的领导层一方面率领全市各行各业自力更生，艰苦奋斗；另一方面竭力向上争取政策。随后，四川省委专门为都江堰市发了一个"六号"文件，明确了"两依靠、两扶持""开小灶"的政策。主要意思是：都江堰市的发展要依靠省和成都市，省上和成都市要扶持都江堰市的发展，在待遇上要破例给予特殊照顾。通过艰苦努力，上级赋予了都江堰市"开小灶"的政策：

1. 经济体制改革享受地级权限；

2. 列入"四川省经济发展重点一条线上"城市；

3. 干部的政治待遇和经济待遇参照成都市三城区（金牛区、西城区、东城区）标准执行；

4. 省上每年到都江堰市现场办公一次，解决一些发展中的具体问题。

以上政策，既给都江堰市的发展注入了"催化剂"，又激发了都江堰市干部、群众的原动力。都江堰市的发展注定一年比一年好！

都江堰、青城山申报世界遗产纪实

卞再斌

都江堰市自古以来就因山、水、堰、城自然风光而闻名天下，更因历史悠久、人文荟萃、文化遗产众多而彪炳史册，名垂千古。尤其是从 1988 年撤销灌县新建都江堰市这三十年间，先后获得了很多的殊荣和桂冠，如"全国历史文化名城""全国重点风景名胜区""全国最佳魅力城市""全国 AAAAA 景区""全国最佳宜居城市""全国园林绿化城市""全国文明城市"……但在这些殊荣和桂冠中，知名度最高、影响力最大、权威性最强的，当属 2000 年 11 月 29 日，被联合国教科文组织授予的"世界文化遗产"这块金字招牌。都江堰、青城山不仅是都江堰市的宝贵遗产，也是全中国、全世界人民的宝贵遗产。这个殊荣的取得，不仅承载着都江堰市两千多年的历史文化，更是都江堰市63 万人民艰苦奋斗，用心血和汗水换来的丰硕成果。

申报缘由及前期准备

1972 年 11 月 16 日，联合国教科文组织大会在巴黎通过了《保护世界文化与自然遗产公约》。《公约》规定，"世界遗产"的价值必须具有"真实性和唯一性"，"世界遗产"将受到《公约》成员国和全世界的共同保护和集体援助，即使在战争中也不能成为军事攻击目标。"世界遗产"分为文化遗产、自然遗产、文化与自然遗产、文化景观 4 种类别。

1985 年，在第六届全国政协会议上，国家文物局罗哲文等 3 位政协委员联名提出了"我国应尽早参加《保护世界文化与自然遗产公约》"的提案，引起了党和国家的高度重视。同年 12 月 12 日，中国政府正式加入了《保护世界文化和自然遗产公约》。

1986 年，经国家文物局提名推荐，中国政府向联合国教科文组织提交了包括都江堰、殷墟、云冈石窟、龙门石窟等 9 项文物保护单位作为申请列入《世界遗产名录》的预备清单。

1994 年初，国家文物局接到联合国教科文组织来函，要求我国补充提供都江堰等 9 项文化遗产完整的"预备清单"。按照国家文物局〔1994〕文物文资第 188 号《请提供申请列入世界文化遗产预备清单项目有关表格的函》的要求，都江堰市文物局及时编写并上报了相关材料和表格，并附有中英文翻译和照片资料。

1994 年 11 月，都江堰市文物局邀请世界遗产、国际文化及自然遗址执行委员、中国地质博物馆研究员、峨眉山申报世界遗产顾问潘江教授到都江堰参观考察指导，副市长李桂君和相关部门的负责人陪同接待。潘江教授认为，都江堰比峨眉山先列入申报世界遗产的预备清单，价值更高，条件更成熟，建议尽快申报。此后，潘江三次写信给笔者（时任文物局副局长），了解都江堰申报进展情况，并提出了指导性意见。

1995 年 3 月，都江堰市政府和文物局委派笔者专程到北京国家文物局咨询申报世界遗产的程序与前期准备工作，并复印回联合国教科文组织《保护世界文化和自然遗产公约》《申报列入世界文化遗产名录须知》《申报世界遗产程序》等文件资料，同时申请到国家文物局维修保护伏龙观的经费 60 万元。

3 月 15 日上午，在国家文物局文保司办公室，笔者拜见了古建筑和遗产保护专家组组长罗哲文先生，他说："我国现在已成功申报了 14 处世界遗产，还有 30 多个地方在排队申报，就看哪个地方行动快，申报积极，就可能先申报成功。"罗老还说，"都江堰是我国古代水利工程，至今还在发挥作用，在全世界都是独一无二的，在《世界遗产名录》中，申报古代水利工程至今还是空白，这是都江堰得天独厚的有利条件。我也是四川人，希望都江堰早日申报成功！"但罗老又说，"都江堰景区内新建的索道和缆车，与景观风貌很不协调，如果要申报世界遗产，就要先将那些影响风貌的建筑设施拆除才行。"

1995 年 8 月 23 日，都江堰市文物局经过几个月的信息收集和资料准备后，向市委、市政府报送了《都江堰申报列入世界遗产名录情况汇报》，介绍了申报遗产的重要性和我国申报遗产的概况，以及都江堰市目前的准备情况，并提出了申报的三点建议：（1）统一认识，加强领导；（2）成立班子，准备材料；（3）筹备经费，积极申报。但由于多种原因，申遗工作暂未进行。

1996 年，峨眉山申报文化和自然遗产一举成功，对都江堰市促动很大，1996 年底和 1997 年初，由市委宣传部和市政府领导带队，先后两次组织我市文化、文物、城建、规划和旅游等部门到峨眉山考察学习。常委会听取了考察情况汇报，但由于考虑环境整治要花很多钱，而且还要拆除生意红火的索道缆车等新建的旅游设施，常委会上未达成一致意见，决定待条件成熟后再进行申报，申报工作再次搁浅。

1997 年 8 月，市文物局马如军局长和笔者在国家文物局汇报工作后，再次登门拜访了罗哲文先生，他说："现在提出申报世界遗产的地方越来越多了，联合国审批越来越严，峨眉山后来居上，已抢在都江堰市的前面了，你们要抓紧申报。"几天后，经国家文物局介绍，马如军和笔者坐火车，连夜赶到河北避暑山庄，了解他们申报世界遗产的经验，并要回了申报文本和资料，为下一步的申报提供了借鉴。

市委决策启动申遗

1998 年 2 月 16 日，中共都江堰市第十次党代会召开，会议站在弘扬历史文化，让都江堰走向世界，为国争光，为民族添彩的高度，做出了重大历史性的决策：要积极做好青城山、都江堰世界自然文化遗产的申报工作。这一重大决策，在随后召开的第十四届人代会上获得一致通过，并作为全市的大事来抓。这项决策不仅是将原来只申报"世界文化遗产"（单遗产）扩大为申报"世界文化和自然遗产"（双遗产），而且也是实现都江堰市"旅游兴市"发展思路的重要途径。

1998 年 6 月 12 日，都江堰市委办和政府办联合下发了《关于成立申报青城山—都江堰世界文化和自然遗产工作领导小组的通知》，领导小组由市委副书记、市委宣传部长、市政府副市长及各相关单位负责人组成，领导小组下设办公室，并落实了办公地点、办公经费和工作人员。

申报办成立后，积极开始申报材料的收集和整理工作，摸清家底，奠定基础。先后多次组织省内外文化、文物、城建、规划、旅游等部门的专家学者进行现场考察、论证和出谋划策。从1998 年 7 月开始，按照遗产申报的要求进行申报文本的编撰工作，市委、市政府高度重视，在人、财、物上对文本的编写工作大力支持。后经专家学者们反复讨论，反复修改，八易其稿后，于 1998 年 9 月 30 日形成申报文本的初稿。

1998 年 10 月，都江堰市人民政府先后向成都市文化局、四川省文化厅、四川省建设厅报送了《关于将青城山—都江堰列入世界文化和自然遗产名录的报告》（都府发〔1998〕244号），同时，省建委也向省人民政府和国家建设部请示：将青城山—都江堰列入《世界文化和自然遗产名录》的申报名单，并得到建设部和中国联合国教科文组织的大力支持，四川省委书记谢世杰、省长宋宝瑞也指示：要尽快申报青城山—都江堰世界文化和自然遗产，"省里给予支持，不成立小组"。为了协调解决遗产申报中的重大问题，保证申报工作顺利进行，经报请省政府批准，成立了"四川省申报青城山—都江堰世界文化和自然遗产协调小组"和"申报专家组"等机构，列出了申报计划，落实责任，明确分工。并由副省长邹广严出任协调小组组长，将都江堰市政府的申报行为上升为成都市政府、四川省政府和国家的行为。

1999年1月，都江堰市政府收到了国家文物局《关于提交申报世界文化遗产项目》的文件（文物保函〔1999〕44号），要求"正式申报文本及相关材料的完成不迟于6月10日，迎接国际专家考察的准备工作则应于2000年1月底前完成"。尽管申报的时间紧、责任重、任务大，压力也大，但在都江堰市委、市政府的坚强领导下，在全市党员干部和广大群众的支持努力下，"申遗"工作正积极推进。

1999年2月，申报办主任邓丛竹和笔者受市委、市政府委派，再次专程到北京国家文物局报送申报文件和资料。还登门拜访了罗哲文、马继群、郑孝燮、潘江、赵宝江、卫家坦等专家，将专家聘书亲自送到他们手中。专家们在接到聘书后对我们说：希望都江堰要抓紧申报，越是往后推，要求越严，难度越大。专家们的话为都江堰申遗指明了方向，也更坚定了我们申报遗产要一举成功的信心和决心。

1999 年 2 月 27 日至 3 月 2 日，联合国教科文组织委派自然保护专家莱斯·莫洛伊博士，对青城山、都江堰、龙溪、虹口进行了实地考察和科学评估。都江堰市高规格、高质量、高水平、高档次地完成了迎检工作，受到建设部、省市和外国专家的高度赞扬。莫洛伊博士说：都江堰人民很热情，保护意识很强，接待工作周密细致，井井有条，我对付出辛勤劳动的人员表示敬意。

1999 年 3 月 1 日，都江堰市委办下发了《关于加强"双遗产"申报工作领导的通知》（都委办〔1999〕12 号文件），增补邵建华、卞再斌（笔者）、王甫为申报办公室副主任。并从相关单位抽调 4 名干部到申报办集中办公。申报领导小组又下设环境整治组、宣传组、文本制作组。申报办还编印了《申报世界文化和自然遗产宣传提纲》，下发到市级各部门、单位和乡镇、社区，并通过《都江堰报》和电视、广播进行广泛宣传，让申报工作家喻户晓，人人皆知。

1999 年 3 月 18—21 日，在青城山鹤翔山庄召开了第一次"青城山、都江堰申报世界遗产专家研讨会"，都江堰市委、市政府的主要领导都到会参加，共有来自省内相关院校和单位的专家 20 多人参加。专家们通过到景区现场考察和充分讨论，对前期的工作给予了充分肯定，同时对下一步的工作和申报文本初稿提出了补充和修改意见。4 月 17—22 日，又邀请了北京和建设部的专家潘江、林源祥、陈昌笃等，到青城山、都江堰景区考察，并召开了第二次"专家论证会"。

1999 年 5 月 19 日，四川省申遗协调小组在建设部 301 会议室召开了"青城山—都江堰申报世界遗产专家审议会"，有十多位专家出席。会上，罗哲文、陈昌笃、谢凝高、陈按成、马克平、潘江、马纪群等专家先后发言。专家们认为：非常赞成都江堰、青城山申遗，历史上的灵渠、郑国渠都只剩下遗迹了，唯有都江堰两千多年后仍在发挥效益，它的文化价值很高，评世界遗产是当之无愧的。同时，专家们对申报文本内容和下一步的工作提出了宝贵的意见，建议要花大力气进行环境整治，拆除那些与景观、风貌不协调的建筑物、构筑物和过江索道等旅游设施，争取一次成功。

1999年5月28日，建设部部长俞正声代表国家组织，在《青城山、都江堰申报自然和文化遗产申报文本》（中、英文版）上签字。7月2日，经时任国务院副秘书长的刘奇葆、马凯、崔占福三位领导核审，报朱镕基总理和温家宝、钱其琛、李岚清三位副总理签字同意，中国政府正式向联合国教科文组织推荐，将青城山一都江堰列入《世界遗产名录》。7月4日，青城山一都江堰的申报文本上报到了联合国教科文组织。

环境整治攻坚克难

1999年8月25日，都江堰市政府下发了关于印发《青城山一都江堰申报世界遗产环境整治管理暂行办法》的通知，共11条，确保下一步环境整治的原则性和规范性。

1999年9月1日，都江堰市政府发出了《关于下达青城山一都江堰风景名胜区申报世界遗产第一批环境整治任务的命令》（都府发〔1999〕39号文件），明确了整治的区域、范围和项目。同时，市委办和市政府办联合下发了《关于成立申报"双遗产"整治环境领导小组的通知》（都委办〔1999〕63号文件），领导小组由市委书记侯雄飞、市长张宁生挂帅，各相关部门、单位和乡镇主要负责人组成，并按青城山、都江堰、龙池三大景区的需要，成立三个协调小组和一个督查办公室，明确责任，分工负责，确保环境整治的权威性和办事力度。在经过专家组反复考察论证后，都江堰市政府又下达了《申报世界遗产第二批环境整治任务的命令》，第二批任务围绕都江堰、青城山风景名胜区的整治力度更大，拆迁的内容更多，特别是涉及部分学校、企事业单位和居民的建筑物难度也更大。但是，为了确保申报成功，市委、市政府和众多单位的干部群众全身心投入，日夜奋战在整治现场，最终顺利完成整治的目标任务，为接受联合国专家检查和申报成功做出了巨大贡献。

2000年11月29日，联合国教科文组织在澳大利亚凯恩斯召开的第24届世界遗产委员会会议上审议通过，青城山一都江堰被列入《世界遗产名录》，使中国的世界遗产数达到27处，居世界第四位。会议充分肯定了都江堰、青城山的文化遗产价值，认为都江堰水利工程创建2600多年，至今运作良好，生动体现了中国古代高超的科学技术，是世界水文治理和水利发展史上的里程碑。青城山是中国道教发源地，对东南亚地区产生了巨大影响。

2001年6月15日，青城山一都江堰列入《世界遗产名录》的颁证仪式在人民大会堂隆重举行，罗哲文等专家也应邀出席。我们对罗老说："申遗成功有你们专家付出的心血和汗水，我们永远感谢你。"罗老笑着说："申报成功了，我为都江堰感到高兴，我为四川、成都感到高兴！"

2001年1月17日，都江堰市委、市政府在南桥广场隆重举行了"青城山、都江堰成功申报世界遗产表彰大会"，表彰并嘉奖了几十个先进集体和先进个人。市委书记侯雄飞做了《让历史记住历史，让历史告诉未来，让历史惠及子孙》的讲话。并回顾了申报世界遗产的历史决策、三年历程和环境整治的艰辛付出，以及申报过程中涌现出的许多可歌可泣的人和事。如：四川水文站在古堰景区整治中，第一个响应市委、市政府的号召；阳光旅游公司不惜牺牲自身利益，拆除了索道和缆车；玉带山庄、青城山庄、碧翠山庄、岷江水泥厂、市人民医院、武警消防中队、天下幽酒厂、都管局、供电局、电信局、新华彩印厂等单位在拆迁整治中做出了巨大牺牲和贡献；文物局和二王庙、伏龙观、李冰纪念馆、索桥文管所的广大文物职工不计较个人和单位的得失，支持市上成立统一的古堰景区管理局；还有成都市二技校的教职员工积极支持申报工作，在拆迁二技校时，不少老师依依不舍地含泪搬出了新装修完的宿舍，其场面感人肺腑。

在都江堰、青城山申报世界遗产的过程中，类似于此的人和事数不胜数，他们的英名和动人事迹，将在都江堰市的申报史中永载史册，都江堰的历史将永远记住他们。可以说，都江堰市申报世界遗产的艰辛历程，不仅是市委、市政府科学决策、周密部署以及全市人民群众热心支持、通力协作的结果，也是一部可歌可泣的地方建设发展史，更是一场动人心魄的历史壮举。

中国首届道教文化节纪实

九　歌

一

青城山是中国仙道思想的策源地，中国道教的发祥地，世界文化遗产地，中国 AAAAA 级风景名胜区……博大精深的道教文化既浸润出它独树一帜、不可再造的名山风采，更彰显出它强势旅游品牌的独特魅力。都江堰市委、市政府历来十分重视都江堰和青城山两大世界文化遗产的保护和开发利用，并思考和谋划着在 21 世纪崭新的社会经济大背景下，进一步挖掘、整理和开发青城山道教文化，充分利用道教文化和中国道教发祥地这块"金字招牌"，重新整合旅游资源，丰富旅游文化内涵，拓展旅游市场，发展旅游产业，进而推动地方社会经济的协调和可持续发展。

2003 年底，网上一则关于"青岛崂山利用道教文化包装风景名胜区"的消息引起了都江堰市有关领导的高度重视。市委书记张宁生要求市委常委、统战部部长何平牵头认真研究，学习借鉴。

2004 年农历正月，中共都江堰市委书记张宁生参加成都市党政考察团到江西考察学习。望着龙虎山"中国道教第一山"的强大宣传，张宁生书记不无感慨，回到都江堰后，她立刻召集了分管宗教、文化的领导们开会，会上她说："现在全国不少地方都在打道教文化的牌，我们都江堰市作为中国道教重要的发源地和发祥地，该怎么办呢？我们应该有所思考，有所动作！"时不待人，张宁生书记组织相关领导对青城山道教文化的进一步挖掘、保护和开发作了专题研究，并提出组织都江堰市"道教文化考察团"赴龙虎山等道教名山进行考察。

于是，由市委常委、统战部部长何平，市政府副市长汪邦军，市政协常务副主席谭易龙带队的"道教文化考察团"赴青岛崂山、湖南衡山、湖北武当山、江西庐山仙人洞和龙虎山等道教名山考察学习，其目的就是通过考察、学习，借鉴国内其他道教名山和景区在发掘、保护和开发道教文化方面的成功经验，把青城山打造成中国道教文化的展示之地和体验之地。

春节刚过，成都市委在召开统战工作的会议上，明确提出2004年要办"一会一节"。"一会"即"道教文化国际学术研讨会"，"一节"即"成都道教文化节"。敏锐的都江堰市领导立刻感到这是一个难得的契机，经研究决定，指示市委统战部"千方百计"将"一会一节"申请到都江堰市举办。

2月下旬，"一会一节"进入筹备阶段。机不可失，市委立刻电话通知正在考察途中的统战部部长何平提前返回，并立即把我市举办"一会一节"所具备的优势和条件，以及举办"一会一节"的初步构想向成都市委统战部进行了详细汇报，请示在都江堰市青城山举办"一会一节"。成都市委统战部同意了都江堰市的请求。但是，具有开拓意识和创新精神的都江堰市领导班子却不满足简单地举办"一会一节"，他们认为这是一次极其难得的机会，完全可以借此搭建一个更大的平台，充分挖掘、整理、保护和开发青城山道教文化，把青城山打造成中国道教文化的展示之地和体验之地，并使其成为全国乃至国际的知名文化品牌，全面推动都江堰市旅游的发展和社会经济的协调与可持续发展。

于是，已积累了丰富的办会经验的都江堰市，经过研究，决定把"一会一节"发扬光大，办成一个国家级、国际性的文化盛会。

3月11日，遵照市委、市政府的安排，市委常委、统战部部长何平与四川省、成都市统战、民宗部门的负责人及四川省、成都市和青城山道教协会负责人一道，进京向国家宗教局和中国道教协会申报，在青城山举办首届中国道教文化节。国家宗教局和中国道教协会在详细审查了都江堰市的举办方案和强有力的保证措施后，很快批准了都江堰市的申请，决定把首届中国道教文化节的举办地设在成都，主会场设在都江堰市的青城山。就这样，都江堰市把握住了一次难得的历史机遇，为青城山和青城山道教文化的发展抢得了先机。

首届中国道教文化节的主题是：自然、生命、和谐、发展。

二

按照成都市的统一安排，中国道教文化节的主会场设在都江堰市青城山，另在大邑县的鹤鸣山、新津县的老君山、成都市的青羊宫设立分会场，与青城山主会场联动，开展相应的文化活动。

这次中国道教文化节的主办方和承办方虽然是各级道教协会和企业，但作为主会场所在地的都江堰市委、市政府给予了高度的重视和大力的支持。市委、市政府把首届中国道教文化节在青城山举办，看作是上级领导部门和社会各界对都江堰市的信任与鼓励，看作是一次对我市组织协调能力、办事效率、社会效率、社会凝聚力等方面的全面检阅。为了确保文化节顺利、圆满、高质量地举办，从决定把中国道教文化节的主会场设在青城山后，市委书记张宁生就结合成都市委"把青城山打造成中国道教文化的展示之地和体验之地"的指示精神，对文化节活动提出了非常明确的要求：中国道教文化节是中国历史上第一个宗教文化节，也是都江堰市第一次承办的国家级、国际性重大节会，策划工作起点一定要高，筹备工作力度一定要大，组织工作一定要严密，协调工作一定要周全，要弱化宗教色彩，强化文化内涵，要把首届中国道教文化节办出水平、办出品位、办出特色。根据市委常委会的决定，都江堰市迅速成立了以张宁生书记为主任，陈学云副书记为常务副主任，何平部长为副主任兼办公室主任，市委、市政府有关领导和青城山道教协会负责人为副主任，相关部门领导为成员的"中国道教文化节都江堰市协调委员会"、中国道教文化节相关组织机构共8个大组（办公室、接待组、医疗卫生组、安全保卫组、市容环境组、风貌整治组、宣传组、旅游推介组）和25个活动项目小组，并很快落实了任务，制定了各组工作职责和时间进度表，明确了各自的责任。

为了确保文化节筹备工作的正常、顺利和迅速进行，从3月起，市委先后3次召开常委会专题研究文化节有关事宜，进行协调和部署。张宁生书记多次率协调组各成员单位登上青城山检查工作，现场办公，解决实际困难和问题。具体负责文化节筹备工作的协调委员会常务主任陈学云、副主任何平，既具体地领导和督促着文化节各项筹备工作的实施和进展，又身体力行，与工作人员摸爬滚打在第一线，辛勤地操劳着。成都市的领导自始至终对青城山主会场的筹备工作给予了极大的重视和高度的关心。成都市委副书记黄忠莹，统战部长何绍华，成都市政府副市长何华章、邓全忠先后3次率领成都市有关部门到都江堰市现场办公，检查文化节筹备工作，对青城山主会场的工作进一步提出要求，并针对具体的问题给予了及时的解决。

在仅仅只有两个多月的时间里，都江堰市在上级领导部门的高度关心下，在社会各界的大力支持下，通过艰苦奋斗，协同作战，奉献出了一个高标准、高质量的文化盛会，创造出了一个速度和效率的奇迹。

三

这届道教文化节不仅是中国历史上第一个宗教文化节，也是迄今为止我市举办的第一个国家级、国际性的文化盛会，规格之高为我市历史之最。要保证整个文化节成功地举办和高质量地展示，其中一个关键环节就是文化节活动的整体创意和各个项目的具体策划。时间紧，要求高，何平同志迅速选调我市对道教文化深有研究和较高造诣的文化界人士组成策划班子，承担起对文化节活动所有方案的创意和策划重任。

于是，张武萌（市文联主席）、周祯林（统战部副部长）、罗鸿亮（市政协民宗委主任）、马瑛（市作家协会主席）、张武杰（市文体局党委副书记）、高尔君（青城山风景区管理局副局长）、文丽（统战部综合科科长）、张剑（书画家）等"走马上任"，在协调委员会常务副主任陈学云、副主任何平的具体领导和指导下，开始了道教文化节的策划工作。

由于这是第一次举办道教文化节，没有任何先例和经验可供借鉴，协调委员会和策划组只能在探索中前进。从3月9日起，协调委员会先后3次召开文化界、宗教界有关人士座谈会，并数次听取上级领导部门、有关专家、学者的意见和召开策划方案的专家论证会，数易其稿后，最终形成了一个长达40页的起点高、项目新，具有长期性、推广性和可操作性的策划方案和两套文案。在文案中，我们认为成都道教文化节组委会坚持的"中国（成都）道教文化节"的提法与中央有关部门所批的精神有些不符，显得地域化了，所以在都江堰区域内坚持了"首届中国道教文化节"的提法。

方案非常新颖独特，其中浓缩了道教文化精髓的"紫气东来""神仙茶会""仙踪侠影""鹤舞人欢""长生道宴""福灯辉映""天籁之音""大道有象""仙山对弈"等11个项目，内容涉及道教科仪、音乐、美术、膳食、养生、理论研讨等诸多方面，把许多人们过去感到神秘莫测、难以触摸的道教文化都具象化、形象化了，并以音乐、音像、图片、文物、茶艺、武术、膳食、图书、舞蹈、诗歌等可听、可视、可品、可尝的形式与内容，与青城山秀美丰富的自然和人文景观有机交融，让人们从视觉、听觉、味觉上感受到强烈的文化震撼。

方案送都江堰市常委会审阅讨论，常委会一致通过，并对方案给予高度评价。不久，方案又送成都市常委会审查，成都市常委会同样一致通过，给予方案充分的肯定。

4月1日，中国道教文化节青城山主会场第一批项目正式启动。由于没有任何先例和经验可供借鉴，要把丰富多彩的策划方案变成具体的项目，任何一个细节和环节都需要筹备工作组赶赴现场亲力亲为。从解说词撰写到人员培训，从展厅和风格设计到家具样式的定制、材质的选择，从大师真迹寻踪到珍贵图片的收集、整理，从环境、氛围营造到建筑装饰等，大到项目风格的集体审定，小到标点符号的精益求精，筹备工作组的同志都呕心沥血、躬身亲为，既明确分工，又相互协作，没有上下班区别，没有星期天、节假日概念，有的还住在了青城山上，现场指导工作，督促着项目的进展。宣传组为了有效保证文化节对"政治性""政策性"的要求，给前来采访的媒体记者提供翔实的采访材料，数次深入现场收集资料，编写了《媒体采访实用手册》。协调委员会常务副主任陈学云、副主任何平为了确保"三性"（政治性、政策性、公共安全性）要求和文化节筹备工作的顺利进行以及活动项目的高质量实施，更是严格把关，统筹安排，听取情况汇报，进行部署，而且多次与工作人员一道登上青城山现场办公，督察项目进展，切实解决实际问题。

都江堰市过去举办大型节会活动，资金来源主要靠地方财政，活动过多无疑会给地方财政带来一定的压力与负担，这在政府职能转换、市场机制日益成熟、市场经济日益发达的新形势下，显然有待突破。在市委、市政府的大力倡导下，协调委员会从筹备工作开始之初，就决定大胆创新，锐意开拓，探索与企业合作，走社会化、市场化的路子。

亿达集团有限公司、亿达集团四川投资发展有限公司是2002年才落户都江堰市的集房地产、软件信息服务平台建设及软件人才教育培训等多种产业为一体的大型集团企业，非常关注青城山道教文化的发展，早就有意要寻找一个契机或者平台，与都江堰市政府合作，进一步挖掘、开发和光大青城山道教文化，并打造出一个强势的文化品牌，大力推动青城山、都江堰的对外影响。

协调委员会经过与亿达集团的数次接触和磋商，最终形成共识，争取到了近300万元的资金支持，使我市重大活动实现了"政府主导、公司市场化运作、单位和部门竭诚合作"的模式，为文化节的顺利、圆满举办打下了坚实基础。

四

2004年6月5日晚，经国家宗教局批准，由中国道教协会、四川省道教协会、成都市道教协会主办，青城山道教协会、亿达集团有限公司、亿达集团四川投资发展有限公司、四川大学承办的"首届中国道教文化节开幕式暨大型道教文化主题晚会"，在青城山主会场隆重举行。全国人大常委会副委员长傅铁山致电组委会，祝道教文化节取得圆满成功；全国政协原副主席王文元亲临现场，宣布中国道教文化节开幕；中央统战部、国家宗教局、文化部领导到会指导，来自美国、英国、法国、日本、韩国、澳大利亚、新加坡等14个国家的90多位专家学者与中国台湾地区、香港、澳门特别行政区和内地专家学者、道教界人士、各方嘉宾共2000余人齐聚青城山下，参加这一国家级、国际性的文化盛典。

首届中国道教文化节开幕式由中国道教协会副会长黄信阳主持，中国道教协会副会长张继禹、国家宗教局有关领导、成都市市长、都江堰市市长分别致辞。开幕式结束后，演出了道教文化主题晚会——紫气东来。晚会由"鹤舞九天""混沌初开""大道通天""太极""万方乐奏""八仙过海""清茶飘香""剑拔乾坤"等蕴含丰富道教文化的节目组成。晚会以浓郁的道教文化和宏大的场面、精湛的表演赢得了各界的一致好评。

晚会结束后，四川省副省长张作哈点亮了八百盏祈福灯，与天上焰火、七星灯、孔明灯交相辉映。建福宫内，也点亮了千盏神灯。而在开幕式前，鹤翔山庄的"鹤舞人欢"活动和道家宴席美食展已先期举行。

首届中国道教节开幕式及主题晚会，由我市电视台成功地进行了同步实况转播。这是第一次由我市的电视媒体独立完成的现场转播，及时地将开幕式盛况送到了千家万户。

6月6—11日，浓缩了道教文化精髓的"神仙茶会""仙踪侠影""鹤舞人欢""长生道宴""福灯辉映""天籁之音""大道有象""仙山对弈"等十多个文化活动项目从青城山新山门到鹤翔山庄，到建福宫、天师洞、上清宫、老君阁全面拉开。与此同时，道教文化国际研讨会在青青园宾馆举行，来自20多个国家和地区的专家学者济济一堂，分别就道教与音乐、道教与艺术、道教与养生、道教与哲学等课题进行了广泛深入的研讨。几天的节庆活动之后，为我市留下了可永续利用的项目：仙山对弈。通过业余棋手和孔祥明专业八段、唐莉专业初段的比赛，扩大和宣介了青城山的知名度和优越的条件，为把青城山打造成为中国的围棋培训和比赛基地奠定了基础。

通过道教茶文化的表演，挖掘和弘扬了道教文化，推动了旅游经济的发展。中国道教协会副会长黄信阳说："当初都江堰市来中国道教协会申报举办道教文化节时，我们还有一种隐隐的忧虑和担心，时间这么短，都江堰市能办好这次道教文化节吗？现在我们参加了开幕式，又参观了山上山下许多文化活动项目，都江堰市在如此短的时间内，给大家奉献出了一台如此高水平、高质量、高效率的文化节盛会，完全出乎我们的意料，其他地区是很难企及的。我们非常高兴，也十分感谢都江堰市！"

新加坡道教总会会长陈添来评价说："新加坡的道教活动大多数都是道教音乐会、展览、法会等，体现宗教性的多一些，而很少举办像青城山这样规模宏大、气势磅礴的文化活动；文化节从不同角度反映了道教博大精深的内涵和哲学意义，能参加这次活动我感到非常荣幸！"闻讯而来的美国国际文化科学院诸成炎教授登上青城山，在参加了富有特色的文化活动项目后，欣然做出决定：该院牵头捐建"青城山87神仙石刻图"。6月9日在上清宫举行的捐建奠基仪式上，诸教授说，青城山不仅是中国道教的发祥地，还是世界文化遗产地，道教文化的保护和开发工作做得很好，把"87神仙石刻图"放在青城山是最好的选择。

其他专家学者和道教界人士以及境内外游客，也对本次道教文化节给予了极高的评价。

这次道教文化节起点高、规格高为我市历史之最：海内外嘉宾云集数量多，周期长、项目多为我市历次活动之最，并且完全达到了国家宗教局提出的确保不出政治性、政策性、公共安全性问题的"三性"要求；另外，文化节突破财政包揽，走社会化、市场化的路子，为我市今后举办大型节会活动开启了一个符合市场经济发展规律的崭新模式。

这次文化节长达 6 天，共有十多个项目亮相，许多项目都能持续开展和永续利用，不仅进一步挖掘、整理和开发了道教文化，也为青城山的旅游注入了丰富的文化内涵和持久发展的生命力。文化节期间，共有 20 多万游客前来青城山、都江堰，旅游综合收入达到 5000 多万元，这对我市旅游目的地的打造和发展会展经济做了有益的尝试，并积累了可贵的经验。

这次道教文化节吸引了 50 多家来自境内外各级媒体的广泛关注，电视、广播、杂志、网站都辟出专栏报道文化节盛况，共刊发、播发各类消息 2000 余条（次），各大网站及境外媒体转载信息 10 多万条，确立了成都作为中国道教发源地和青城山作为中国道教的开宗圣地的地位，在世界范围内全面生动地宣传了青城山、都江堰，大大提升了成都市和都江堰市的对外影响力，塑造了青城山、都江堰市的强势旅游品牌。

首届中国道教文化节的成功举办，让国家宗教局和中国道教协会充分认识了成都市和都江堰市举办大型节会活动的领导能力、组织协调能力、策划能力以及保障能力。中国道教协会有关负责人表示，第二届中国道教文化节，其举办地和主会场将首选成都、青城山。

首届中国道教文化节在成都举行了闭幕式。6 月 15 日，全国政协主席贾庆林视察了青城山，青城山道教协会主要负责人向贾庆林同志汇报了刚刚结束的首届中国道教文化节的盛况和圆满成功后，贾庆林同志非常高兴和赞赏。当他从成都市领导及都江堰市领导的汇报中了解到成都市、都江堰市和青城山都希望继续举办第二届中国道教文化节时，他表示：既然大家都说道教文化节好，我看，有了第一届就有第二届嘛。

第二章 沪上好雨知时节

HU SHANG HAO YU ZHI SHI JIE

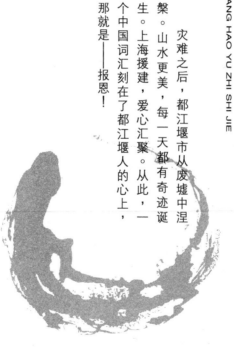

灾难之后，都江堰市从废墟中涅槃。山水更美，每一天都有奇迹诞生。上海援建，爱心汇聚。从此，一个中国词汇刻在了都江堰人的心上，那就是——报恩！

奇迹都江堰

陈 伟 高纪开

"让中央放心，让群众满意，对历史负责，向世界交代。"三年间，为了这庄重的承诺，"5·12"汶川特大地震极重灾区都江堰市的干部群众，感恩自强，奋力重建更加美好的家园。

特大地震以极端的方式，检验了城乡改革发展的成果；灾后重建，又成为深入推进城乡改革发展的典型实践。都江堰市不仅创造了人类灾后重建史上"两年跨越二十年"的奇迹，更使灾后重建成为推动经济振兴崛起、社会文明进步的契机。现代城市与现代农村和谐相融、历史文化和现代文明交相辉映的新型城乡形态，已初步呈现。

这份灾后重建的答卷，再次有力地证明，城乡发展是符合中央精神、符合群众愿望、符合发展规律的科学发展之路。

一

2008年5月12日，一场特大地震，以特殊的方式，考验着复兴之路上的中国。

灾难突降，惊心动魄。不畏艰险，百折不挠。

三年间，无论是生死竞速的救援，还是艰苦卓绝的重建，在世界面前都展现出气壮山河的中国力量、中国速度、中国精神。

三年前，天府广场的烛光，温暖着成都，温暖着每一个受灾群众。

逝者安息，生者前行。凤凰涅槃，浴火重生。

三年间，震后的成都受灾地区，新的家园炊烟袅袅，城乡面貌脱胎换骨。用统筹城乡发展的思路和办法又好又快推进灾后恢复重建，成都将重灾区建设成为科学重建、科学发展样板，谱写了坚强奋起、砥砺奋进的时代乐章。

赢得灾后重建这场大考，既是一次应对危难、负重前行的胜利，更是一场化危为机、深化城乡改革、加快推进城乡全面现代化的精彩实践。

经历了灾难的洗礼，收获的不仅是灾区的新生，还有深入推进城乡改革发展的信心、决心和宝贵经验。

穿越灾难，站在"十二五"新起点，成都步履铿锵。1000多万成都城乡群众正携手并肩，共创共享新的发展篇章。

二

"让中央放心，让群众满意，对历史负责，向世界交代。"

三年间，为了这庄重的承诺，在残垣断壁上，极重灾区都江堰市感恩奋进，重建家园。

而今，承诺基本实现。在成都市委、市政府的坚强领导下，都江堰市经受了特大地震和特大山洪泥石流灾害的极端考验，夺取了灾后重建全面胜利。

一幢幢新房从废墟上拔地而起，掩映在山林间、花海里；一座座桥梁、一条条公路在昔日的"生命通道"延伸；都江堰依旧安然无恙、青城山重披新装，灿烂的文明之光依然闪耀，传承不息。

灾难不仅是对城乡改革的极端检验，也开启了都江堰市科学发展的新征途：不仅创造了世界灾后重建史上"两年跨越二十年"的奇迹，更使灾后重建成为推动经济振兴崛起、社会文明进步的契机。现代城市和现代农村和谐相融、历史文化和现代文明交相辉映的新型城乡形态，已初步呈现。

三

2200多年前，都江堰创造了世界水利史上的奇迹。这个全世界迄今为止年代最久、唯一留存的无坝引水工程，让蜀地从"水患频仍"变为"沃野千里"，滋养出了"天府之国"中国的大后方。

2200多年后，仍旧是在这片土地上，63万都江堰人坚韧卓绝，在短短的三年里，经受了抗震救灾、过渡安置、灾后重建的重重考验。

翻开都江堰市抗震救灾的记事簿，每一页都在平实地记录着不平凡的奇迹。

地震当天，都江堰市委在中央、四川省、成都市的坚强领导下，充分发挥领导核心作用，第一时间成立抗震救灾指挥部，第一时间启动应急预案。全市广大干部群众强忍痛失同胞、亲人的巨大悲痛，承受财产损失的巨大压力，冒着余震不断的巨大危险，众志成城、万众一心，全力以赴抗震救灾。

震后第2天，广播电台恢复；第3天，通讯基本恢复，打通龙池生命通道；第4天，供电供水基本恢复；第7天，首批受灾群众入住板房，打通虹口生命通道，所有乡镇公路畅通；第9天，全面完成40余万受灾群众应急临时安置；第24天，全市近7万中小学生全面实现板房复课；8月1日，17.7万受灾群众全部住进板房……

抗震救灾的百日攻坚战里，都江堰市 1029 个基层党组织、29110 名共产党员，团结、引领全市人民展开了可歌可泣的生死大营救，从废墟中救出被埋群众 4325 人，10000 余名伤员得到及时医治，转送 4732 名伤员到外地救治。

没有发生饥荒，没有出现流民，没有暴发疫情，更没有引发社会动荡。震后的废墟上，党旗依旧飘扬；板房社区里，生活在继续；临时校园里，书声依然琅琅。都江堰市和其他灾区一道，创造了人类救灾史上的奇迹。

穿越灾难，守望相助。作为极重灾区的都江堰市，传递着人间大爱。在奋力自救的同时，担当着全省抗震救灾的基地、窗口、通道重任。玉堂镇、紫坪铺镇的"爱心接力补给站"，成千上万汶川受灾群众得到了接济转运。

生死竞速的抗震救灾，淬炼了都江堰市的应急动员能力和应急处置能力。面对"8·13""8·18"特大山洪泥石流灾害，都江堰市第一时间启动应急预案，实施了受灾乡镇全民总动员，成功组织临灾避险 43300 余人，妥善安置 6400 余人，创造了重大自然灾害中有效实施临灾避险、最大限度减少人员伤亡的成功范例。

聚沙成塔，集腋成裘。"都江堰速度""都江堰力量"不仅是抗震救灾"成都经验"的生动体现，更是伟大抗震救灾精神的生动缩影。

四

重建之路更加艰苦卓绝。距离震中映秀 10 公里的虹口乡深溪沟地震遗址，寂静的山谷里存留着地震的遗迹；距离深溪沟几公里的白沙河畔，重生的虹口生机勃勃。

触目惊心的惨烈记忆，永远铭记在心里。科学规划、科学重建新家园，是都江堰市对旷世灾难的永远致敬！

在"5·12"汶川特大地震10个极重灾区中，都江堰市人口最稠密，居民结构类型最多，经济发展水平较高，受灾群体利益格局更加多元，又是震中地区抗震救灾和灾后重建的重要通道和基地。其地缘、人口、经济、灾情等因素综合构成了抗震救灾、灾后重建的特殊复杂性和重要性。

在重建过程中，都江堰市能不能避免世界灾难史上不少地区发生的治安混乱、疫病蔓延、资源浪费、重建缓慢等"综合征"？

十万居民住板房、十万家庭建住房、十万大军在建设、千栋危房需拆除、千个项目在施工……面对这样异常艰巨复杂的重建任务，都江堰市委、市政府能不能兑现承诺，如期完成重建目标？

2008年底，党和国家领导人在成都视察抗震救灾工作期间，做出了"用推动城乡改革的思路和办法推进灾后重建"的重要指示。

五

三年间，都江堰市全力打造灾后重建样板和城乡统筹综合配套改革示范。不仅着眼于解决受灾群众的过渡安置、永久安居，还以长远的眼光、人性的视角、科学的举措，谋划灾区未来的持续发展。

三年中，都江堰市不仅改善城乡受灾群众的居住条件，还进一步优化城乡整体布局。

三年里，都江堰市用智慧和汗水，一次次延展着灾后重建的画轴，一个更加现代的城镇体系初步形成。汇集全球 10 家一流规划机构，严格按照灾后农房重建规划的"四性"原则和世界现代田园城市规划的"九化"要求，科学编制形成了覆盖全域的城乡建设总体规划，确立了未来田园城市构架体系。

基础设施实现了历史性跨越。率先在成都区域范围内步入快铁时代。覆盖城乡的水、电、气、路、讯、光纤等管网体系，让都江堰市受灾群众在家门口就可感受到民生的阳光。

城乡住房重建全面完成。完成 6 万余户农房重建，建成 205 个农村新型社区建设；建成 260 万平方米城市安居房、廉租房，顺利完成 18058 套城镇安居房和 698 套廉租房、公租房分配。

公共服务硬件整体水平西部领先、全国一流。一栋栋新居，在青山绿水间错落有致，医疗点、服务站、放心商店、健身区等配套设施一应俱全；一个个新的文化站、文化活动室拔地而起，公共文化服务全面恢复和提升。城里城外的群众，共同享受到统筹城乡、科学重建的丰硕成果。

产业全面升级振兴。产业重建，成为都江堰市加快经济发展方式转变的新契机：一个以旅游业为主导的现代服务业体系正在形成，震后一度下滑的旅游业如今超过了震前水平，2010 年迎来 1100 多万中外来客；一个更加环保生态的现代工业集群，在科技创新中提档升级；以 10 万亩现代生态农业集聚区建设为引领，正构建独具优势的现代农业新格局。

六

从抗震救灾到灾后重建，细节处的生动，往往蕴藏着奥秘。可以说："地震以极端的方式检验了成都市、都江堰市城乡改革发展的成果。"地震发生后，成都市调集动用了前所未有的人力、物力、财力驰援灾区，率先实现抢险救援到村。举全市之力，紧急组织市内对口援建工作，组织发动群众自救，率先完成了受灾群众的临时安置，使受灾群众在最短时间内做到了有饭吃、有衣穿、有干净水喝、有安全住处。

成都市近年来城乡发展的实践，强有力地支撑了极重灾区都江堰市抗震救灾、加快重建进程；而都江堰市灾后重建的进程，也鲜活地诠释了城乡发展是全面落实科学发展观的生动实践。

2003 年以来，都江堰市按照城乡一体化发展战略，全力推进"三个集中"，工业集中发展布局调整优化，土地集中规模经营加快推进，农民集中居住度大幅提升，城乡建设基础不断夯实。

城乡改革的实践，不仅为成都灾后重建提供了坚实的物质基础，在这个过程中所形成的一系列经验，更为灾后重建攻坚克难、突破创新提供了大量有益的思路、办法和机制。

在都江堰市，震前开始的新型农村合作医疗和农村产权制度改革试点，财政集中支付、土地统征统供、统规统建安置、失地农民社会保障和规范化服务型政府建设等一系列重大改革，全域总体规划，城乡路网、污水处理厂等重大基础设施建设，31 所标准化中小学等公共服务设施建设……这一桩桩、一件件，为都江堰市重建提供了源源不断的"造血细胞"。

七

在艰巨的重建任务面前，都江堰市锐意改革的脚步没有放慢。2008 年 3 月 30 日，都江堰市柳街镇鹤鸣村 7 组 34 户村民，第一次领到了《农村土地承包经营权证》《集体建设用地使用证》以及和城市居民一模一样的大红本——《房屋所有权证》。

2008 年 5 月 12 日下午，原定在柳街镇召开的成都农村产权制度改革试点现场会，因地震中止。在艰巨的重建任务面前，都江堰市干部群众的改革激情依旧燃烧。地震后，都江堰市农村产权制度改革试点的步伐，全面加快。

2008 年 6 月 26 日、8 月 7 日，成都市相继出台灾后城乡住房重建的有关政策，提出用城乡改革的思路和办法推进灾后住房重建的政策措施，其中就包括联建。

市场化重建，开辟出成都市灾后重建的特色之路。在城乡一体的市场机制平台上，都江堰市自主解决了超过 2/3 的重建资金。

"用活用好灾后重建政策，经济社会发展至少提速十年！"这是该镇时任党委书记柴林的体会。

虹口乡在重建中，运用城乡改革的思路和办法，"找到了可持续发展空间十到二十年"。历尽风雨艰辛又见彩虹，该乡时任党委书记马远见充满自信、自豪。

以农村产权制度改革为突破口，都江堰市进一步建立健全城乡发展体制机制，市场化配置资源能力显著提升，基层新型治理机制不断完善，使灾后重建的过程成为加快试验区建设的过程，成为推进城乡改革、"四位一体"科学发展的过程。

以城镇重建提升为契机，都江堰市通过高水平编制灾后重建规划，把灾后重建与完善城镇体系、提升城市品质、建设国际旅游城市相结合，构建以城带乡、城乡一体、互动发展的新格局，科学引领城乡全面现代化。

把灾后重建与发展城乡公共事业、完善社会保障体系、促进社会全面进步相结合，都江堰市加快建立广覆盖、一体化、多层次、可持续的社会保障体系，开创城乡协调发展、公共服务均衡配置的新局面。

更加注重精神家园建设，不断深化基层民主政治建设，都江堰广大人民群众充分发挥了灾后重建的主体作用。

重塑经济社会发展的内生机制，培植自我再生的造血功能。废墟上重新挺立起来的都江堰市，三年里沿着物质重建、文化复兴、社会重构这三个维度，一砖一瓦重绘出美丽新家园！昂首走过"从崛起危难到全面振兴"的重建轨迹，"从悲壮走向豪迈"的非凡历程。

一幅幅"青山绿水抱林盘、大城小镇嵌田园"的现代田园城市的美丽画卷，是琴弦上飞扬的旋律；画里乡村虹口、田园村庄天马、坚固依旧的鱼嘴，是琴弦上闪亮的音符。

伟大的抗震救灾精神，是这支交响曲的光辉主题。三年里，在前所未有的挑战面前，"孤岛虹口"的生命通道、龙池飘扬的红旗、倒在灾后重建战场上的翠月湖镇原党委书记白帆的身影，凝聚成执着的坚守与奋进，如同星夜的亮光、黎明的晨曦，照亮着英勇的人民坚强前行。

回首不平凡的三年，都江堰市干部群众感恩之心、奋进之情溢于言表。

从抗震救灾到灾后重建的这段历史，是一段大爱无疆、情系灾区的历史：中央、四川省、成都市领导心系群众、情暖灾区，多次深入一线、靠前指挥，以无微不至的深切关怀鼓舞起我们众志成城的坚强信念。

这是一段血脉共搏、风雨共担的历史：全国人民特别是上海人民情系灾区、无私援助，心手相连、共克时艰，以血浓于水的真情厚谊，凝聚起我们和全国人民万众一心的强大合力。

这是一段坚强奋起、创造奇迹的历史：全市广大党员和干部群众手挽手、心连心，艰苦奋斗、不屈不挠、勇往直前，铸就数十万都江堰儿女从悲壮走向豪迈的非凡历程。

好雨知时节　援建谱宏篇
——上海市对口支援都江堰市灾后重建工作纪实

对　力　口　宣

　　党中央、国务院决定由上海市对口支援都江堰市灾后重建工作后，上海集全市之爱、汇全市之智、举全市之力，形成了党委政府高度重视、人大常委和政协积极关心、各委办局全力支持、各区（县）鼎力相助、社会各界踊跃参与、上海援建都江堰指挥部高效运作的格局。2000万上海人民和63万古堰儿女心手相牵、无私无畏，超常付出、全力以赴，以最高的热情、最快的速度、最大的力度，全方位实施对口援建。上海援建指挥部和驻都江堰市的12000名建设大军以及医疗教育、卫生、公安和志愿人员等，始终坚持科学援建、优质援建、务实援建，着力建设优质工程、可持续发展工程、人民群众满意工程，实现了工程出精品、队伍出精英、援建出精神，以"上海速度""上海质量""上海水平"，帮助都江堰实现恢复重建和更高层次整体提升。对口援建近三年来，上海签约启动五批117个援建项目，投资总额约82.5亿元，形成"521"项目布局，着力形成一批紧贴硬件的软件支持机制。

千里驰援

　　2008年5月12日，8.0级大地震重创都江堰，导致城区80%以上房屋受损，山区、沿山区95%以上房屋受损，43.76万人无家可归，城区、旅游资源富集区满目疮痍，城市功能、自然生态遭受严重破坏，直接经济损失高达500多亿！

灾难发生后，党中央、国务院高度重视，胡锦涛总书记、温家宝总理第一时间赶赴灾区，指导抗震救灾工作。根据党中央、国务院的统一部署，安徽、山西等省及成都市部分区（市、县）参与了以搭建板房为主的救灾安置工作，其后的对口援建由上海援建都江堰市。2008年6月7日，中共中央政治局委员、上海市委书记俞正声赶赴都江堰市，视察指导抗震救灾工作，正式拉开上海对口支援都江堰市的序幕。6月11日，国务院办公厅《关于印发汶川地震灾后恢复重建对口支援方案的通知》（国办发〔2008〕53号）发布。文件要求各地根据经济发展水平和区域发展战略，中央统筹协调，组织东部和中部地区省市支援地震受灾地区。文件同时要求，各支援省市每年对口支援实物工作量按不低于本省市上年地方财政收入的1%考虑。对口支援坚持"硬件"与"软件"相结合，"输血"与"造血"相结合，当前和长远相结合，调动人力、物力、财力、智力等多种力量，优先解决灾区群众基本生活问题。2008年6月23日，上海市对口支援都江堰市灾后恢复重建首批启动项目意向书签订仪式在都江堰市举行，在全国18个援建省市中走在前列。2008年6月28日上午，上海市委组织部会议室组建了一支来自上海各单位的精兵强将34人的援建队伍——上海对口支援都江堰市灾后重建指挥部。两天后，上海对口支援都江堰市灾后重建指挥部在18个援建省市中，第一个整体进驻受援地，开始为期两年的对口援建。2008年7月28日上午9点28分，上海市市长韩正一声令下，挖掘机挥动巨臂挖开土方——上海对口援建都江堰市灾后重建首批项目动工建设，援建工程建设拉开大幕，一大批民生项目率先开工。两年时间，上万建设大军开赴都江堰，总投资82.5亿元的117

个对口援建项目落地开花，上海援建领跑千年古城重建！上海、都江堰因震结缘，写下灾后重建史上的奇迹，铸起灾后重建的丰碑！

科学援建　优质援建　务实援建

科学援建，帮助都江堰形成"五个体系"。上海援建切实结合都江堰市情、灾情和民情，坚持硬件与软件、当前与长远、"输血"与"造血"、物质家园重建与精神家园重建相结合，注重提升援建项目的整体功能和长远效应，努力在援建项目体系上走在全国前列。

在援建项目功能和框架体系上，提出了"521"的布局：

"五个体系"：一是教育支撑骨干体系。共26个项目，涉及24所学校基本建设和2项装备配套项目，占灾后重建学校47%，可容纳学生数34000名。二是医疗卫生服务体系。共28个项目，涉及6个市级医疗机构、14个乡镇卫生院（社区卫生服务中心）和村卫生室及医疗设备，共1800张床位，占都江堰灾后重建医疗床位数74%，实现了当地老百姓在家门口看病的心愿。三是城乡安居房基础体系。共8个项目，涉及57.1万平方米安置房、廉租房及公建配套，可安置5600户受灾居民；援建74个农民集中安置点水、电、气、路、通信等配套基础设施；实施农村低保户家庭自建房补贴和困难家庭安置补助。四是城乡用水治污框架体系。共13个项目，主要包括1个水厂和8个污水处理厂，管道全长130多公里，能让80%的都江堰市民喝上优质自来水，并实现污水管网全覆盖，保护成都市水环境和市民用水安全。五是支农惠民保障体系。共21个项目，主要是10万亩现代生态农业集聚区，包括1个现代化农产品交易市场、10个特色示范基地，覆盖 12 个乡镇、60% 的耕地、44% 的农民。

"两个支撑": 一是公共服务设施支撑。共 13 个项目, 主要是都江堰市文化馆、图书馆、档案馆、新闻中心、工人文化活动中心、社会综合福利院和村(社区)活动中心等公共服务设施; 以援建的"壹街区"项目为载体, 促进都江堰城市旅游、商业、公共服务等功能进一步完善。二是产业发展提升支撑。共 4 个项目, 涉及 10 万平方米标准厂房创业就业基地和道路建设, 基地集聚了上海高科技园区的先进经验, 在就业保障、创业孵化、科技支撑等方面先行先试。当地群众称为"生命之路、安全之路、发展之路", 全长 23.8 公里、海拔 1450 米的山区公路——蒲虹公路建设和连接城区与产业发展组团区域的蒲阳干道改造, 将助推产业园区发展。

开展一系列软件援助和智力支持: 共 4 个项目。开展规划援助, 帮助编制都江堰市灾后重建总体规划和城镇体系、旅游体系、综合交通体系、现代农业发展、城市片区详规 5 个专业规划。加强科技支持, 推进上海研发公共服务平台、创新驿站、流动科技馆入驻都江堰, 组织两地经济、社会、规划、建设、生态、环境等各领域 100 多名专家为都江堰灾后重建建言献策。开展结对共建, 发挥上海在人才、技术、管理、科技等方面的优势, 通过加强人才培训、提供技术支持、完善管理规程等措施, 保障援建项目的有效运行和功能发挥。

优质援建, 建设优质工程、可持续发展工程。上海援建始终把质量安全放在第一位, 坚持形态服从功能、建设服从规划、进度服从质量, 把国家标准、都江堰实情和上海水平相结合, 建立了全方位、全过程的质量管理体系。在造血功能上, 着力建设可持续发展工程。注重援建项目符合灾后重建长远规划, 提升援建项目的聚集效应和关联带动作用, 延长产业链条, 发展产业集群，促进产业升级。比如，10 万亩现代农业聚集区、10 万平方米标准厂房就业创业基地等具有"造血功能"的援建项目，为都江堰发展创造空间。"壹街区"，项目占地 1.5 平方公里，将建成集居住、就学、就医、商业、文化、旅游、休闲等融为一体，体现川西风貌和上海风情的综合商住区，其中 28 万平方米安居房项目已于 2010 年 8 月通过电视公开摇号分配到了受灾群众手中。同时，上海援建还着力形成以政府引导为关键，以两地企业为主体，以优势互补为基础，以市场运作为导向，以产业项目为载体，以合作共赢为依托，全方位、多层次、宽领域的经济合作长效机制，促进都江堰产业发展增强"造血功能"。

务实援建，大力开展智力支持和精神家园重建。上海援建帮助编制都江堰灾后重建总体规划、城镇体系规划、产业发展规划、综合交通规划、古城区旅游规划 5 个规划。两年来，上海共组织 8 批 1118 名医疗队伍、2 批 127 名教师、2 批 210 名公安干警开展支医、支教、支警援助；帮助都江堰 359 名教师赴沪进行为期 2 个月培训及 1193 名职业高中生在沪就读；帮助 2525 名都江堰市卫生、教育、农业、科技、商务、旅游等各类专业技术和管理人员进行培训。上海市 18 个区（县）四套班子有关领导带队到都江堰市对口乡镇对接、推进工作共计 133 批 1447 人次，以援建项目、捐款、捐物等多种方式对口支援我市各乡镇资金和实物价值约 1.7 亿元，受到了地方乡镇党委政府及人民群众的一致欢迎和好评。

泪别亲人记大恩

2010 年 8 月 14 日，上海市委副书记、市长韩正在援建代表项目壹街区同心广场宣布上海市对口支援都江堰市灾后重建所有项目竣工，在全国 18 个省（市）中，上海是第一个完成援建任务的援建方。9 月 18 日，都江堰市社会各界欢送上海援建队伍大会在我市举行。9 月 21 日，都江堰市社会各界送别上海援建队伍在上海援建指挥部驻地青城山镇玉景园举行。都江堰四大班子领导与指挥部领导同志依依惜别，来自都江堰市的上万群众自发沿援建队伍撤离的公路冒雨送别，场面感人，援建者们几度感动落泪。时过境迁，再回忆起这些历史性的时刻，一切却都历历在目。而在记忆深处的，更还有那些人、那些事。

在援建之初，进驻援建指挥部的 34 名同志昼夜工作，废寝忘食，最后不得不采取拉闸限电的方式强迫大家休息，直到援建结束，他们每天的工作时间仍然在 14 个小时以上。上海指挥部办公地点在青城山脚下的一处农家小院内，条件简陋，气候潮湿，同志们的衣服放久了就会受潮发霉。他们几十号人挤在一间大办公室集体办公，会议室的桌子还一直保留着当初援建工作一开始时，几张乒乓桌拼起来的状态。薛潮总指挥的办公室在指挥部二楼的一个角落，十来平方米，除了一张桌子、一把椅子之外，堆满了文件和资料。在上海援建指挥部，经常能听到同志们在三位指挥长的带领下，高唱《我和我的祖国》《生死不离》《同一首歌》和上海援建之歌《重建辉煌》，他们就是以这样的方式，时刻坚定着援建的信仰和必胜的信心。在上海指挥部，"五加二"（一周五天加上两个休息日都工作）、"7 * 16"（一周工作 7 天，每天 16 小时）、"白加黑"（白天、晚上都工作）、"夜总会"（夜晚总开会）已成习惯。

蒲虹公路建设启动，是薛潮总指挥带领大家，攀爬着将战斗的旗帜插上海拔 1450 米的山头。"援建都江堰，就是要以人为本，尊重科学，就是要多做民生工程和精品工程。""越是艰苦，越是困难，越是要迎难而上，敢于胜利。"薛潮总指挥以非凡的气魄带领 34 名援建干部发扬了上海精神，展示了上海速度，践行着援建使命。

2008 年 5 月 21 日，许解良副总指挥只带了 13 个人在半夜进入都江堰，当时，他是志愿者。后来，他成为指挥部的重要一员。两年里，他赴绵阳，登甘孜，上映秀，下北川，到板房，搞重建，风风火火，一刻也没有休息过，就是在查看项目建设，脚受伤的情况下，还坚持工作，毫不懈怠。

明芳副总指挥在儿子扁桃腺发炎开刀，因病情复杂全身麻醉尚未苏醒的情况下，在他的母亲耳朵动大手术，切片还没有完成的情况下，都毅然返回了都江堰。在援建的两年时间里，明芳副总指挥作为一个分管资金、分管项目的领导干部，不仅严格要求自己、一丝不苟，而且事事率先垂范，从严制定制度，从严执行制度，确保了援建资金安全、到位。

在项目建设工地，但凡见到薛潮总指挥，就都能见到张海涛助理。这位有着 40 年工龄、37 年党龄的老党员的父亲和岳母都是瘫痪老人，一个在杭州，一个在上海。每次探亲，他都是三天奔上海，三天奔杭州，自己的家从没有好好回去过。

"一个成功的团队里没有失败者，一个失败的团队里没有成功者。"在指挥部，每一个人身上都有着让人钦佩的故事。综合计划组的卜强同志是一个关心爱人的"好丈夫"，更是一个一心扑在地震灾区的好干部。2009 年 5 月 13 日，《新民晚报》以《凌晨的爱》为题，报道了卜强同志每天凌晨 4 点钟给患严重哮喘的爱人打电话询问爱人是否平安的事迹。俞正声书记为此专门作出批示。但当薛潮总指挥拿着俞书记批示和卜强谈话时他却说：我已经来了一年了，对每项工作都很熟悉，如果再派一个人来，对资金流程不熟悉，会影响援建进程。我一定坚持到两年援建结束，和大部队一起回去。

上海驻成都办事处的主任何怀青，他是在地震后的第二天看到新闻就迅速赶往都江堰的，他知道上海需要这里的第一手信息。后来所有上海的信息，所有的物资，在那个时候，都是他在那里做的前线调度和指挥。实际上，他已经在成都办事处工作三年了，按规定应该调回，现在又参加抗震救灾和灾后重建，并一直坚持到援建结束，毫无怨言。

还有那些日夜奋战在援建一线的援建队伍。上海援建的蒲虹公路是虹口乡通往市区的唯一公路，全长 23.8 公里，被誉为"生命之路"。工程位于崇山峻岭区，受地震影响大，沿线地质灾害点多，险峻连绵，是上海对口支援都江堰灾后重建项目中施工难度最大的工程之一。工地上用木条搭成的简陋棚子里，住着来自上海的建设者。他们盖的是军用大衣，吃的是一把花生拌干辣椒，灶台是石头搭的，喝的水是临时挖坑积下的雨水。

在两年多的援建时间里，像这样的人和事还有很多，可以说，每一支援建队伍都用行动谱写了一首壮丽的诗歌，每一位援建人员身上也都有着令人感动的故事。肩扛特殊使命，融入特殊环境，12000 名援建者们经受的人生历练、党性锤炼、意志磨炼和能力锻炼，与学习实践科学发展观活动的开展有机融合、相互促进。"把上海的援建项目建成和都江堰水利工程一样，经得起实践、人民和历史的考验。"就是这样的自我要求，12000 余名援建者，披星戴月，风雨兼程，无私奉献，取得了援建工作的一个又一个阶段性胜利。2009 年 9 月 1 日，"都江堰市灾后重建中小学竣工交接仪式暨 2009 年秋季开学典礼"在北街小学举行。2009 年 12 月 26 日，上海市援建我市乡镇医疗卫生机构竣工移交运行仪式在新建成的平义社区卫生服务中心举行，来自上海红十字会等爱心人士将象征 14 个乡镇医疗机构的钥匙交到各医院院长手上。2010 年 1 月 1 日，上海对口支援都江堰援建工程决战

2010 年誓师大会在上海援建项目都江堰"壹街区"上善小区工地现场隆重召开。大会确定了援建"三大战役"（大干 40 天，冲刺 90 天，决胜 50 天），即 2010 年 2 月 10 日，完成援建总投资的 70%，"壹街区"项目所有单体实现结构封顶；5 月 12 日大地震两周年之际，完成援建总投资的 85%，幸福家园二期、慧民雅居两个安居房项目，医疗中心、妇幼保健院、卫生应急指挥中心等医疗项目，以及 10 万亩现代农业集聚区、西区水厂、污水处期厂等全都竣工交付使用；6 月 30 日完成援建总投资和援建项目"两个 95%"，蒲虹公路、10 万平方米创业就业基地、档案馆、图书馆、文化馆、新闻中心、工人文化活动中心、妇女儿童青少年活动中心等项目都基本建成。大会后，援建工作快速推进，2010 年 5 月 4 日，上海市对口援建都江堰市安置房、医疗、水务等民生项目竣工交付仪式在都江堰市医疗中心举行。2010 年 8 月 14 日，上海援建项目全部竣工，9 月初，上海援建项目资产全部整体移交，标志着上海对口援建各项任务全面完成，顺利实现了上海援建工作"走在全国前列"的目标，奠定了都江堰市建设成都世界现代田园城市示范区的坚实基础。

上海援建得到了中央、四川省、成都市各级党委政府和领导的充分肯定以及灾区群众的广泛赞誉。2009 年 5 月 12 日，胡锦涛总书记亲临上海援建的现代农业科技示范园区视察并给予亲切勉励，要求以"上海速度""上海质量""上海水平"，帮助都江堰市实现更高层次整体提升。2009 年 9 月 25 日，温家宝总理到上海援建配套基础设施的都江堰市向荣村视察，他称赞"上海援建工作精细、质量一流、口碑很好"。2010 年 4 月 14 日，贺国强同志视察上海援建安居房和学校，要求总结推广上海援建经验做法，为灾后重建监管和异地监管提供借鉴。2010 年 5 月 22 日，吴邦国委员长到都江堰市视察了上海援建的慧民雅居和援建配套基础设施的翠月湖镇五桂村东桂苑，他称赞"上海援建体现了世博理念和'城市，让生活更美好'的世博主题"。九位中央政治局常委都视察过上海援建项目或听取过上海援建工作汇报。四川省委书记、省人大常委会主任刘奇葆于 2010 年 7 月 23 日对上海援建工作做出如下重要批示：上海的对口援建工作一直走在前头。体察民需、满足民愿、精致精细、质量优先，立足重建、兼顾发展，是上海援建的突出特点。援建队伍素质好、作风硬、热情高，在战胜灾害的过程中同当地群众结下了深厚感情，受到了真诚赞誉。上海的援建工作，得到了中央领导同志的充分肯定。

长效合作谱新篇

在上海市对口支援都江堰市灾后重建的两年多时间里，上海市委、市政府高度重视对口援建工作，俞正声书记 2 次亲赴灾区，韩正市长 5 次往返。上海市 30 多位市级领导 50 多次到访都江堰，上海市级各部门、各单位积极提供人力、财力、智力多种形式援助，上海市各区市县对口援建都江堰灾区各个乡镇，2000万上海人民大爱深情，深深感动都江堰！

在对口支援工作取得重大胜利后，2010 年 8 月 15 日，上海市对口支援都江堰市灾后重建工作汇报会暨对口合作长效机制框架协议签字仪式在都江堰市举行，这标志着上海和都江堰开启了长效合作交流新篇章。根据协议，上海将在未来给予都江堰持续的关注与支持，两地将在农业、工业、商贸业、旅游业等多行业开展更加广泛的交流与合作。在框架协议的指导下，上海都江堰两地往来频繁，沟通密切，成效初显。上海市嘉定区与都江堰市中兴镇、上海市青浦区与都江堰市青城山镇、上海市总工会与都江堰市总工会等已分别签订了长效合作框架协议。同时，中共上

海市科教党校、建交党校都江堰社会考察培训基地和市老龄事业
发展基金会、同济大学都江堰规划设计产业基地、上海同济城市
规划设计研究院都江堰分院等交流平台先后成立，对推动都江堰
市干部管理培训、为老事业发展、城乡规划领域的合作交流等方
面具有重要意义，是沪都两地深入开展长效合作机制的新成果、
新起点。在上海援建队伍撤离都江堰后，上海援建指挥部领导及
各参建单位多次回访都江堰，一方面就援建工程质量保修工作进
行跟踪服务，另一方面也为都江堰的未来发展积极牵线搭桥。
2011 年 1 月 10 日，成都市副市长、成都市恢复重建都江堰市工
作委员会主任王忠林带领都江堰市党政代表团一行赴上海开展感
恩回访，受到了中共中央政治局委员、上海市委书记俞正声及上
海市委副书记、市长韩正的亲切接见。为积极构建上海和都江堰
两地交流合作长效机制，2011 年 3 月 22 日，上海市嘉定区党政
代表团一行 20 人赴都江堰市考察指导并开展了党建工作交流。
在交流座谈会上，由上海市嘉定区委组织部与市委组织部共同签
订了《2011 年四川省都江堰市选派干部赴上海市嘉定区挂职锻
炼备忘录》，明确了选派干部赴上海挂职时间、岗位安排、挂职
干部管理等相关事宜，并就建立干部挂职锻炼长效机制等进行了
积极交流。2011 年 5 月 13—15 日，在撤离都江堰市 800 多天后，
上海援建指挥部全体成员及各参建单位代表受都江堰市委、市政
府邀请首次集体回访都江堰，参观了都江堰市灾后重建三周年成
果，检查了援建项目运行管理情况，进一步升华了援建情谊。
2011 年 5 月 17 日，都江堰市委副书记、市长徐富艺率都江堰市
党政代表团再度赴上海市开展感恩活动，举办了"援建情感恩心
共饮一江水"主题晚会、灾后重建成果图片展以及"援建情感
恩心"都江堰市投资推介会，顺利与上海市 6 家企业签署投资协
议，代表团同时赴上海市闵行区学习了城市综合管理"大联动"

机制。2011年5月19日，都江堰市首批赴上海挂职锻炼的9名干部已正式赴上海市嘉定区，开始了为期三个月的挂职锻炼。自援建开始到结束，共800多天。在对口支援工作开始到圆满结束，援建队伍撤离都江堰市后的800多天里，上海与都江堰联系不断、沟通不断，两地情谊不断深化，长效合作成效初显。随着交流的不断深入，上海与都江堰的友谊之树必将结出更加丰硕的果实。

汶川地震灾后恢复重建结束后，为了展示灾后恢复重建的英勇群体，以他们的英雄事迹鼓舞全国人民，中央组织了汶川特大地震抗震救灾和恢复重建先进事迹报告团在全国巡回报告。

2011年4月27日上午，汶川特大地震抗震救灾和恢复重建先进事迹报告团首场报告会在北京人民大会堂大礼堂举行，全场座无虚席。

伴随着主席台两侧大屏幕上不断播放的图片，来自灾区基层、援建省市、解放军和武警部队的代表，以他们的亲身经历，向人们再现了三年抗震救灾和恢复重建岁月中那一幅幅波澜壮阔、可歌可泣的感人画面。作为报告团成员，上海市对口支援都江堰市灾后重建指挥部副总指挥许解良在报告会上做了感人肺腑的题为《为了都江堰人民》的报告。

党中央、国务院做出"一省帮一重灾县"的重大决策，并要求上海市对口支援四川省都江堰市。上海立刻抽调34名局处级干部，组成援建指挥部。2008年6月30日凌晨2点，在倾盆大雨中，我们第一个到达灾区现场。

面对惨不忍睹的残破景象和群众充满期待的眼神，我们每个人都在心中默默地下着决心：抓紧干吧！那个时候，指挥部上至总指挥，下至项目协调人员，每天坚持"用眼去凝视，用耳去聆听，用脚去丈量，用手去触摸，用心去感受"。白天跑工地看现场，走村入户搞调研；晚上就开会抓协调，研究图纸作论证。夜里常常停电，我们就靠笔记本电脑屏幕和应急灯的光亮开会，浓浓夜幕遮不住每个人脸上的专注和凝重。

时间长了，当地干部群众对援建人员的工作状态有了一个形象的描述，叫作"白加黑""五加二"。

援建工作关键是要"民生为先，问需于民"。在调研走访中我们发现，有些农村低保户建房困难，于是指挥部会同地方拿出了建房方案，由当地政府按照规范和程序，经公示后给予援助。至今我还记得友爱村低保户刘青松老人看着自家新房时激动的话语："像我这样的孤老，也能盖起新房，石头都会笑出声来哦。"

2008年12月，正当上海面临着国际金融危机和经济转型的双重考验时，市委主要领导仍然惦记着灾后重建，明确要求，上海的援建工作要做到"目标不变、力度不减、决心不动摇"。

2010年8月14日，上海援建项目率先全面竣工整体移交。这些关系着群众利益、涉及城乡重建、经过充分调研论证、精心设计施工的援建项目，帮助都江堰初步形成了教育、医疗卫生、用水治污、安居住房、支农惠农五大体系。灾区群众的生活状况改善了，看到他们绽放的笑脸，我们再苦再累，也觉得值了。

质量是历史检验援建工程的一把标尺。援建一开始，我们就抱着对人民、对国家、对历史高度负责的精神，打造优质精品工程。我们调集了包括8名工程院士在内的18个优秀规划设计团队云集都江堰，世博园区总规划师吴志强教授带队前往援建第一线；承建世博会重要场馆的建筑企业，也派出精兵强将，日夜奋战在都江堰。

两年多风雨同舟路，两年多携手并肩行，上海人民和都江堰人民，凝结了血浓于水的两地亲情。

为了这份亲情，我们坚持工程移交，但感情不移交、责任不移交。市政府主要领导专程赶赴都江堰，签订了多领域的长效合作协议，并对公益类援建项目实施 2~3 年的运行费补贴。

为了这份亲情，都江堰人民自发、实在地表达着他们的爱。地震一周年之际，一位普普通通的老人，踏着一辆平板车，给建工集团施工项目部送来了一头 200 多斤重的大肥猪，慰问援建人员。第二天，当项目部同志们带着礼品和礼金上门答谢时，却发现老人家是把家里仅有的一头猪送给了上海亲人们。这个故事深深感动、久久激励着我们每一个援建人员。

两年多的援建工作，我们只是做了一些应该做的事，却得到了自强自立的灾区人民的赞扬和肯定。都江堰的干部群众中流传着这样的话：上海的援建人员"没有骄气，只有勇气"；援建工作"没有假期，只有工期"；灾后重建"没有你我，只有我们"。

本场报告会后，报告团还深入各地巡回演讲。在这三年抗震救灾和恢复重建中所凝聚的民族精神和时代精神，必将鼓舞全国人民克服千难万阻，夺取新的更大的胜利。

对口援建圆满结束

2011 年 11 月 21 日，上海展览中心友谊会堂花团锦簇，气氛庄重热烈，上海市对口支援都江堰市灾后重建总结表彰大会在这里隆重召开。总结表彰大会前，中共中央政治局委员、上海市委书记俞正声及上海市委副书记、市长韩正亲切接见了获奖代表和参会代表。上海市副市长姜平及成都市委副书记、市长葛红林一同接见，并在总结表彰大会上讲话。

俞正声在接见获奖代表和参会代表时，代表上海市委、市政府和上海人民向广大援建干部和援建人员付出的辛勤劳动表示衷心感谢，向四川、成都、都江堰各级党委、政府和广大灾区群众给予的支持帮助表示衷心感谢。他说：汶川特大地震发生后，上海援建干部和广大建设人员积极响应党中央、国务院号召，肩负两千万上海人民重托，第一时间奔赴抗震救灾和灾后重建一线，在艰苦卓绝的条件下开展了长期工作。大家始终心系灾区群众，不辞辛苦，精益求精，顽强战胜各种困难，出色完成了对口支援都江堰市灾后重建任务，受到灾区群众一致好评，上海援建都江堰的许多工程已成为援建人员留在都江堰土地上永远的丰碑。希望同志们把在对口支援工作中表现出来的工作激情、工作责任和忘我精神，融汇到推动上海创新驱动、转型发展的各项建设中，融汇到促进社会和谐、不断改善民生的各项工作中，努力创造上海更加辉煌的明天。

下午 2 时 30 分，总结表彰大会开始，全体起立，高唱国歌。

纪录片《特殊使命——上海市对口支援都江堰市灾后重建工作纪实》拉开了总结表彰大会的序幕，一幅幅感人至深的画面，一幕幕震撼人心的场景，集中再现了上海对口支援都江堰两年多来的艰辛历程，将全体参会人员的思绪再次拉回到那 800 多个难忘的日日夜夜："5·12"汶川特大地震发生后，上海市举全市之力、集全市之智、汇全市之爱，倾情倾力开展对口支援都江堰市灾后重建工作，围绕都江堰市灾后重建规划和群众需求，实施了 117 个与灾区群众生活生产密切相关的项目，投资总额达 82.5 亿元。经过两年多艰苦卓绝的援建历程，2010 年 8 月底，上海援建的 117 个民生项目全面竣工并交付使用，实现了对口援建走在全国前列，奠定了都江堰市建设世界生态田园城市示范区的坚实基础，得到了社会各界的充分肯定和灾区群众的广泛赞誉。

姜平在讲话中说：汶川特大地震发生后，上海市委、市政府坚决贯彻党中央、国务院重大决策部署，以最大的决心、最快的速度、最大的力度，第一时间开展抗震救灾，第一时间开始对口援建，与灾区人民共担重任，重建家园。我们以科学援建、优质援建、务实援建为指导，不辱使命、不负重托，赢得了对口支援都江堰灾后重建的全面胜利。一是以"走在全国前列"为目标，科学、优质、务实开展对口援建各项工作；二是充分展示上海精神、上海速度、上海水平，始终做到精神状态好、规划设计好、工程质量好、廉洁援建好、团结协作好、服务群众好；三是探索构建上海与都江堰两地长效合作工作机制；四是上海援建工作得到了各方面的高度评价和赞誉。姜平还说：我们要继承和发扬上海对口援建工作中形成的宝贵精神财富和有效经验，大力弘扬不辱使命、勇挑重担的大局精神，不畏艰险、攻坚克难的拼搏精神，实事求是、严谨细致的科学精神，不负重托、连续作战的敬业精神，各尽其责、协同作战的团队精神，推动全市各项工作取得新胜利、开创新局面。

葛红林在讲话中代表成都市委、市政府和1400万成都人民，向倾心倾力支持成都都江堰市灾后重建的上海市委、市政府和上海全市人民以及全体援建干部表达两点深情：一是向上海人民给予的无私援建表示衷心感谢！上海对口援建都江堰的两年多时间，铭刻了一段风雨同舟的两地情，两年多来，上海人民倾情倾力的对口援建和无私帮助，成为成都战胜困难、重建家园的坚强后盾。上海领导的关怀指导，上海人民的无私大爱，援建干部职工的超常付出，我们深受感动、铭记于心。二是向上海援建干部展现的崇高品质表示崇高敬意！上海对口援建都江堰的两年多时间，涌现出了许许多多可歌可泣的先进典型，广大援建干部展现了无私奉献的工作精神，展现了高效务实的工作作风，展现了精益求精的工作品质，这些都是留给成都的宝贵精神财富，我们将认真学习、发扬光大。葛红林说，我们将倍加珍视这份来之不易的深情，倍加珍视援建成果，倍加珍视两地良好合作基础，进一步增进两地人民情谊，确保援建项目发挥更大效益、惠及更多群众，推动沪蓉两地交流合作向更大范围、更宽领域、更高层次发展。随着成都经济社会的加快发展，成都作为中西部现代特大中心城市的地位和作用将更加突出，成都也必将以更加优异的成绩回报上海人民的深情厚谊。

总结表彰大会宣读了《中共上海市委、上海市人民政府关于表彰上海市对口支援都江堰市灾后重建先进集体、先进个人和突出贡献集体、突出贡献个人的决定》。随后，姜平、葛红林等领导同志向受到表彰的单位和个人代表颁奖，全体参会人员一次次热烈鼓掌，向先进模范人物致敬。

总结表彰大会上，上海市政府副秘书长、上海市对口支援都江堰市灾后重建指挥部总指挥薛潮总结了对口支援灾后重建工作。上海建筑科学研究院副院长孙丽亨、瑞金医院副院长袁克俭做了交流发言，深情回顾了他们参与灾后重建的感人事迹。

上海市政府副秘书长、商务委员会主任沙海林及都江堰市委政府负责人参加接见和出席了总结表彰大会。

"岷江黄浦江水水相融，上海都江堰心心相连"，这副对联道出了长江之尾的上海与长江之头的都江堰深厚情谊。800多个日夜，只是时间长河一瞬。对于都江堰这座千年古堰而言，却经历了从地震重创到浴火重生的蜕变；对于在都江堰开展援建工作的每一位援建人员而言，收获了人生最宝贵的经历和回忆；经历地震灾难的每一位都江堰人民，更会永远铭记这段血浓于水的同胞之情。上海、都江堰因震结缘、因援结情的深厚情谊将永远铭刻在都江堰的山水之间。

都江春潮涌　大爱铸华章

——玉树藏族自治州民族中学师生在都江堰市异地复课记

李建军

2010 年 4 月 14 日，青海省玉树藏族自治州发生强烈地震，此时，都江堰市正处于灾后重建"三年任务两年完成"的攻坚时刻。当年 6 月，玉树州民族中学师生来到都江堰市八一聚源高级中学异地复课。从此，都江堰市与玉树州两地人民，因为同样经历过家园破碎、校园损毁的苦难而心手相牵，奏响大爱与真情的交响曲，久久地回荡在岷江两岸、三江之源，感动着神州大地。

最光荣的使命

青海省玉树州发生地震后，在四川省委、省政府，成都市委、市政府的坚强领导下，都江堰市第一时间派出专门队伍奔赴灾区，参与抗震救灾，掀起了捐款捐物、全力支持青海人民抗震救灾和灾后重建的热潮。

由于玉树州学校受损严重，受气候和地质条件限制，其灾后重建将有长时间的跨度。根据党中央、国务院指示，青海省玉树州受灾学校师生将分散到全国各地异地复课。其中，玉树州民族中学 1768 名师生将安置在都江堰市八一聚源高级中学异地复课。刚从灾难中站立起来的都江堰人，欣然接受了这一光荣的任务，肩负起祖国和人民的重托。

最难舍的搬迁

八一聚源高级中学的前身，是都江堰市第四中学，原有校舍在地震中损毁，师生们失去了原来的虽然简陋但不失宁静与温暖的校舍，从 2008 年 5 月至 2010 年 6 月两年间，他们先后在帐篷学校紧急复课，在板房学校过渡复课，经过一年多的期盼，终于迈进宽敞明亮、功能齐全、设施先进的新校园。

"两年时间，五次搬迁"，他们最渴望的是安宁。同学们把再次搬迁的苦痛和对校园的不舍化作对玉树州民族中学师生的真情，化作对青海人民的大爱，迅速搬迁到距离市区 30 多公里、交通相对不便的都江堰市石羊镇。6 月 27 日，在恋恋不舍中，八一聚源高级中学的师生全都搬离学校，将这所校舍最坚固、环境最优美、设备最齐全，凝聚了中央军委、成都军区无限关爱的学校腾出，提供给玉树州民族中学师生安置复课。

最坚强的保障

为确保接收玉树州民族中学师生在八一聚源高级中学安置复课工作顺利实施，在四川省委、省政府，成都市委、市政府的坚强领导下，都江堰市专门成立了由市委、市政府主要领导牵头的"玉树民族中学过渡安置"领导小组，统筹协调接收安置复课工作。

2010 年 7 月 1 日上午，青海省玉树州民族中学举行了隆重的复课仪式，都江堰市委、市政府表示：将都江堰人民按照四川省委、省政府，成都市委、市政府的要求，不负全国人民的重托，切实帮助解决玉树州民族中学师生在学习和生活上的实际困难，让所有师生在这里感受到家的温暖！

都江堰市教育局在接到安置任务后，按照都江堰市教育局安置"4·14"玉树地震灾区师生复课工作方案，成立了教学生活设施改造组、食宿保障组、物品采购组、校园环境整治组、教育教学协调组、教学设备组、师生接站组、经费保障组、卫生防疫组和宣传报道组10个工作小组，所有工作人员克服时间紧、任务重、要求高、涉及面广等各种困难，通过各成员单位的共同努力，各项准备工作于6月27日晚12时全面准备就绪。同时根据玉树州民族中学实际需要，在食品卫生、警务医务、水电气、周边环境、社会治安等方面提供外围服务，调集都江堰市全部心理咨询力量，定期到玉树安置学校做好心理抚慰工作。协调解决了玉树州民族中学32名教师子女在都江堰市就近入学。高二（5）班的旦周才加同学说："在我们最无奈最需要帮助的时候，都江堰人民无私的关爱与呵护，给了我们温暖。"

都江堰市卫生部门为学校开通生命绿色救治通道。专门成立了医疗卫生工作小组，制定了周密的工作方案，选派了3名临床经验丰富、责任心强的优秀专业骨干进驻学校医务室开展工作，24小时全天候服务。两年间，8次随队护送师生在寒暑假往返西宁；学校医务室共诊治患病师生16000余人次；到指定医院门诊就医7500人次；收治儿科病员140人次；为学校师生健康体检5000余人次；举办健康知识讲座32次；免费接送到医院就医的师生224人次，行程总计5万余公里；医院送文体用品共计6000元。都江堰市医务工作者牢记"凡玉树州民族中学无小事"的服务宗旨，保质保量地完成了各项工作任务。得到了玉树州民族中学尼玛校长和广大师生的赞扬，受到了四川省、成都市和青海省领导的高度肯定。

都江堰市公安部门专门指派有在青海藏区工作、生活经历的聚源派出所教导员刘燕明负责组建玉树中学警校共育办公室并担任法制副校长，还特意挑选了两名优秀藏族民警到校工作，及时将警校共育室配置装修完毕。两年间，警校共育室民警在玉树州中学师生寒暑假返乡、周边治安交通环境整治等方面做了大量的工作，组织群防力量600余人次，协调工商、文化等相关部门，为学校周边营造了良好的学习环境。同时，为师生上法制课和开展相关法制教育12次，受教育师生达12000余人次。警官们还成了师生的贴心人、好朋友，经常陪师生上街购物、理发，让他们了解都江堰、了解四川。玉树州民族中学高三（3）班的昂文索南说："正因为有你们，我们时时能感受到家的温暖；有你们在，我们就不再感到孤独、无助。"

都江堰市聚源镇多举措开展民族大团结宣传活动，巩固和发展平等、团结、互助、和谐的民族关系。利用每年3月综治宣传月、6月安全生产月以及"6·26"禁毒日、"11·9"消防安全日、"12·4"法制宣传日等活动，到学校开展班、团、队活动，大力提升玉树州民族中学学生自救自护意识和自我防护能力。在重大节日及日常生活中，积极主动关心师生日常生活，节日慰问教职员工，累计金额10万余元。

八一聚源高级中学师生讲政治、顾大局、懂感恩，克服了时间紧、任务重、情况复杂的种种困难。2010年6月27日全校师生撤离聚源高中，入住灌口中学。9月开学，全校整体集中转运到徐渡职高过渡教学。他们及时完成了具有藏族特色的校园文化氛围营造，在每一间教室组织学生办好迎接玉树师生的黑板报、留言条和千纸鹤，营造如家般温馨的氛围，并自发将大量学习用品、生活用品、体育用品留下。在玉树师生到达当天，组织了700多名学生志愿者，分别在成都火车站和学校大门迎接，引导玉树师生熟悉寝室、教室和校园。就像初二（4）班的昂周多杰同学说的那样："八一聚高就像自己的家，四川人民就是自己的亲人。在这里我们留下了太多美好的回忆，这份恩情永生不忘。"

最悉心的关怀

在两年过渡期间，成都市、都江堰市先后投入资金2000万元支持玉树州民族中学过渡教学，并协调铁路、公安、教育等部门全力做好玉树师生的8次往返接送等相关工作，确保了两年过渡学习的圆满完成。

为实现这一庄严承诺，都江堰市委、市政府领导多次强调，每一个都江堰人都要关爱玉树州民族中学师生生活，都要尊重其民族生活习惯，要求相关部门要结合地方实际情况和民族特点，不定期组织玉树学生参观都江堰景区，节假日定期开展慰问，相关负责人到校与学生共庆藏历新年，营造积极向上的氛围，增进民族大团结。

2011年4月30日，都江堰市四大班子领导专程到玉树州民族中学开展慰问活动，为玉树州民族中学全体教职员工、支教教师和广大同学送上了价值近30万元的学习用具、生活用品和节日的问候。

2011年10月22日，由都江堰市红十字会、都江堰市慈善会筹集善款共626万余元对口援建的称多县藏医院住院楼、制剂楼工程顺利竣工并投入使用。称多县藏医院的重建工程，不仅将为保护和发展民族医药事业发挥积极作用，为当地藏族同胞提供更加及时、先进、信息化、数字化的全方位医疗保障服务，还将为促进玉树州的藏药研制、开发、生产工作，提供强有力的硬件支撑。

最诚挚的交流

两年间，都江堰市学校与玉树州民族中学开展了多层次、全方位的交流活动。

都江堰市作为东道主，全力尽地主之谊。邀请了玉树州民族中学参加"都江堰市学校灾后重建三周年成果展示活动"，与八一聚源高级中学联合举办"民族团结，悦动未来"田径运动会以及"感恩自强，祝福你我"感恩汇报文艺汇演，丰富了玉树州民族中学师生的课余生活。玉树州民族中学初三（1）班的江永卓玛同学激动地说："通过这些活动我们增强了感恩意识，和四川人民的距离更近了。谢谢都江堰的师生在我们最困难的时候让我们不断感受到爱的温暖。"

在教学交流方面，既有健全的机制，又有常态化的活动。玉树州民族中学中层干部到都江堰市的蒲阳中学、外实校、七一聚源中学、塔中、中兴学校、七一青城山学校等多所学校挂职锻炼，同时，都江堰市选派了十余名中学优秀骨干教师到玉树民族中学支教。支教教师们克服学生学业水平基础差异大、语言交流相对不畅等诸多困难，因地制宜、因材施教，深受学生欢迎，得到充分肯定。此外，都江堰市教育局还定期邀请玉树州民族中学教师参加对应学科的初中教学工作会和高三工作每月例会，共同分析研究初、高中教学管理工作和高三复习迎考工作。都江堰市教研室还不定期到玉树州民族中学，通过听、看、查、访等形式，积极开展教学视导工作。都江堰中学、八一聚源高级中学、李冰中学还多次派遣优秀教师向玉树民族中学送教。

最深厚的情谊

"青海四川紧相连，藏汉人民一家亲。"转眼间，两年已经过去，玉树州灾后重建取得阶段性胜利，玉树州民族中学新校园顺利落成。2010年，玉树州民族中学师生已返回家乡，走进崭新的校园，开启全新的生活，迈向美好的未来。但他们永远不会忘记，都江堰人民与玉树民族中学师生在患难之中凝聚的不屈精神、彼此间肝胆相照而结下的深厚友谊。

2012 年 9 月 20 日，由都江堰市副市长王敏率领的党政代表团一行，受都江堰市委、市政府的委托赴玉树看望、慰问了玉树民族中学的师生，代表团带去了 66 万都江堰人民对玉树州民族中学全体师生的衷心祝福。"自强不息、顽强拼搏，万众一心、同舟共济，自力更生、艰苦奋斗"的抗震救灾精神与汉藏同胞亲密无间地生活在中华民族大家庭的动人故事交相辉映，必将永远铭刻在巴蜀大地，铭刻在青海草原。

据悉，今后，都江堰市相关部门将继续加强与玉树州民族中学的联系，特别是都江堰市的学校，将继续为玉树州民族中学的持续发展提供必要的帮助，及时传递教育教学的前沿信息，同时，也要积极引进玉树州民族中学师生中能歌善舞的人才，双方师生开展交流和学生互访活动，丰富并延伸这份在患难中结下的深厚友谊。

横空出世的成灌高铁

戴　序　夏永静　江　灌

　　成灌高铁全长 65 公里，起自成都火车北站，终到都江堰市青城山站，全线采用我国自主创新的无砟轨道，最高时速 220 公里。几乎全程高架的它犹如一道绚丽彩虹，串联起四川省会成都和世界文化遗产、汶川特大地震极重灾区都江堰、青城山。成灌高铁的建成，刷新了四川没有高速铁路的纪录，书写了灾区人民在党中央、国务院和全国人民的关心支持下，含悲忍泪、负重自强、凝心聚力、攻坚克难、百折不挠重建家园取得的伟大奇迹。

　　成灌高铁是一个奇迹，是一个人类灾后重建史上的奇迹。地震后第 16 天，党中央、国务院决策修建，历时 18 个月神速完工，成功实现 16 项自主技术创新，成灌高铁创造了中国铁路建设史上堪具里程碑意义的新奇迹，一举获得灾后恢复重建的标志性工程、部省战略合作的典范性工程、我国市域铁路示范性和创新性工程等多项殊荣。

决策——让灾区快速接轨"世界现代田园城市"

　　2008 年 5 月 12 日汶川特大地震，都江堰市作为距离震中最近的城市，遭受了史无前例的自然灾害。而成都铁路局管内成汶铁路地处地震重灾区，线路设备被摧毁为一堆废铁。

　　鼓舞灾区人民抗灾自救、重建家园的信心和决心，一项重要决策在震后不久开始孕育。党中央、国务院把一批铁路项目纳入《汶川地震灾后恢复重建总体规划》，在成汶铁路旧址上新建成灌高铁被列在其中。

铁道部党组书记、部长刘志军和四川省委书记、省人大常委会主任、省"5·12"抗震救灾指挥部指挥长刘奇葆迅速行动、紧密携手，于地震发生后第16天决定由铁道部和成都市共同建设成灌高铁。

就在那一年，一系列行动见证了双方灾后恢复重建的决心和速度：6月25日，成都市域铁路公司筹备组成立；8月29日公司正式成立；7月11日，项目建议书获部省批复；8月28日，线路及车站选址规划获成都市批复；9月4日，四川省批复项目用地；9月18日，四川省批复环境影响报告书；9月27日，可行性研究报告获部省批复；9月28日，初步设计获铁道部批复；随后，施工许可也得到铁道部批复。

"此前中国还没有一条铁路像成灌高铁这么迅速得到批复的。"2008年11月4日，项目正式开工后，海内外众多媒体如此评论。从那一天起，成都至世界双遗产都江堰、青城山的沿线，机声隆隆，处处是热火朝天的景象。

奇迹接踵而来：从正式破土动工到全线贯通，成灌高铁只用了18个月。而且16项自主创新技术让这条铁路成为一条高科技风景线：全线采用了优化和创新的无砟轨道，这一技术填补了我国无砟轨道技术在时速200公里市域或区域客运专线的空白；犀浦站同时连接成都地铁2号线，是国内首个铁路客运专线与地铁无缝对接的车站；线路曲线半径最小、坡度最急、工况最复杂，创造了国内高铁建设上的3个纪录；国内最先进声屏障能让居民安然入睡……

《新澳大利亚人报》记者曾经感到不可思议地说："修建同

样的铁路，在我们澳大利亚至少需要 10 年的时间，而你们只用了如此短的时间。如果不是亲眼看见，真是无法相信！"

这确实是一个能够记入中国高铁史册的奇迹！

昔日断肠处，今日新柳生。2010 年 5 月 12 日，成灌铁路开通运营。一名老作家乘坐首趟列车，看着窗外飞驰而过的景色，指着脚下无限延伸的轨道，颇具诗意地发出一声感慨："这，就是开往灾区春天的火车，让灾区快速与世界现代田园城市接轨。"列车疾速驶过的沿途，灾区的群众自发地在山坡上欢呼。

探索——开创全国首条市域铁路运营管理新模式

什么是市域铁路？市域铁路是连接中心城区与市郊的重要枢纽，有利于促进城市多中心或放射性发展，加快城市周边地区城镇化进程。

时下，对于领跑世界高速铁路的中国而言，这仍然是一个新鲜事物。

2010 年 5 月 13 日、14 日，中共中央政治局常委、国务院总理温家宝乘坐京津城际列车前往天津考察工作时，不忘叮嘱铁路部门一定要管好用好成灌高铁，全面加强运营管理工作，在加快灾后重建和促进当地经济社会发展中充分发挥作用。

2010 年 5 月 12 日，中共中央政治局常委、全国人大常委会委员长吴邦国在亲自体验了成灌高铁后，赞扬铁路部门为四川地震灾区恢复重建做出了重要贡献，希望铁路部门切实管好用好这条铁路，积极探索市域铁路的运营管理模式。

一流的站房设施、自动售票机、自动检测闸机、无障碍电梯、"和谐号"动车组、先进的集成管理平台客运服务系统、铁路 CTC 系统与地铁 ATS 系统网络交互共享实现零换乘……从硬件设备到软件设施，成灌高铁为新的运营管理模式做好了充分准备。

然而，没有蓝本可以借鉴，成都铁路局在铁道部指导下试探着走出一条创新之路。

借脑于专家学者。邀请西南交大运输学院院长、副院长、教授出谋划策，分析市域铁路特点，从客流培育、服务细节人性化要求、品牌打造等方面提出建设性意见或建议。

精细于管理创新。成都铁路局建立健全成灌快铁完善配套的动车服务考评机制及评价体系，日常考评中以社会舆论、广大旅客评价为主要依据，着力塑造自觉型个人、打造自控型班组，进一步树立乘务员的主动服务、积极服务、优质服务意识。

致力于制度完善。按照"新线新标准"原则，制定一系列站车管理制度，对作业流程也进行了细分和规范。特别是为防止在每天开行15对动车组的情况下服务质量滑坡，创新《动车组五分钟作业法》，明确始发前、始发后、终到前、终到后5分钟作业内容及标准。

寓情于细节服务。打造一支训练有素的"动姐"队伍，从外形的精挑细选，到内在气质的悉心培养，从举手投足到职业性微笑和端庄大方的谈吐，一切比照空姐标准。为此，成都铁路局定期组织"动姐"到民航接受专业培训。

着眼于以人为本。借鉴空姐无干扰服务，向旅客提供自助化、自主化、自由化的服务空间，创新并积极推行"有需求，有服务；无需求，无干扰"的人性化、温馨式服务方式，使1名列车员服务3节车厢的精简高效的乘务组织模式成为可能。

进化——"西南第一速"开启"全域成都"新时代

世界特大城市（群）的发展历程表明，中心城区随着商业、金融业、服务业的不断膨胀，可供市民生活的空间将被逐渐挤占和压缩，最后都将走上"中心城＋卫星城"的发展模式。而连接中心城和卫星城的交通问题就成了城市进化的关键。

成都是中国西部数一数二的特大中心城市。"15 分钟生活圈"——成都市区与郫县（现郫都区）融为一体；30 分钟行程——世界遗产美景尽收眼底。时速 220 公里，成灌快铁的开行打破成都城区、郫县、都江堰三地之间没有城市的固有概念，率先在成都西面实现"全域成都概念"，成为全域成都的"西动脉"。

从加快城镇化进程把主城区扩大到三环外到统筹城乡综合配套改革把"农家乐"赋予新农村建设新内涵，成都市城市发展进程在不断革新发展定位中走向"世界现代田园城市"。

成灌快铁的开行使成都市一个箭步走入"全域成都时代"，无疑成为"擎动"成都市实现"世界现代田园城市"的"加速器"。

"沿着这条 66 公里的动脉，对于生态资源、旅游资源本来就占优势的郫县、都江堰而言，就相当于成都主城区人气、财气向西'漂移'了 66 公里。"四川大学教授、博士生导师李蔚形象地描绘出成都市地域概念正悄然发生着变化。

这一变化以一组数据作为有力支撑。成灌快铁最高时速 220公里，享有"西南第一速"美誉；每日开行 15 对，暑运期间开行 19 对，每逢双休日加开 2 对；日均发送旅客 1.5 万人，暑运期间高峰日发送旅客 2.6 万人。

高速度、高密度再加上最高票价仅 15 元，"西南第一速"为旅客提供的是全国最低价位的动车组服务，自开行以来趟趟爆满，迅速成为旅客往来成都、郫县、都江堰的首选出行方式。

工作在成都，家住郫县、都江堰，"白＋黑"生活模式颠覆

"5＋2"生活模式，城市"钟摆"族正在悄然形成，并成为人们愿意追逐的时尚。"现在，我可以天天回家，30分钟快铁，回家变得很轻松。"家住都江堰市、在成都荷花池市场做生意的刘名先生一语道出"钟摆"族的喜悦心情。

而在这条线上，物流基地、川菜基地、畅销海内外的"崇义门"、林立的高校、无与伦比的旅游资源已逐渐形成一条新的经济带，带旺聚源、中兴、青城山等四镇"四条金花"。

"每一寸轨道都埋藏着诱人的财富！铁路通车将缩短顾客与沿线商家的距离，使城市的东西、南北方向的购物人流互为穿梭，形成'铁路经济带'，带动周边经济迅猛发展。"上海对口援建都江堰的专家孙章说。

郫县"一刻钟经济带"优势已经凸现，在2013年220亿资金涌入后又于西博会签下130亿大单。有关负责人称："成灌高铁起码占了20%的功劳。"

而事实上，在成灌快铁开通之前，成都城西片区早已经做好了房地产开发准备，沿线居住板块已逐步串联成一条最具居住品质的"生态居家走廊"。

据悉，依托铁路等灾后重建项目的快速推进和竣工投产，四川旅游业快速从灾难中崛起。

迄止2011年，就成灌快铁每天密集开行19对仍然供不应求的态势而言，继20世纪90年代"农家乐"火爆后，郫县乃至整个成都西部的乡村旅游随着成灌高铁的开通再次成为成都旅游的亮点，都江堰市2010年旅游收入必将给灾区人们带来新的惊喜。

锃亮的铁轨从成都火车北站延伸出来，蜿蜒向西，在川西平原上划出一条优美的弧线，直奔都江堰、青城山。2010年5月12日，乳白色流线型的"和谐号"动车组沿着这条美丽的弧线"飞"出，半小时抵达青城山下。当天，客运量达到1.2万人。

历史将记住这一天。2010年5月12日,四川灾后恢复重建第一个铁路重大项目——成都至都江堰高速铁路正式投入使用。

从"5·12"汶川特大地震灾难中崛起,用两年时间建成一条当今世界最高水平的市域高速铁路,好个"四川奇迹",它创造了中国铁路建设史上里程碑式的新纪录。

这条路为什么必须建快

从救灾到重建,首要之难是交通难。快速建设一条大容量、高速度的生命通道,是灾区现实的迫切需要,也是一项重大的民生工程。

2008年11月4日,省委书记、省人大常委会主任刘奇葆在都江堰市宣布,成都至都江堰铁路正式开工建设。

时间回到几个月前。2008年5月28日,四川正在紧张地抗震救灾。当天,铁道部、四川省和成都市领导出席《关于加快推进成都市铁路建设的协议》签字仪式,这是我省灾后重建第一个重大签约项目。成都至都江堰高速铁路由此走入公众视野。

消息振奋人心,但也有人"不敢相信"。这条投资130多亿元的高速铁路要在两年后的5月12日投入使用,留给建设者的时间不足两年。

业内都知道,勘探、设计、立项、建设……铁路是有较长建设周期的项目,像成都至都江堰高速铁路这样的工程,正常情况下,勘探、设计、立项需要1年时间,建设则需要3年。

接到任务时,已经是2008年6月,中铁二院副总工程师张志勤倒吸了一口气:留给设计单位的工期不足3个月。除了时间紧,技术标准高也是一大挑战。成都至都江堰高速铁路沿既有317国道而行,穿越城郊繁华地带,地质结构复杂,处于高烈度地震区，且要国铁和地铁同台换乘，边界条件众多，设计难度较大，设计单位必须以非常规的方式才能完成任务。

中铁八局董事长曹义为铁路建设转战大半个中国，像工期如此之紧的项目还是头一次碰到。他形容，这是"三倍的工作量、三倍的努力，却只有三分之一的建设时间"。

但是，不能不快！快，是救灾和重建的需要。成都出租车司机陈军至今还记得地震后的情景：大量救灾车辆挤在成灌高速和老成灌路上，排起了长龙。从最初的救灾到后来的重建，首要之难是交通难。快速建设一条大容量、高速度的生命通道，是灾区现实的迫切需要，也是一项重大的民生工程。快，是提振信心的需要。

"信心比黄金更重要。"在极重灾区快速建设起一条带动作用强、运输量大的高速通道，以重大交通基础设施项目的建设带动和促进灾后恢复重建，无疑将极大地鼓舞全省人民重建美好家园的信心。快，是推动西部综合交通枢纽建设的需要。2007年底，省委九届四次全会确立了建设西部综合交通枢纽的战略目标。交通基础设施建设是一个长周期项目，短时间内如何抓出成效？成都至都江堰高速铁路的快速建设，将为在繁重的建设任务中抢抓进度提供借鉴。

当今时代，高铁成为世界各国竞相发展的交通项目，成都至都江堰高速铁路的建设，使四川搭上了高铁列车，这对缩小四川与东部地区的差距、推进四川现代化进程具有重要意义。

这条路为何能建得快

非常之时，行非常之事，科技创新达到全国铁路建设领先水平。

这是一个令人惊叹的时间表——

2008 年 6 月 10 日，铁道部下发《关于授权成都铁路局为成都至都江堰铁路项目铁道部出资者代表的通知》。

2008 年 11 月 4 日，全线正式开工建设。

2010 年 1 月 26 日，全线完成铺轨。

2010 年 4 月 1 日起，开始试运行。

2010 年 5 月 12 日，正式运营。

来自澳大利亚的记者惊讶地对成都铁路局工作人员说："修建同样的铁路，在我们澳大利亚至少需要 10 年时间，而你们只用了如此短的时间。如果不是亲眼看见，真是无法相信！"

遇非常之时，当行非常之事。全院动员！承担勘探、设计等前期工作的中铁二院抽调最优秀的工程师组成项目部，打破常规，集中办公。就在协议签订 10 天后，2008 年 6 月 8 日，中铁二院就完成了可行性研究报告。3 个月，如期完成勘探、设计工作，保证了工程如期开工。

成都至都江堰高速铁路的建设方为中铁二局和中铁八局，均是转战国内外铁路建设的"老兵"。但中铁二局项目经理部常务副总经理邹宏伟却感到前所未有的压力。

总工期只有 18 个月，这就注定从开工那天起就必须抢工期！必须"打破常规、跑步进场"，突出一个"快"字，落实一个"干"字。

"抢"字当先，怎么不快！

为在一年半的时间完成三年的工作量，业主方成都市域铁路公司从全国各地的客运专线抽调精兵强将和精良设备，采取"加人加机器"的"车轮战术"：工人三班倒，机器不休。施工最高峰期，在 60 多公里的狭长工地上，近两万人同时施工。

工期被倒排至每一天。"别人工地上的工作量是以周以月计算，我们是以天来计算。"中铁八局项目经理部副经理马超说。

科学调度，科学安排工序，怎么不快！

"抓重点、攻难点、保节点"理念贯穿始末。在铁路建设中，梁场是"供应粮草的兵站"。尽快建好梁场，才能按照施工进度生产各种梁。2009年1月21日，郫县梁场首片箱梁成功浇筑，比原定计划提前20天，这为后面工序的加快提供了空间。

不仅快，而且好；不仅求速度，更要求质量。正是不断地科技创新，让成都至都江堰高速铁路站在当今世界市域高铁的最高水平。

作为具有完全自主知识产权的城际铁路，这里云集了国内铁路建设的多个"第一"：全线采用无砟轨道，这一技术是首次在我国中西部铁路建设中运用；犀浦车站同时连接成都地铁2号线，是国内首个铁路客运专线与地铁无缝对接的车站，实现全国客运专线最小半径架梁，最大坡度架梁；独特禾型墩在国内客运专线建设中第一次使用，高科技环保声屏障让高速列车悄然驶过不扰民……

特别值得一提的是，成都至都江堰高速铁路的无砟轨道，是一项全新结构、全新标准、完全自主创新的无砟轨道体系，完善了我国时速200公里客运专线无砟轨道技术，并为我国时速300~350公里铁路及旱区、寒区铁路的无砟轨道技术提供了重要技术探索，为中国高速铁路成套技术参与世界竞争增添了重要砝码。

天使之爱医者仁心
——都江堰市人民医院在重建中跨越发展

李　崎

经历"5·12"汶川大地震灾害后，都江堰市人民医院（今都江堰市医疗中心）挺直脊梁，在灾后重建中凝聚新能量，在险境中勇于担当，演绎涅槃重生，实现了由二级甲等医院向国家三级医院的华丽转身。灾后重建过程中，市人民医院晋级为三级医院，不仅谱写了该院发展史上的辉煌篇章，更促成成灌沿线及周边区域城乡居民在这里可以享受三级医院的精湛技术和优质资源。

回望灾后创建、提档升级历程，都江堰市人民医院在优化服务流程、做强临床学科、完善管理机制和增强综合实力中谋求突破。创建成功后，该院站在三级医院的制高点上，时刻牢记"以人民为中心"宗旨，全心全意为病员、家属服务，坚定地做生命的捍卫者和守护者，力争打造成为具有国内影响力，西南知名的，集医疗、教学、科研等为一体的区域性临床现代化医疗中心……

大灾之后实现浴火重生

时间回溯到 2008 年 5 月 12 日 14 时 28 分。在黑色时刻到来之前，都江堰市人民医院的医护人员正处在一个充满欢声笑语的时刻。这一天，随着国际护士节的到来，都江堰市卫生局组织全市各医疗卫生单位在市人民医院开展"5·12"护士节操作技能竞赛活动。

抗震救灾中，市人民医院涌现出不少可歌可泣的先进事迹：

地震第一时间，护士张兰、罗云莉、王莉没有想到逃生，而是迅速冲向新生婴儿病房。就在最危险的那几分钟，婴儿房内的8名新生婴儿安然无恙地逃脱地震魔掌。

地震突袭之时，正在进行手术的5名医务人员俯身扑上手术台，用身体护卫患者……

地震发生后，护士杨秋（地震时还在向峨乡公立卫生院工作）来不及探寻女儿，第一时间加入到抗震救灾队伍中。抢险中，她得知就读于新建小学的女儿不幸遇难，把工作成为忘记痛苦的唯一办法。万分悲痛的杨秋，顾不上料理女儿的后事，继续投入到抗震救灾的工作中。连续6天，她一直在抢险工作第一线。随后，她又先后帮百名灾区妇女再生育。因在抗震救灾中的突出表现，杨秋获得第42届南丁格尔奖，成为我省获此殊荣的第三人。

安宁祥和的生活，被"5·12"汶川大地震震得支离破碎。地震之前的全市卫生系统有着健全的医疗体系，可以为全市六十余万居民提供安心的医疗服务。但突如其来的地震，使全市卫生系统遭受了严重的损害，人员、房屋、药品、设备设施等直接经济损失达3.7亿元，基础设施大部分受损，常态化工作机制中断运行，医疗卫生服务水平急剧下降。

震后，都江堰抗震救灾指挥部医疗卫生组成员李正章介绍，根据都江堰市卫生系统灾后重建方案，规划过渡安置项目34个，包括市属医疗机构、民营及其他医疗卫生单位。很快，临时医疗机构完成了选址、平场等工作。2008年6月底部分过渡板房投入使用，7月份全面完成过渡板房搭建。这些临时医疗机构将分布在各个居民安置点周围，以及时解决受灾群众看病、吃药等问题。

从"二甲"晋级为"三乙"

阳春三月，一栋栋气势恢宏的现代化医疗中心主体大楼在暖阳映照下格外生辉、醒目。这就是国家三级乙等医院——都江堰市人民医院灾后重建后的新址所在地。上海援建竣工交付使用后，崭新的都江堰市人民医院和中国水电十局医院整合为都江堰市医疗中心，人民医院与医疗中心实行"两块牌子、一套班子"的管理运行机制。

走进都江堰市医疗中心乳白色为主色调的大楼，大厅内患者们井然有序地排队挂号、就诊，硬件设施与大城市的大型综合医院相比毫不逊色。

医疗中心是上海总投资 4.1 亿元援建的标志性工程。医院占地面积 120 亩，建筑面积 7 万平方米，在全国县市级综合性医院中是单体面积最大的医院之一。而在地震前，位于古城区玉垒山下的都江堰市人民医院只是一所国家二级甲等综合性医院，设临床科室 12 个，医务人员 793 名。

医疗中心无论现代宏观构架，还是软硬件设施配置，都在演绎着成都医疗卫生的奇迹。总建筑面积 7 万平方米，预计日接诊病人 2000 人。上海不仅援建了医疗中心大楼，还捐款 5000 多万元，购进了飞利浦 DR 和全自动生化分析仪等先进仪器，投资 2000 多万元推进医疗中心信息化建设。医院设施配置完全具备三级医院硬件实力，设备全面按照三级甲等医院要求配置，包括 1.5T 的核磁共振、16 层螺旋 CT 等先进仪器。同时，上海瑞金医院、上海华山医院等还派出 200 多名医学、管理专家前来实地指导，其中 60 多名专家在这里工作 3 个月，对重点科室和管理岗位进行"内引外联"。现在，医院医务人员已增加到 1500 多名，临床科室增至 28 个。

2010 年 5 月 4 日上午，上海援建的灾后重建项目新建成的都江堰市医疗中心正式交付使用，都江堰市人民医院成为四川省设施最先进、功能最齐全的县（市）级医院。5 月 12 日，新建的医疗中心进入全面试运行阶段，标志着该院由二级甲等跨入国家三级综合医院行列；同时，也标志着成都的三级医院的优质资源开始向二、三圈层区区（市）县倾斜。

时任都江堰市卫生局副局长、市人民医院院长杨钊曾颇有感触地说："地震前，都江堰市人民医院是二级甲等医院，地震损毁了医院原址，通过上海市的援建，搬进现在的医疗中心，医院发生了力度空前的'破蚕蝶变'，从硬件上而言，我们已经具备了三级综合医院的综合实力。如果没有地震后的灾后援建，按照常规进度，医院的建设和发展还需较长时间的奋斗，才能达到今天这一标准。"

通过援建，都江堰市人民医院的硬件建设至少提前了 20 ~ 30 年。2011 年 1 月 17 日，医疗中心被正式批准为"国家三级乙等综合医院"，是成都市第三圈层唯一一家获此殊荣的县市级医疗单位。很快，都江堰市医疗中心建成与上海、北京及成都的 30 多家三级医院协作的远程会诊系统，病人在这里即可直接"看"国内名医和专家。

在医疗设施配置方面，医院具备三级医院的硬件实力。据了解，医疗中心迄今为止设备总量价值达 1.75 亿元，其中 5000 万元为上海援建设备，上万元设备千余件，全面按照三级甲等医院要求配置，其中包括 1.5T 高场核磁共振仪、16 层螺旋 CT、GEI-nnova2100DSA（数字减影血管造影）和 SIEMENS 全自动生化仪等，其他设备也均可满足日趋增长的临床诊疗需求。

在医疗中心宣传橱窗，笔者了解到，人民医院十分重视对医护人员的医德医风建设。"一切为了病人""视病人为亲人""向白求恩同志学习""救死扶伤"的横幅、标语格外醒目。2013年3月9日，"先看病后付费"的就诊新措施在都江堰市医疗中心正式开始实施。从此，急、危、重、家庭困难病人可以先看病治疗，再付费，一定程度上缓解急、危、重、困难病人看病难问题。

据医疗中心有关负责人介绍，"先诊疗后付费"针对的是危、急、重这类突发性病人和"三无"人员以及符合相关规定的困难家庭病人。据了解，截至2014年初，医疗中心已经为300余名病人实施医疗救助，为危、急、重病人垫付各项医疗费用近200万元。

2011年6月27日，为献礼建党九十周年，更好地展示四川灾后重建伟大成果，省委对外宣传办公室、"四川依然美丽"公益活动组委会于成都举行"第三届'四川依然美丽'大型感恩晚会暨'四川美丽之最——熊猫奖'颁奖盛典"。都江堰市医疗中心与成都军区总医院、德阳市中医院、广元市精神卫生中心、四川大学华西医院一道，荣获"四川最美丽医护中心——熊猫奖"殊荣。

据市人民医院相关负责人介绍，在创建过程中，他们成功引进高学历、高技术职务和高科研基础的专业技术人才74名，其中博士研究生7名、正高3名、副高11名、硕士研究生53名。该中心紧紧抓住瑞金医院对口援建的契机，有230余名专业人才分别在上海瑞金医院、北京301医院进修回院，并已开展新技术和新项目55项。

提高后勤社会化服务质量

医院后勤社会化是医院体制改革和发展的需要，如何搞好监督管理、提高社会化服务质量是医院管理新路子，是值得灾后重建过程中都江堰市人民医院管理决策者研究的课题。

都江堰市人民医院始建于1939年12月，经历了近80年的发展历程。医院按照"科技兴院，人才强院，服务立院、文化建院"的战略方针，打造"五个工程"（即科技兴院工程，人才强院工程，优质服务工程，医疗质量安全工程，低成本运行、绩效考核工程）。

医疗中心是"5·12"地震上海市人民政府对口援建卫生系统灾后重建的首批建设项目，建筑面积约7万平方米，是全国县市级医院中单体面积最大的医院之一。2010年5月项目竣工并正式投入使用。在沪都两地党委、政府的关心和上海人民倾情帮扶下，2013年都江堰市人民医院成功晋升为国家三级乙等综合医院，争创三级甲等医院，争做灾后重建的样板和实验区建设的示范。

为此，市人民医院提出了实行医院、后勤服务公司双向管理的模式，加大对服务质量的监控管理力度，在专业"管家"搞后勤、医务人员搞专业等方面进行了大胆尝试。

市人民医院根据市委、市政府关于医院后勤服务社会化改革的指示精神，在后勤服务社会化改革方面展开了探索和创新，在求突破、求特色、求实效上下功夫，不断促进医院规范化、科学化、制度化建设，以"创品牌、出亮点"推动医院后勤服务工作上一个新台阶。

放下杂事，上下齐心抓医疗质量和安全，为医护人员提供

"一心一意搞专业"保障的就是医院两年前开始实施的后勤社会化管理。据了解，在我省县市级医院中，实施后勤社会化管理，即将后勤外包给专业公司管理，都江堰市人民医院尚属首例。

医院实施战略发展，离不开后勤管理的科学化和规范化，推行公立医院改革，医院后勤管理必须与医疗、教学、科研管理同步发展。只有后勤和医院发展"合拍"，医院发展才会事半功倍。人民医院将后勤保障工作以整体委托给专业的医院后勤服务公司——广东省深圳众安康后勤服务公司，在医院后勤管理体制改革的道路上走在了前面。经过两年多运行效果明显，都江堰市医疗中心建筑荣获"2010—2011 年度中国工程鲁班奖"；同年，市人民医院还获得了"全国绿色环保节能医院"的称号。

后勤社会化管理的好处，不仅仅是为医院赢得光环。在该院，笔者看到，虽然已经运行了几年，但没有卫生死角，到处都窗明几净，地上没有纸屑，厕所也很整洁。笔者随访的几位患者均表示，新的医院让人感觉管理有序。在该院住院的患者李大爷则说，以前在医院时，每次做检查，要等十多分钟才有人来推他去检查室；而现在，几分钟就可以搞定，速度比以前快多了。

急诊科是医院最繁忙的科室之一，后勤没外包时，因为人手不够，通常给患者清创后，留在急诊室地上的血迹等污垢要等20 多分钟才有人来清理，现在则不同了。笔者看到，病人刚被送走，马上就有人来清理地面。一位主治医生颇有感触地说："以前送病人去病房，医生还得参与；现在，则由专业护工帮忙。这样，就可以保证医生有更多的时间看病人，最快解决急诊病人的痛苦。"

据市人民医院有关负责人介绍，医务人员从繁杂的事务中脱身而出，便有更多的精力搞专业。2011—2018 年，该院的医护人员每年发表的学术论文达 300～400 篇，而震前每年的论文发表数仅 25 篇。现在和震前相比，医院从内到外都有了很大的突破。身为成都市三圈层区（市）县首个三级乙等医疗机构，都江堰市人民医院吸引了来自阿坝州、郫县、大邑、崇州以及云南、贵州等地的患者，已经成为争创灾后重建样板。

医院后勤社会化的大胆探索，使市人民医院的后勤服务质量上了一个新的台阶。一是保障了全院后勤服务工作正常、高效、有序运行；二是充分地发挥了众安康各部门人员的主观能动性和创造性；三是建立了"后勤以医疗为中心，医疗以病人为中心"的良好氛围；四是为医院带来了良好的品牌效益和经济效益，也为医院后勤社会化管理积累了宝贵经验。

走进位于二环路外侧宝莲路的都江堰市医疗中心，这里的现代化建筑格局让人心底触摸到一种田园城市的清新春意……宽敞明亮的大厅随处都能沐浴到暖暖的阳光；通道和停车场之间生长着郁郁葱葱的林木花草，溢出温馨舒适的生态气息；一栋栋发挥着医疗服务功能的主体大楼拔地而起，见证了已处于现代化前沿品质的三级乙等医院的全新崛起……

家住兴堰丽景的宋大姐说："以前患重病就往成都大医院跑，现在，我们在家门口就能享受三级医院的优质资源和服务，这是作为地震重灾区的都江堰老百姓以前做梦都不敢想的事……"

积极开展援建援藏援外

灾后重建以来，都江堰市人民医院积极响应卫生部、卫生厅的号召，坚持把援建、支边医疗工作作为一项重要的任务来抓，加强领导，精心组织，强化管理，加大宣传力度，严格选拔标准，做好后勤保障，派驻优秀人员，深入开展援外、支边服务。

据统计，最近十年间，市人民医院先后派出 1 名专家前往安哥拉共和国开展援外工作；派出 45 名医护人员前往甘孜藏区道孚、康定开展援藏工作；派出 39 名医护人员前往宜宾珙县对口支援工作；派出 40 名医护人员分别前往芦山地震灾区、九寨沟地震灾区开展应急救治工作；派出 12 名队员前往阿坝藏羌地区开展应急抢险救灾工作。援建援藏援外医务人员带着先进的医疗技术、与时俱进的管理理念和博大的奉献精神，远离亲人，远离家乡，甚至远离祖国，全身心地投入到第二故乡的援建工作当中，加快了受援地卫生事业发展，巩固和发展了相互之间的友谊，诠释了"奉献、友爱、互助、进步"的志愿者精神。

银保是市人民医院骨科硕士研究生、副主任医师，于 2013 年 1 月经层层选拔成为国家援外医疗队成员。他同国家援外医疗队其他成员一起将于 2013 年 12 月 5 日赴安哥拉执行援外医疗任务。这是我市首次受国家卫计委安排，派遣医疗专家去援助非洲人民。他在天气炎热、缺水少电、疟疾流行的恶劣环境中救死扶伤，谱写了一曲曲生命赞歌，也诠释了中国的爱心精神。2018 年都江堰春晚直播现场，被广大观众一致称为"最美医务工作者"。

2013 年 4 月 20 日 8 时 02 分，雅安市芦山县发生了 7.0 级强烈地震，当地群众生命财产遭受重大损失。"一方有难、八方支援"，灾害无情，人间有爱！在无法抗拒的灾害面前，唯有爱是共同抗衡自然灾难最伟大的力量。当天上午，都江堰市人民医院杨钊院长、黄东成书记带领副院长张晓飞、副书记李舜、工会主席张明根及骨科、儿科、胸科、普外科、心内科、急救、药学等专家 22 名，携急救物资、急救药品第一时间赶赴雅安灾区，参与救援。4 月 22 日，市人民医院党政工团号召全院职工发扬中华民族扶危济难的传统美德，以实际行动帮助受灾同胞渡过难关，重建家园，首批职工捐款 34360.1 元。4 月 21 日，市人民医院医疗救援队到达芦山县乡村，对当地伤员进行处置与健康宣教和心理干预。晚上，医院院长杨钊、党委书记黄东成、副院长张晓飞、党委副书记李舜带领医院急诊科、骨科、普外科等相关专业专家对芦山县人民医院地震伤员进行巡诊查房，在查房的同时对他们做健康宣教和心理干预，尽量让他们减轻地震所带来的痛苦。

副主任护师、共产党员王洪霞，2016 年 9 月主动要求参加都江堰市对口支援康定两年的援藏工作，现挂任康定市第二人民医院副院长。在王洪霞的影响下，她的丈夫阳春也受到极大鼓舞。阳春现任都江堰市医疗中心特检科主任，他看见妻子为援藏事业这么努力，也毅然决然地于 2017 年 3 月主动报名，参加了康定市人民医院对口支援的工作。夫妻二人始终坚持医护精神，利用自己的专业知识，想病人之所想，急病人之所急。支援工作队把高尚的医德、精湛的医术、严谨的作风带进了受援单位，通过坚持查房、门诊、手术、会诊、示教、讲座等形式，对当地医务人员悉心传、帮、带，使他们受益匪浅。在夫妻二人及众多医护人员的共同努力下，短短半年时间，康定市第二人民医院护理质量已有了极大提升。

都江堰市人民医院重症医学科主任饶建到康定市人民医院后，定点指导急诊科。针对科室呼吸机多数医护人员不会使用的现状，他充分利用资源，对备用的呼吸机进行调试，并指导他们正确使用呼吸机、详细讲解相关注意事项。对科室收治的急重症患者，他不仅亲自参与抢救，还指导所带徒弟对病例进行病情分析、组织多学科会诊，既方便了患者，也让大家学会相互学习、交流，达到了共同进步的目的。

"派出一支队伍，带好一所医院，服务一方群众，培养一批人才"是医院对口支援的决心，"授人以渔""传帮带"是培养受援单位自身造血功能的关键。

都江堰市人民医院对口支援康定、对口支援珙县医疗队的队员们承载着医院领导和同事们的厚托，扎根在高原，扎根在山区。他们脚踏实地、勤恳工作，唯愿通过精准"传"，让高原和贫困山区的医护人员们职业素质得到不断提升；唯愿通过精准"帮"，让高原和贫困山区医院学科得到发展；唯愿通过精准"带"，让受援医院的医护人员们尽快成长成才……

队员们怀揣着"不忘初心，牢记使命"的信念，努力践行着"健康所系，性命相托"的誓言和初心，以坚定的信念坚守在高原雪域之乡，用爱书写着新时代对口支援的新篇章。

托管促提升开启新征程

"问道青城山，拜水都江堰。"都江堰是国际知名的旅游城市，这句城市的广告语早已深入人心，而近年来在成都市确定的未来五年"东进、南拓、西控、北改、中优"的城市发展格局中，都江堰将发展定位锁定在"国际生态旅游城市"和"国际旅游康养目的地"上。这一定位，在都江堰的历史上具有里程碑意义。

健康，被放在了一个最醒目的位置，作为区域内唯一一家三级医疗机构，都江堰市人民医院更多地承担了保障本地居民和外来游客生命健康安全的重任。

"我们要打造医疗卫生事业高地，首当其冲的就是人民医院。"都江堰市卫计局长邹显树说。上海交通大学附属瑞金医院的援建帮扶，为都江堰市人民医院打下了很好的基础。为了进一步促进医疗卫生事业发展，2015年，成都市第三人民医院正式托管都江堰市人民医院，一段新的医院发展旅程就此迈开步伐。

然而，与其他的医院托管不同，因为都江堰是旅游名城，加上在新的历史阶段让区域发展有了明确的新目标，"这就要求托管医院的发展要与城市定位和发展目标匹配。"都江堰市人民医院执行院长于洪涛说。

因此，在成都市委、市政府和都江堰市委、市政府的领导和都江堰市卫计局的指导下，成都市第三人民医院院长赵聪带领院班子成员，确定将托管工作紧紧围绕强化"两个基本功能"、做好"一项未来保障"、形成"一个辐射效应"来展开。

都江堰市人民医院以成都市第三人民医院托管为契机，以融入先进理念、输入高端人才、植入优势学科为路径，以"两院"同质化管理、全方位互动为手段，狠抓管理重塑、运营增效、学科做强、诊疗提质、服务优化，全力推动医院转型升级。

还有一个在都江堰医疗卫生发展史上具有里程碑意义的，便是康复科的发展。它的意义在于开创了一种新的服务模式，即由都江堰市人民医院和社区卫生服务中心创立"医联体共建病房"，让康复患者在社区用低廉的价格就能享受到同质化的治疗。康复患者的不断增加，迫使医院想尽办法满足患者的治疗需求，于是，他们开始在桂花社区卫生服务中心进行试点，开设了"医联体共建病房"。人民医院优先收治疑难重症康复患者，其他的患者则转到社区卫生服务中心去。他们不仅向社区派遣了医生和治疗师，而且对桂花社区的医生进行了严格的技术培训，患者在那里，用更少的钱，享受与人民医院同质化的服务。除了与社区共建病房，都江堰市人民医院康复科还与市残联合作，每天派出治疗师到残联为小儿脑瘫、智力障碍、听力障碍患者进行康复治疗。他们的方法就是：尽量让资源沉下去，沉到群众需要的地方。

在成都市第三人民医院重点帮扶下，都江堰市人民医院整体医疗技术服务水平明显提升，打造的国家级卒中心，成为辐射都江堰及周边的卒中诊疗目的地；医院检验科建成成都市医学重点专科，实现了当地医学检验专业成都市级重点专科的零突破；成为上海瑞金医院血液病科联体成员单位、丹麦 VIA 大学合作单位；获评国家、四川省、成都市三级药械监测哨点医院；在都江堰市首推手机微信移动平台，用户达 5.9 万，极大改善了患者就医体验。医院的"亲民温馨服务""医疗质量管理""卒中中心""胸痛中心"等项目管理品牌已辐射至千家万户。市人民医院被成都市卫计委评为"成都市 2017 年医疗服务质量督查优秀医院"，连续三年蝉联"中国医院竞争力县级医院 100 强"四川省县级三级乙等综合医院第一位。

"都江堰市委、市政府非常重视成都市第三人民医院对都江堰市人民医院的托管工作，托管三年多来，成效非常显著，卒中中心、胸痛中心的打造以及康复科、眼科等学科的发展不仅具有里程碑意义，而且优质医疗资源的下沉带动了整个区域医疗事业的发展。"都江堰市卫计局局长邹显树说。

2018 年新春伊始，都江堰市人民医院正着力围绕"以病人为中心，推广多学科诊疗模式；以危急重症为重点，创新急诊急救服务；以医联体为载体，提供连续医疗服务；以'互联网＋'为手段，建设智慧医院；以'一卡通'为目标，实现就诊信息互联互通；以社会新需求为导向，延伸提供优质护理服务"等创新医疗服务模式，推动医院管理服务高质量发展，努力为群众提供更高水平、更加满意的卫生和健康服务。

再生常怀感恩心

明松柏

汶川大地震已经过去十年，但它带给吴德琴的灾难仍历历在目恍如昨日；武警战士从废墟中把她救出，给了她第二次生命的情景，更让她刻骨铭心难以忘怀。

——题记

身陷废墟

在都江堰市蒲阳河源头，沿河两岸有不少露天茶馆，茶客们沐浴在凉爽洁净的微风中，一边与朋友谈天说地，一边眼见清清的河水奔腾东去，颇有"白发渔樵江渚上，惯看秋月春风……古今多少事，都付笑谈中"的味道。

但与过去茶客基本都是男性的现象不同，如今女茶客的比例不小。她们往往三五成群，喝茶好似上班，大家相约河边，天天都来"刷卡"。喝茶之余，所谈内容不外是家长里短、柴米油盐、父母儿孙，偶有触及社会、人生、时弊的话题，也很快就偃旗息鼓"言归正传"。她们拿着退休工资，没有生计之忧，没有疾病之愁，悠闲而快乐，完全不像一群年过半百的人。

不过，在这些女茶客中，吴德琴是个特例。

每当朋友们谈到社会现象时，吴德琴必定会旗帜鲜明地说共产党就是好、人民政府就是好，她说："如果没有党和政府，没有人民解放军，就没有我的第二次生命。"然后她会不厌其烦地把现在的生活与过去的生活进行比较，说到激动处，她本能地以自己的亲身经历现身说法，直到伙伴们"心悦诚服"为止。

1964年，吴德琴出生于四川中江县，父亲从部队转业到水电十局后，她们举家迁到了都江堰市。

吴德琴性格外向，心直口快，干练泼辣，人缘很好。当年，身为十局下属汽车队书记的父亲，并没有利用手中的职权为她们兄妹三人谋一份好差事。相反，吴德琴17岁时就到十局四处二队当了一名又苦又累的普工。二队是水电十局隧道施工队伍之一，常年在大山深处的隧道里劳作。风华正茂的吴德琴整天窝在不见天日的环境中辛勤工作，她学会了如何在隧洞里、在坑道中安全行走、躲避塌方和落石、正确施工的方法和技能。

但吴德琴怎么也没有想到，这些知识和技能竟然多年后在一种完全陌生的环境中再次被她用上。

2008年5月12日午饭后，吴德琴应朋友之约，到外北街与红庙巷交汇处的一家麻将馆打麻将。吴德琴与朋友们被老板安排在麻将室的角落里。14时28分04秒，大地突然剧烈地抖动起来，头顶的楼板嘎嘎作响，吴德琴立刻意识到：地震了！

麻将室的人们拼命地往外跑，吴德琴刚站起来，背上的小包被椅子绊住了。当她再次站起来时，已经失去了跑出去的机会。这时，楼板和砖头劈头盖脸地落下来，灯光全灭了。吴德琴赶紧躲到麻将桌下，并把椅子往身边拉，希望它能为自己分担一点儿压力。说时迟那时快，只听得"轰"的一声，整个麻将室瞬间变成了黑暗的世界。同时被困在废墟中的，还有董大爷、王医生。

紧急救援

正如吴德琴预想的一样，在这场名为"汶川大地震"的灾难中，都江堰市遭受了历史上前所未有的重大损失。

地震发生后，全市形成 132 个重点灾难现场，受灾群众惊魂稍定后，立刻展开了自救、互救。市级领导在一个小时内全部集结，及时奔赴各灾难现场组织指挥抢险救灾。在电力、通信、供水完全中断的情况下，都江堰市立即启动应急预案，迅速成立了抗震救灾指挥部，设立了由市领导牵头负责的抢险救援组、物资保障组、治安维护组、医疗救护组、宣传组、纪律督查组、善后处置组、基础设施组和指挥部办公室。

地震当天 20 时 30 分，中共中央政治局常委、国务院总理、全国抗震救灾指挥部总指挥温家宝连夜赶到都江堰市，并在此设立国务院抗震救灾前线指挥部，指挥全国的抗震救灾工作。16 日上午，离开四川地震灾区返回北京前，温家宝接受新华社、中央人民广播电台、中央电视台记者集体采访时说，无论从破坏性，还是从波及范围来说，四川汶川地震都是中华人民共和国成立以来最大的，超过了唐山大地震。面对这场特大地震灾害，必须举全国之力，以救人为核心，克服重重困难，把抗震救灾工作进行到底，救人是救灾工作的重中之重，只要有一线希望，就要用百倍的努力，决不轻言放弃。

在党中央、国务院、四川省、成都市和都江堰市各级党委政府的坚强领导、科学指挥下，都江堰市各级各部门、各乡镇、各企事业单位、广大干部群众立刻展开了抢险救灾战斗。

重获新生

就在都江堰市救援行动紧张进行的时候，废墟中的吴德琴感觉自己好像被放在极其漫长的寒冬里煎熬。她一方面忍受着饥饿和口渴带来的难受，一方面不断安慰董大爷。

尤其令她担心的是，在不断发生的余震中，周边的残砖碎瓦慢慢向她逼近，渐渐地她已经被挤得不能动弹了。她清楚地记得，前后有五批人来到废墟前，有的是志愿者，有的是来寻找亲人的。她和董大爷与废墟外面的人进行了交流，这些人都试图施救，但却没法移动那座大山一样的废墟，他们说去请人来救援，但一直没有消息。

5月13日15时，正在新建小学当志愿者的马小熙接到朋友王红的求助电话，说她的父亲失踪了，可能埋在外北街垮塌的麻将室里。马小熙立刻来到外北街与红庙巷相邻的废墟前。废墟旁很安静，四周没有人。马小熙冒着余震的危险，趴在废墟上向空隙里大声呼喊，废墟里毫无反应。他走下废墟，跟王红商量后决定钻进麻将室探寻，但横七竖八断裂的预制板使他无法深入废墟深处，他只好再从废墟空隙向里大声呼喊："王大爷！王医生！"不久，他听到几米远的地方有微弱的声音，仔细一听，是一个女人在呼救。马小熙立刻钻出废墟，到街上去找解放军。

很快，来自重庆、昆明的武警部队战士赶了过来，两条搜救犬及生命探测仪都表明，废墟里有生命迹象！但因这栋大楼的前面有高压线阻挡，大型机具无法施展。经过短暂的商议后，部队确定了救援方案：从大楼后面的菜市场进入废墟救人。但三个小时过去了，进展非常缓慢。

见此情景，马小熙建议，在大楼前面紧邻大楼的缝纫店墙壁和麻将室墙壁上打一个贯通的洞，形成通道，然后进入麻将室搬开断裂的预制板和建渣施救。

武警战士继续按照原定方案施救，废墟旁停了六七辆救护车，十多个医护人员随时准备转运伤员，几名记者也守候在废墟旁。战士们首先从靠近董大爷的地方开始施救，同时派了一个小战士在吴德琴所在的废墟上与她"聊天"。小战士按照队长的命令，从废墟的缝隙中递了一瓶矿泉水给吴德琴。吴德琴接过打开盖的矿泉水喝了一口说："没有味道，我要喝糖水。"那位刚满18岁的小战士见吴德琴不喝矿泉水，带着哭腔大声向队长报告："队长，阿姨不喝矿泉水，要喝糖水，我们哪有啊？"

他这话刚出口，废墟外的所有人都听见了，包括参加救援的战士、周边围观的群众、医护人员、记者、被困人员家属等上百人不知谁先笑了起来，这笑声非常有感染力，很快引得更多的人笑起来。笑声调和了凝重的空气，是几天来吴德琴第一次听见的最美好最令人振奋的声音。她知道，这笑声里充满了爱怜和欣慰，战士们救援的对象不仅活着，意识还很清醒，这是最让他们高兴的事。但吴德琴却笑不起来，她感到脸上火辣辣的。在这之后的若干年里，每当想起这一幕，吴德琴都感到很内疚，那位不知名小战士的年龄还没有她正在读大二的女儿大，人家也是独生子女，也是父母的心肝宝贝，为了抢救废墟中的生命，他们在余震中，在极其危险的废墟里工作，而她自己却挑三拣四。

队长命令小战士："急什么，你去找瓶果汁来就行了！"这时，人群中有人送了一瓶果汁过来，那位战士立刻打开瓶盖再从缝隙中递给吴德琴。这次吴德琴接过果汁猛喝起来。小战士喊道："阿姨，别急，别急，慢慢喝。"

5月15日15时30分，被困73个小时的董大爷被武警战士成功救出。董大爷刚出废墟，战士们要把他抬走，他却坚持不走，很认真地说："老吴还在里面，我要等她出来后一起走！"

此时，废墟里的吴德琴虽然身体不能动弹，意识还很清醒。她"目睹"了董大爷被救的全过程，说："董大爷，你走吧，我很快就会出来的。"

不过，由于吴德琴位于最里边，她头上的废墟堆得更高，对她的救援更艰巨更困难。在队长的指挥下，战士们轮番作业。吴德琴身边那些把她塞得很紧的砖头碎屑等全都被清理出去，她的空间渐渐大起来。但她的裙子被压得很紧，按照队长的指导，她慢慢褪下裙子。而对队长要她"调头"的指导却不理解，她已经非常虚弱，没有多少力气去移动身体了，她索性闭上眼睛拒绝执行命令。队长苦口婆心地开导她说："洞口这么小，只有调头'顺产'你才出得来，如果不调头，好比'难产'，你是出不来的啊。"队长的这个比喻吴德琴听懂了，她开始用全身最后的一点力气"调头"，半个小时后，吴德琴完成了180度的大转弯，使头部靠近废墟洞口，为自己赢得了获救的契机。5月16日00时30分，在废墟里熬过82个小时后，吴德琴终于被武警战士救出来，重获新生。

永远感恩

在脱离废墟一小时后，吴德琴被快速送到了四川省人民医院。医生对她进行了全面检查，发现她没有外伤，内部器官也完好无损。主治医生认为她是在废墟里困久了身体虚弱，只对她进行了一般性的治疗。

这样治疗半个月后，吴德琴被主治医生告知，要她准备出院。吴德琴感到很不解，自己的双腿和右手根本就没有知觉，就是被人扶着站起来，也迈不开步，怎么就要出院了呢？在她入院后第二天就到医院来照顾她的女儿孙问也感到很不理解，医生却给不出合理的解释。

孙问把母亲的情况反映给院领导，医院组织了会诊。经过反复商讨，最后决定把吴德琴转院到省外治疗。

5 月 29 日，吴德琴和其他几名因地震受伤的重伤员一起，被集体转移到位于江苏省无锡市的解放军 101 医院。

在吴德琴转入 101 医院的当天，早就等候在那里的来自上海、南京、北京等地的十多名专家，为吴德琴进行了会诊。专家们一致认为，吴德琴在废墟中困得太久了，多处神经受损，需要立即动手术。

5 月 30 日，专家为吴德琴实施了手术，把发生位移的神经拨回原位。说来也神奇，手术后的第二天，吴德琴的手脚便开始微微有点知觉。这种微妙的变化，让吴德琴母女欣喜若狂，她们立刻告诉了医护人员。吴德琴的主治医生姓张，张医生得知情况后也非常高兴，他再次为吴德琴做了检查，并针对病情为她制定了一套按摩理疗计划，同时教她做一组康复操，并叮嘱她每天坚持做。后来，张医生又给她做了一次手术，这次手术以后，吴德琴恢复得更快了。

在 101 医院，因地震重伤的人员，每两人住一间病房，住满了整整一层楼。医护人员 24 小时对伤员进行悉心医治照料。所有从灾区转过来的伤员，都感到自己像是从战场上回来的英雄，受到了非常隆重的礼遇。吴德琴身边有女儿照顾，但诸如帮她洗头这样的琐事，医护人员都决不让她女儿做，而是由护士亲自为吴德琴洗头。每次都搞得她心里热乎乎的，充满了感激之情。护士却说，这是部队领导和医院领导规定他们必须做的，是他们的职责。

吴德琴没有外伤，也就没有伤痛的苦楚，而其他病友多数都是外伤，所以呻吟之声在整层楼此起彼伏不绝于耳。其中有个重伤员，他被垮塌的建筑物砸压，造成臀部肌肉全部坏死，剧烈的疼痛使他的叫声格外惨烈瘆人。

吴德琴不愿再躺在床上，她决定做点儿什么。在女儿的搀扶下，她先是来到没有家属陪伴的伤员床前陪他们聊天，希望以此缓解他们的痛苦。后来，征得医护人员同意后，她专找伤情重、叫声大的伤员拉家常、做疏导。她的行动获得了大家的认可，那些不认识她的人以为她是教师出身。久而久之，她成了最受欢迎的明星伤员，女儿成了明星陪伴。

由于"5·12"汶川大地震，2008年全国的大学都在地震发生后放了假，并于7月初提前开学。时间到了8月初，女儿已经请假一个月了，吴德琴决定马上出院，让女儿尽快去学校上课。按照医院的安排，吴德琴要8月底才能出院。在她的一再要求下，医院做了折中处理：将她转院到本地医院继续进行康复治疗。

8月8日，吴德琴转院到都江堰市人民医院。在这里，她又做了一个月的康复治疗后出院。从被救出废墟送到医院开始，在四个多月的时间里，吴德琴"转战"两省三地的三所医院，她的治疗以及她和女儿的吃、住、行等所有费用全部由政府买单，自己没花一分钱。

地震后，在党和政府的坚强领导下，在全国人民的大力支持下，灾后重建工作进行得如火如荼。都江堰市提出了"五年重建计划，三年完成"的口号。在重建项目中，有大批安居房建设，这些房子都是无偿分配给住房在地震中损毁了的城区居民的。

2009年，全市安居房分配工作开始登记。同年12月18日下午，都江堰市城镇安居住房分配摇号程序听证会在市房管局四楼会议室举行。36名受灾群众代表、5名市人大常委会代表、5名市政协委员，《四川日报》报社、成都电视台、《成都日报》报社、《成都商报》报社、都江堰电视台等8家新闻媒体和旁听群众代表应邀参加了听证会。听证会上，摇号系统设计单位四川大学数学学院专家就摇号分配程序的研制原理以及运转模式的科学性等向与会群众做了全面讲解，并现场模拟演示，让群众对摇号系统的公开、公平、公正树立信心。

2010年5月，都江堰市政府及房管部门在充分听取群众、社会各界及专家学者等意见和建议的基础上，经多次反复研究、讨论，确定了安居房分配采取"残疾人优先""6户组合""电脑公开摇号"方式，并按"建成一批、分配一批"，每批次分配"两次公开摇号、电视同步直播、全程公证监督""分配房源、分配对象、分配结果全部公示"的原则组织实施。

2010年11月，吴德琴在摇号中分到了"珙桐园"内的安居房。珙桐园位于"一街区"，是上海市援建的高质量安居房。吴德琴在地震中损毁的住房50多平方米，新分的安居房70多平方米，而且不用花一分钱。当她看到安居房环境和质量都远远好于过去的住房时，当年那种被救出废墟获得重生的难以名状的感情再次充盈她的脑海。这个时候，她再次感觉到：党和政府真的是对老百姓太好了，如果不是无偿分到安居房，她后半辈子只有租房住了。

正是这种发自内心的感激之情和感恩之心，让吴德琴在平时的家庭生活和朋友交往中，办事说话都充满了正能量。但凡"有机会"，她必定三句话不离"共产党好""人民政府好"。她用于说服别人的"三板斧"：一是横向比较，她把2008年的汶川地震与2011年的日本宫城地震进行比较。汶川地震后三年，所有灾民都搬进了安居房；而宫城地震已过七年，仍有许多灾民无家可归。二是纵向比较，她和伙伴们过去的住房面积小质量差，且都在地震中损毁，政府无偿分配给她们更大更好的安居房。三是收入比较，她和伙伴们由于职业的原因，都在45岁就退休了，退休得早，工资自然不高，但两三千的收入，可以说衣食无忧了。除此以外，吴德琴还用亲生父母做例子：她的父亲当过兵、剃过匪、负过伤、立过功、受过奖，是为革命做出过贡献的，2018年已经 91 岁了，每月工资仅仅四千多元，但老人家感到很满足，整天乐呵呵的；她母亲是家庭妇女，过去没有收入，2008 年初，政府实施了一项社保新政策，父亲花两万多为当时已经 69 岁的母亲一次性买了社保，她母亲第二个月便开始领工资，现在每月工资已近两千元。政府的这项惠民政策，解决了许多困难群众的实际问题，使他们老有所养、老有所依。

这些例子并非特例，它就发生在许多人家里，也发生在吴德琴的伙伴当中，因此，她的说法很容易引起共鸣，不少伙伴转而成为她的"粉丝"。她说，在大是大非面前，我们必须站出来说话，我们都应该成为共产党的铁杆"粉丝"，成为人民政府的铁杆"粉丝"，只有这样，我们的国家才会更加强大，我们的生活才会更加美好！

第三章 如椽巨笔写宏篇

RU CHUAN JU BI XIE HONG PIAN

三十年中，异彩纷呈，刻写着这个川西名城的奋斗史。丰收的大地、国家级的景区、城市鳞次栉比的高楼……展现了这块神秘土地无限的创造力。

都江堰旅游名片的诞生
——"拜水都江堰，问道青城山"背后的故事

堰　生

一

著名学者余秋雨先生曾有过数次都江堰之行，他作为古往今来都江堰市拜水问道的迁客骚人之一，并没有在都江堰市的山光水色中沉醉。他以大家的渊博、名人的敏锐在堰上水畔、丹梯绿云边且思且行，为都江堰沉积千年的厚重文化刻写出了一个厚重的结论。

20 世纪 80 年代中期，秋雨先生悄然造访过都江堰。严格说起来，秋雨先生的此次出游，原本是要寻幽青城的。他说：

我去都江堰之前，以为它只是一个水利工程罢了，不会有太大的游观价值。连葛洲坝都看过了，它还能怎么样？只是要去青城山玩，得路过灌县县城，它就在近旁，就乘便看一眼吧。

没想到，都江堰却给他带来了无与伦比的震撼。

当秋雨先生拾级而上来到都江堰离堆上时，他有了不同寻常的感觉：

忽然，天地间开始有些异常，一种隐隐然的骚动，一种还不太响却一定是非常响的声音，充斥周际。如地震前兆，如海啸将临，如山崩即至，浑身起一种莫名的紧张，又紧张得急于趋附。不知是自己走去的还是被它吸去的，终于陡然一惊……眼前，急

流浩荡，大地震颤。即便是站在海边礁石上，也没有像这里强烈地领受到水的魅力。海水是雍容大度的聚会，聚会得太多太深，茫茫一片，让人忘记它是切切实实的水，可掬可捧的水。这里的水却不同，要说多也不算太多，但股股叠叠都精神焕发，合在一起比赛着飞奔的力量，踊跃着喧嚣的生命……也许水流对自己的驯顺有点恼怒了，突然撒起野来，猛地翻卷咆哮，但越是这样越是显现出一种更壮丽的驯顺。已经咆哮到让人心魄俱夺，也没有一滴水溅错了方位。阴气森森间，延续着一场千年的收伏战。水在这里吃够了苦头也出足了风头，就像一大拨翻越各种障碍的马拉松健儿，把最强悍的生命付之于规整，付之于企盼，付之于众目睽睽……

秋雨老师的思绪变得天马行空般活跃，上下两千年的历史在他笔下奔涌而出：

……就在秦始皇下令修长城的数十年前，四川平原上已经完成了一个了不起的工程。它的规模从表面上看远不如长城宏大，却注定要稳稳当当地造福千年。如果说，长城占据了辽阔的空间，那么，它（都江堰）却实实在在地占据了邈远的时间。长城的社会功用早已废弛，而它至今还在为无数民众输送汩汩清流。有了它，旱涝无常的四川平原成了天府之国，每当我们民族有了重大灾难，天府之国总是沉着地提供庇护和濡养。因此，可以毫不夸张地说，它永久性地灌溉了中华民族。有了它，才有诸葛亮、刘备的雄才大略，才有李白、杜甫、陆游的川行华章。说得近一点，有了它，抗日战争中的中国才有一个比较安定的后方。

它的水流不像万里长城那样突兀在外，而是细细浸润、节节延伸，延伸的距离并不比长城短。长城的文明是一种僵硬的雕塑，它的文明是一种灵动的生活。长城摆出一副老资格等待人们的修缮，它却卑处一隅，像一位绝不炫耀、毫无所求的乡间母亲，只知贡献。一查履历，长城还只是它的后辈。它，就是都江堰。

最后，秋雨老师毅然决然地宣称：

看云看雾看日出各有胜地，要看水，万不可忘了都江堰。

我以为，中国历史上最激动人心的工程不是长城，而是都江堰。

秋雨老师与都江堰市有缘，早在1992年，我市就创办了全国唯一一家县级市公开刊物《青城文荟》。在《青城文荟》的创刊号上，就发表了余秋雨老师的《古堰沉思录》，引来全国数十家报刊转载。《古堰沉思录》收入秋雨老师专集《文化苦旅》后，更名为《都江堰》，成为中国散文史上脍炙人口的名篇，而这名篇就首发于《青城文荟》。2002年，《都江堰报》记者将这期刊物送给迟到了十年的作者手中时，余秋雨老师激动不已，连称缘分、缘分。

二

之后秋雨先生的青城之游，料想就不是十分尽兴，因为遍读先生大作，对青城山这座道教圣山祖庭少有提及。直到2001年的某一天，时任广电局总编室主任的罗鸿亮同志在拜读秋雨老师《文化苦旅》中的《青云谱随想》一文后，才发现秋雨老师对当时的青城山有着一种难以言传的失落：

记得年前去四川青城山，以前熟记于心的"青城天下幽"的名言被一支摩肩接踵、喧哗连天的队伍赶得无影无踪。有关那座山的全部联想，有关道家大师们的种种行迹，有关画家张大千的缥缈遐思，也只能随之烟消云散。我至今无法写一篇青城山游记，就是这个原因。

读了这段文字的罗鸿亮，深为此事遗憾，他认为，作为中国道教的策源地和以"幽"为特色的青城山，抑或是因为时代的原因，抑或是因为都江堰人对本乡文化疏忽的缘由，让秋雨老师看到了不该出现的一面，这完全不是有文化宝库之称的青城山的真实的一面。于是，一个想法在他心里出现了：要请秋雨先生再上青城，为青城写下一篇扬名立万的传世之作，与《都江堰》一文并秀文坛。这种想法得到了市委、市政府领导的支持，不久后，以市委名义请秋雨老师再度来访都江堰、委托中央台综艺频道制片人张小海老师代请正在央视举办的青歌赛担任文化评委的秋雨老师。秋雨老师接受了邀请，但终因太忙而未成行。

三

2002 年，央视《综艺大观》改版为《欢乐中国行》。由时任宣传部长的王彝福牵头，在时任政协副主席卿建伦及罗鸿亮等人的努力协调下，在全国五城市激烈竞争中勇拔头筹，央视决定当年播出的中秋晚会《欢乐中国行》第一期就放在都江堰市。是时，中央台新购的亚洲最大的电视转播车，行程数千公里，在沿途公安武警的护送下直抵南桥广场，向海内外转播了这期节目，一时盛况空前，都江堰的知名度广为提升。

改版的《欢乐中国行》录制前，有采访秋雨老师的安排。得知这个信息，市委请宣传部再次发出邀请，请央视《综艺大观》栏目制片人阿彤、央视柳刚导演等人再次邀请秋雨老师来都江堰做客。秋雨老师接受了邀请，并于 2000 年 9 月 6 日抵达都江堰市。当天，秋雨老师在时任政协副主席卿建伦、时任青城山管理局局长和青城山镇党委书记刘刚、时任青城山管理局副局长高尔君、时任政府办接待科副科长赵文侨等人的陪同下信步登上了青城。进入山门，步过雨亭，秋雨老师在满山空翠和云起云飞中找到了些许感觉，旅途的劳顿和紧张的采访在脸上留下的倦容一扫而空。卿建伦与秋雨老师并肩拾级，谈起了道家的亭台建筑风格，椿仙行道的由来，谈起了李白、杜甫、陆游和杜光庭，甚至还朗诵了杜甫《丈人山》一诗。后来，一行人登上了"天然图画"。秋雨老师有些累了，但他依然颇有兴趣地问："天然图画"怎么得名的？刘刚说：雄秀的牌坊矗立于长长的石级上，占据了两峰夹峙的山口，成为半山道上十分突出的景观。林间有鹤鹭轻飞，山鸟长鸣。岩下溪水潺潺，淙淙有声，宛如筝音琴韵。龙居、天仓、乾元、丈人诸峰，堆苍叠翠，宛如画屏，是以得名。秋雨先生说：那么今日就作画中之游吧。刘刚借机请秋雨先生为青城写一文，秋雨先生当即应允。

在"天然图画"，刘刚向秋雨老师介绍了都江堰市世界文化遗产申报情况及他主编的《世界文化遗产——青城山都江堰》收录秋雨老师作品《都江堰》的情况，秋雨老师还欣然在该书上签名。

稍事休息后，大家请秋雨先生感觉一下青城滑竿的闪闪悠悠，秋雨先生几番推辞后方登上滑竿前行。不多久，来自上海、浙江的游客们认出了秋雨先生，说什么也要与先生合个影，有的游客还索求先生签名。秋雨先生一一满足了他们的愿望。

终于来到了天师洞，一路默默相随的赵文侨跟秋雨老师谈起了八卦、阴阳鱼、十二生肖、无极而太极等话题，小赵充满活力的介绍和广泛的知识面让秋雨老师赞赏不已。

天师洞当家唐诚青早已候在古常道观山门，一番道乏问好后请入西客厅奉茶。稍后，秋雨老师又在诚青道人陪同下参观了天师洞道门古物文物，古天师银杏树。研读了"一生二二生三三生万物"天师洞大殿著名对联，探究了"境由心生"一联的内涵，观赏了历代文人题刻，拜谒了乾元山天师洞，直至午后方才徐徐下山，在鹤翔山庄午餐。当天下午，时任都江堰市委书记张宁生等领导热情地接待了秋雨老师。

四

先生墨宝，千金难求。但秋雨先生与都江堰、青城山有缘，因爱山水而惠及这方土地、这方人。都江堰至今仍保藏着先生好几幅墨宝。青城山管理局当年曾在山门口备下文房四宝，期待秋雨先生为青城写下几个字，先生婉谢了。但第二天，在卿建伦的再三请求下，秋雨先生在金叶宾馆下榻处不顾辛劳，为二十多人签字送书，并欣然为时任青城山管理局局长、青城山镇党委书记刘刚写下了"道家有道，上善若水，于是此生有两事可为，曰：拜水都江堰，问道青城山"的题词，为都江堰管理局留下了"都江堰是解读中华文明的钥匙"的单条；为时任政协副主席卿建伦书写了"大道至简，上善若水"的横幅。当时在青城山上，赵文侨就拜托秋雨老师题写"堰古道玄"，谁知又有新的任务，赵文侨离开了秋雨老师，也与先生墨宝失之交臂，至今每当提及，赵文侨依然扼腕而叹。2008年6月，秋雨先生来到都江堰，看望在幸福家园安置点读书的孩子们，到二王庙、秦堰楼等景区探访。得知都江堰中学高二女生王娅一直很喜欢、崇拜自己，他亲笔为王娅题写了"灾难中能开出最美丽的生命花朵"这句话，鼓励她坚强地与灾难斗争。

近日偶得秋雨先生短文，因涉故乡之事，故爱之不舍敬录于此：

拜水都江堰，问道青城山。多年前我曾在青城山石阶间吟得此联，并随即应邀书写于客舍之几案上。不知何时得以流传，据称已成为当地标识，处处可见。都江堰在"5·12"汶川大地震中蒙受重创。我于第一时间赶去救援，惊见废墟瓦砾间多有此联残片。我鞠身捧起，细细辨认，不禁感泣长叹。此十字虽出自吾手，而吾不知拜水大仪竟如此之暴烈，亦不知问道之所竟如此之艰险。可见天道难问，天机玄深，人在天怀，不可造次，须秉百般善心、千般德行，以奉敬畏。

大灾之后，余再度恭书此联。都江堰民众于灾后重建之地，两处立碑刻凿。余敬谢无语，面西长立。呜呼，其水其山，已铸吾心；此情此缘，必随终身。

思想因为成熟方能化为掷地有声的文字，看来，与都江堰有割舍不去情感的秋雨老师在都江堰并不是传闻中的惜墨如金，因此，我们期待着秋雨老师的《青城山》一文。

五

2006年，中国国内旅游交易会首次在成都举办，为了迎接这届旅游盛会，都江堰市扎扎实实地做了许多会前的准备工作。2006年年初，都江堰市旅游局在筹备参加在成都新会展举行的2006年国内旅游交易会前期，提出了在原来暂用的"北有万里长城、南有都江古堰""冬有三亚，夏有青城"等旅游推介宣传语基础上，重新拟定主题口号，准确反映都江堰旅游资源，表达出都江堰旅游文化内涵，以提升都江堰旅游形象，并由时任都江堰市旅游局局长杨从疆、副局长严晓霞将这一想法报告了市委、市政府主要领导。在取得了市委、市政府主要领导的支持后，市旅游局立即组织力量制定了主题口号提炼征集方案：一是通过在旅游局内部集智商讨；二是通过在全市范围内集智征集；三是通过《中国旅游报》等业内权威媒体进行全国范围内公告征集的方案。

第一种方案没有取得好的效果，第三种方案所需时间较长且不能保证能征集到好的作品用于即将召开的旅交会。正在大家一筹莫展时，杨从疆局长得知时任劳动局局长刘刚在2002年陪同余秋雨老师游览都江堰、青城山后，秋雨老师为他留下了一幅题字，非常形象传神地写出了都江堰旅游文化的精髓。杨从疆立即与刘刚联系，刘刚毫不犹豫地将秋雨老师题字内容交给了杨从疆，杨从疆立即叫上严晓霞等人前往石家桥，向正在考察广告位的市委、市政府领导汇报。答案是肯定的、高度一致的，令所有听到结果的人兴奋、震撼。

回到都江堰市，市委、市政府领导当即拍板：这就是今后都江堰旅游久远的主题形象宣传口号！要求迅速利用2006年中国国内旅游交易会在成都召开的契机，在全国、全省范围内打响这一口号。都江堰市城市文化和旅游发展上的一个里程碑式的事件发生了：都江堰城市形象、旅游形象主题词诞生了。都江堰市旅游宣传口号新鲜出炉，采用著名学者余秋雨在游览都江堰、青城山后留下的墨宝"拜水都江堰，问道青城山"。它非常准确、传神地反映了都江堰市旅游资源特色和文化内涵，而且直观、简洁、朗朗上口，能激发游客前来旅游的欲望。

事后，市委宣传部长高润川为了尽快落实市委部署，特意邀请何应辉先生（四川省文联副主席、中国书法家协会副主席、中国书法家协会创作评审主任委员、四川省书法家协会主席、四川省诗书画院副院长、国家一级美术师、四川大学客座教授）书写这两句话，何先生欣然命笔。从此，青城山与都江堰便成为烙在世界文明史上的"中国符号"；成为中国文化史上的智慧双眼，灵动多年。多少年来，领袖伟人、名流高道、骚人墨客、草莽布衣都怀揣着"拜水都江堰，问道青城山"的情结向这片土地奔涌和膜拜。他们来了，他们慕名而来，感恩而来，拜水而来，问道而来。于是，"拜水都江堰，问道青城山"开始快速地占领了成都市绕城高速东南西北四方广告位、成灌高速都江堰收费站广告位、成灌高速石家桥收费站广告位、双流机场广告位，当之无愧地把都江堰推上了文化的高地、旅游的庙堂。2006 年 12 月 31 日，在市委廖敦常委、青都局苟子平局长的委派下，青都局营销处处长崔巍赴京，在梅地亚与央视签了长期播放合同。从 2006 年到现在，在 CCTV－4 上连续七年作为成都都江堰市不可替代的旅游形象主题词经典。

同时，出于知识产权的考虑，市委、市政府领导要求市旅游局立即进行查询是否已被其他人或者企业进行了注册以免发生知识产权方面的纠纷。经国家知识产权局证实，该语句还无人抢注，在联系余秋雨先生无果后，征得刘刚的同意，决定先由市旅游局出面对该主题口号进行知识产权著作保护，并限定仅用于政府旅游形象和公益宣传方面。不久后，通过专业商标注册公司，市旅游局成功对该主题口号申请了著作权保护。

笔者以为，秋雨先生的题字无不是经过深思熟虑后才写就的，他的严谨，正是因为他对都江堰水文化、青城山道教文化的珍重。每当我有幸看到秋雨先生在都江堰所题写的墨宝时，都会从其中领悟到秋雨老师的睿智和精深。当他在都江堰这块神奇的土地上作了一番文化的审视之后，他的才华与历代才俊们相融相汇，他的神灵与青山绿水自然贯通。于是，他才写出了"拜水都江堰，问道青城山"这十个汉字，让它久远地成为都江堰市的文化旅游标志。

旅游事业开鸿篇 江山胜迹说发展

——青—都景区管理局三十年开拓前进纪实

程 浩

都江堰市位于成都平原西北部，辖区面积 1208 平方公里，距四川省会成都仅 36 公里，距双流国际机场仅 45 分钟车程。因堰而得名，因山而得道，是一座充满历史积淀和厚重文化底蕴的"境界之城"，同时也是一座拥有世界自然和文化双遗产的山水旅游城市。因优秀的自然历史文化禀赋，都江堰市荣膺全国历史文化名城、首批中国优秀旅游城市、中国十佳魅力城市、国家级生态示范区、国家园林城市、全国绿化先进市、全国文化先进市、中国首届人居环境范例城市、国际人居环境示范城市、全国长寿之乡、中国田园诗歌之乡、中国楹联文化城市、国家卫生城市、2017 中国十大品质休闲县市等殊荣。市内人文景观和自然景观众多，城景交融，交通便捷，森林覆盖率达 60%，年平均气温 15.2℃，空气、水质常年保持国家一级水平，空气负氧离子最高达 12000 个/立方厘米，环境优美，气候宜人，夏无酷暑，冬无严寒。

坐落其中的青城山—都江堰景区，则拥有"国家级重点风景名胜区""国家 AAAAA 级旅游区""全国重点文物保护单位""国家级文明风景名胜区""全国爱国主义教育示范基地"等诸多荣誉称号，不仅是联合国教科文组织遗产委员会评定的世界文化遗产，更是世界自然遗产"四川大熊猫栖息地"的重要组成部分。

自 1988 年撤县建市特别是 2008 年以来,都江堰市旅游业突出"旅游主导、国际取向"全域旅游发展取向,把旅游产业转型发展作为经济转型发展的核心引擎,摆脱了门票经济的束缚,成功实现由单一观光旅游目的地向休闲旅游度假地转变,旅游综合收入大幅增长,旅游业快速健康发展。都江堰市首批入选国家全域旅游示范区创建单位、全国通用航空示范单位,荣获中国旅游创新奖,青城山—都江堰景区荣获第五届全国文明单位,入选全国旅游服务质量标杆培育试点单位。2017 年全市共接待游客 2354.5 万人次,较 2008 年增长 5.2 倍,旅游综合收入 195.91 亿元,较 2008 年增长 10.9 倍。

——题记

刚刚过去的清明小长假,青城山—都江堰作为都江堰最具代表性的景区及全国热门景点之一,再次吸引无数国内外游客前来。中国旅游研究院联合驴妈妈旅游网发布《2018 年清明假日旅游及景区消费报告》。驴妈妈旅游网预订数据显示,全国景区消费最热门的二十个景区中,都江堰景区门票网络预订数量高居榜首;十大热门世界文化遗产景区,都江堰和青城山依然强势入围,并且都江堰景区依然排在榜首位置。青城山—都江堰景区究竟为什么能够赢得广大游客的青睐呢?

青—都景区之自然之美与文化之蕴

青—都景区融山、水、城、林、堰、桥、观、园等景观于一体,蜀文化、水文化、道教文化相互融汇,园林艺术、建筑艺术交相辉映。

都江堰景区紧邻市区，素有"城中美景"之称。景区内的都江堰是以无坝引水、自流灌溉为特征的宏大生态型水利工程，公元前256年由秦国蜀郡守李冰为治理岷江水患率众修建，距今已有2270多年历史，是川西平原的生态屏障。其工程采用"无坝引水"的形式，主要由鱼嘴分水堤、飞沙堰溢洪道、宝瓶引水口三大主体工程组成。它巧妙地利用了岷江出山口的天然地势和弯道水流规律，三位一体，有效地解决了引水灌溉、泄洪排沙的问题，构成了一套科学完整的自动排灌系统，孕育了沃野千里的"天府之国"成都平原，并直接促使了中国历史上第一个中央集权王朝——秦的统一，被誉为中华民族的天才杰作、"世界水利文化鼻祖"。多年以来，都江堰水利工程担负着全灌区7市38县（市、区）1065万亩农田的灌溉供水重任，为防洪、发电、水产、旅游、生态环保等多项综合服务，是四川省国民经济发展不可替代的水利基础设施，灌区规模居全国之冠。都江堰创造了人与自然和谐共存的水利形式，创造出独特的水工建筑艺术，是多种文化的集中体现，堪称人类水利发展史上的旷世奇功。

青城山地处四川盆地向青藏高原过渡地带，位于都江堰市区西南15公里，最高海拔3100米，最低海拔为592米。自古以其"幽"享誉天下，历来有"青城天下幽"之称，是中国道教的发源地，是我国著名的道教名山。早在公元前3世纪末，秦王朝就已将青城山册封为国家祭祀的十八处山川圣地之一。其地质地貌独特，植被茂密，气候适宜，林木葱翠，重峦叠嶂，曲径逶迤，古观藏趣。景区内有36峰、72洞、108景。青城第一峰喷薄的日出，朝阳洞落日的余晖，丈人峰茫茫的云海，上天梯的险绝，鸳鸯井同位异水的奇妙，红岩沟飞流直下的瀑布，味江河碧绿的清溪……构成了一幅幅天然图画，令人心旷神怡。公元143年，天师道创始人张陵来到青城山赤壁崖舍，用"黄老学说"创立了"五斗米教"，即天师道。张陵后羽化于山中，青城山便以道教发源地和天师道的祖山、祖庭彪炳史册。青城山道教的创立，一举成为中华民族的传统宗教和东方人类信仰中历史发展的一种典型的思想体系，在全世界都具有特殊的意义。青城山还以自然生态的美，原始沟壑、古藤的奇，为生态旅游增添了无尽的情趣。有飞泉、神仙、红岩等四条深邃、葱茏、奇险、雄奇绝妙的沟壑，峡谷栈道，渊潭水帘，灵谷飞瀑，岩穴石笋等自然景观500多处，构成了一幅幅幻化无穷、令人神往的精美画卷。

2000年11月29日，青城山—都江堰被联合国教科文组织遗产委员会列入《世界遗产名录》；2006年7月12日以全票通过作为"四川大熊猫栖息地"的重要部分被列入世界自然遗产；2000年12月底被国家建设部评为"国家级文明风景名胜区"；2001年12月初，青城山—都江堰风景名胜区被国家旅游局评为AAAA级旅游区，后成功申报为AAAAA级旅游区。

青—都景区管理机构之历史沿革

其实，青城山、都江堰旅游景区原来分属于不同的管理机构。其中之一，就是青城山风景名胜管理局。根据青—都景区管理局档案卷宗中的《都江堰市青城山—都江堰景区管理局大事记》记载：

青城山风景名胜区管理局的前身是1976年成立的"青城山管理所"。1984年撤销其所，成立"青城山管理处"。1986年9月，成立灌县风景名胜区开发建设领导小组，并在泰安乡成立青城后山开发建设办公室。1990年9月5日，青城山风景名胜区统一的管理机构——青城山管理局正式成立，与青城山镇人民政府实行"两块牌子，一套班子"的管理体制。青城山管理局全面负责青城山国家级风景名胜区的保护、规划、开发、建设和旅游管理。2000 年 11 月，青城山列入联合国世界文化遗产名录。2003 年，青城山管理局更名为"青城山风景名胜区管理局"，级别为副市级（县级市），有职工 300 多人。

另一个管理机构，则是古堰景区管理局。据青—都景区管理局档案卷宗中的《古堰景区管理局大事记》记载：

1999 年 8 月 26 日，都江堰市古堰景区管理局成立。2000 年 11 月 29 日，都江堰和青城山双双被列入世界文化遗产。2001 年 10 月 5 日，四川世界遗产之旅营销联合体在都江堰景区成立。2002 年 3 月 8—10 日，古堰景区管理局成功承办全国风景区创建 ISO14001 国家示范区工作研讨会。2005 年 8 月 12 日，都江堰景区管理局、都江堰管理局渠首处共同申报"都江堰清明放水节"为国家级非物质文化遗产。2006 年 6 月 7 日，都江堰清明放水节个性化邮票在都江堰景区首发，这是当年 5 月我国批准首批非物质文化遗产后，国家邮政局正式发行的首套以非物质文化遗产为主题的个性化邮票。2007 年，合并到青城山—都江堰景区管理局。

2007 年 5 月，青城山风景名胜区管理局和都江堰景区管理局合并，成立"青城山—都江堰旅游景区管理局"，青城山风景名胜区管理局即迁至都江堰市区和都江堰景区管理局合并办公，同时挂青城山风景名胜区管理局和都江堰风景名胜区管理局牌子。青城山—都江堰旅游景区管理局主要职责是负责景区规划建设、资源开发与保护、宣传营销和景区日常管理等工作。

2010 年 6 月，经都江堰市委、市政府批准，设置了"都江堰市国际旅游城市建设管理委员会办公室"。管委会办公室是市政府直属事业单位，主要职责是受市政府委托，行使全市范围内的旅游规划、建设、管理和旅游资源保护等职能。2015 年 4 月，经都江堰市委、市政府同意，将"都江堰市国际旅游城市建设管理委员会办公室"更名为"都江堰市青城山—都江堰风景名胜区管理局"（简称"市青—都局"），挂都江堰市青城山—都江堰旅游景区管理局牌子。根据职责，市青—都局机关内设 9 个职能科室：办公室、标准化体系办公室、人事科、规划建设科、财务科、市场营销中心、遗产文物保护科（挂资源保护科牌子）、安全科、票务管理科。下属 8 个副局级事业单位：都江堰景区管理处、青城山景区前山（外山）管理处、青城山景区后山管理处、门票管理处、林业与园林管理处、游客咨询服务中心、数字化信息网络管理中心、阳光公司。

青—都景区管理局之重要成就

自从都江堰市顺应旅游产业发展，成立相关旅游景区管理机构特别是撤县建市三十年来，青城山—都江堰景区发生了日新月异、翻天覆地的变化，取得了巨大成就。

规划先行：为更好履行联合国《保护世界文化和自然遗产公约》，严格按照《中华人民共和国文物保护法》等相关法律法规，开展遗产地监测和保护工作，青—都局制定了《青城山—都江堰风景名胜区总体规划》《青城后山控制性详规》，按照规划对遗产实施管理和保护。1998 年制定实施了《都江堰市旅游业发展总体规划》，2000 年经国务院批准《青城山—都江堰风景名胜区总规》，2008 年委托单位编制《青城山—都江堰遗产保护规划》。通过一系列规划的编制实施，确保了旅游景区开发建设的高质量、高水平，促进了全市旅游产业的可持续、和谐和安全发展。2008 年"5·12"地震后，按照都江堰市政府的重新规划，青—都局着重做好探讨景区灾后重建模式，广泛借鉴国内、国外先进景区成功经验，编制《青城山—都江堰旅游景区灾后提升恢复重建规划》《青城山—都江堰旅游景区地质灾害评估报告》《青城后山景区灾后详细规划》。青—都景区在科学规划的指导下全面开展恢复重建工作，通过三年的灾后重建，景区已得到全面恢复和提升，景区景观得到很大改善。结合新形势及未来发展需要，2014 年，青—都局积极配合市规划局委托单位进行《青城山—都江堰风景名胜区总体规划》修编工作，2017 年该修编规划已通过国务院正式批复。

兴建玉垒山公园和城隍庙：1984 年，动土兴修玉垒山公园，将城隍庙纳入公园范围。城隍庙大殿设为茶厅，而十殿则将本地神话故事和民间传说选塑于其中，定名为"十龙殿"。随着改革开放的逐步深化，1992 年都江堰市人民政府办公室批复同意恢复"城隍庙"，对原城隍庙建筑重新修缮，重塑十殿阎王、城隍庙大殿及娘娘殿，新建观音殿，重新恢复了原城隍庙风貌。整个工程从 1992 年 10 月动工到 1993 年 3 月 30 日剪彩开放，历时 6 个月。城隍庙的重建和开放是改革开放的必然产物，无论从人文、旅游、园林及文物、科研方面都具有重要意义。从发展的角度而言，可逐步形成和恢复城隍庙庙会，使城隍庙这一民俗产物扩大影响和知名度，以新的姿态迎接八方游人，故定名为"西蜀城隍"。2012 年 11 月 6 日，玉垒山城隍庙区域正式免费向游人开放。

青—都景区申遗工作，按《青城山—都江堰风景名胜区总体规划》《青城后山控制性详规》规划要求，在省市各级主管部门及遗产部门的配合协调下，青—都局严格按照程序办理相关项目实施工作，积极开展环境综合整治提升，为成功申遗打下坚实基础。

按照审批版本的景区总规，陆续实施了都江堰景区二王庙至离堆公园索道、玉垒山公园滑道、玉垒山公园缆车、玉垒山公园高空观光缆车等旅游设施的拆除，以及青城山环山渠至建福宫沿线农家乐搬迁，加强了资源开发保护。同时严格按照规划要求，实施了景区电力设施、给水设施、排污设施、通信设施的改造提升。

通过申遗成功，景区得到世界各界认可并获得多种奖励。1982年，都江堰风景名胜区被国务院首批列入国家重点风景名胜区，景区面积2.2平方公里，以战国时期修建的都江堰水利工程而闻名于世。2000年11月29日被联合国教科文组织遗产委员会列入《世界遗产名录》。景区注重自然生态环境和文化资源的保护，取得了良好的社会和经济效益，2000年12月被建设部评为"国家级文明风景区"。2004年、2005年连续两年被建设部评为"国家重点风景名胜区综合整治先进单位"，2005年获得"国家重点风景名胜区优秀标志奖"，并被建设部评为"国家重点风景名胜区监管信息系统建设先进单位"。

景区创AAAAA工作：为了加快旅游景区精品建设，不断提高旅游区的服务质量和管理水平，提升旅游区的旅游形象，根据省委、省政府，成都市委、市政府的统一要求，按照都委办〔2005〕109号文件精神及创AAAAA级景区要求，青—都局积极对接省市旅游部门协调，及时制订工作计划，成立创AAAAA办及工作组协调推进各项工作。2006年11月顺利通过国家旅游局组织的AAAAA景区创建验收，成为国家首批AAAAA级旅游景区。

按照建设部《关于开展国家级重点风景名胜区综合整治工作的通知》文件精神，都江堰市委、市政府成立了景区环境综合整治领导小组，组织规划、建设、文物、遗产、旅游、宗教、风景园林等相关职能部门对都江堰景区实地勘测调查、调研分析，结合建设部《关于做好 2006 年国家重点风景名胜区综合整治工作的通知》要求和景区自身发展的需要，进一步查找存在的问题和差距，制定景区环境综合整治方案。青—都局按照创 AAAAA 工作要求及环境提升整改工作要求，积极对接省市相关主管部门协调，分别由都江堰景区管理局和青城山景区管理局按相关程序上报审批后逐步实施整治提升项目工作。

打造国际级精品旅游区：按照管委会的统一部署和创建实施方案的具体标准与要求，创建 AAAAA 级景区工作开展以来，投入资金 1.2 亿元，实施旅游基础设施建设项目共 20 余个。

完善旅游交通设施，达到安全、畅通、舒适。投资 360 万元改造铺设了通往景区的沥青公路 3 公里，增设和规范了景区旅游公路沿线安全警示路牌 21 个，在危险地段安装玻形防护栏 2800 多米；对景区桥、亭、游山道实施维修整治，维修景区游山道 36 公里、茅亭危亭 83 处、桥 15 座；新开辟了赤城阁至建福宫段近 2 公里游山步行道；游步道全部采用黄沙石、青石石板和卵石，与自然协调。按照生态化停车场的标准，改造了景区内 3 个停车场的规范化和特色化建设，共计 2.3 万平方米，科学设置停车分区、回车线和出入口，设置了体现道文化、名人文化的石刻、石碑和景观小品，实行专人专管，24 小时值守，增强旅游的可进入性，为广大游客提供了畅通、舒适的交通环境。

对景区内公厕进行改造，全部达到三星级。按照《旅游厕所质量等级的划分与评定》的要求，对景区的厕所进行了改造和建设。改修五星级公厕 1 座，三星级公厕 16 座，核心景区内增设移动环保生态公厕 8 座，能满足游客高峰期的需要；采用清华大学中水回用技术，修建小型污水处理站 4 座，为确保景区及景区周边环境卫生、垃圾日产日清，管委会购置了 2 台压缩式垃圾车和 1 台洒水车，新增设具有景区统一文化特色的分类垃圾箱 655

个，将景区垃圾分类运往垃圾处理站处置。

高标准修建游客中心，功能设置完善。按照高标准、高起点、规范化的要求，重点抓好游客中心建设，把它建成青城山—都江堰对外窗口。根据 2000 年申报 AAAA 级旅游景区国家旅游局专家提出的意见，青城山—都江堰旅游景区分别在景区入口处修建了两个游客中心，增设了影视厅、游客咨询大厅、旅游购物点、导游讲解服务点、邮政服务点、景区沙盘、电脑触摸屏、LED 大屏及游客茶水、饮料供应点，司乘、导游人员休息点；增设游客公共休息设施和观景设施；增设了盲道、轮椅、拐杖、童车等特殊人群服务设施等，充分满足游客的知情权，为游客提供人性化服务，让游客在游客中心就能体会高质量的服务。

与国际接轨，规范设置景区内标识标牌系统。在旅游公路沿线设立中英文旅游专用交通标识；完善了景区标志标牌和导向系统，更换了 240 余处标志标牌，新增石质标牌 72 个、木质店招店牌 161 个，完善景区标志标牌和导向系统。根据客源分析，景区内全景导缆图、导向标牌、景点介绍牌全部采用中、英、日、韩、德五国文字对照。按照国家 GB10001 － 1 － 2000 标准，对景区内的公共信息图形等进行清理规范，在停车场、出入口、售票处、购物场所、医疗点、餐饮场所、厕所等位置，合理设置公共信息图形符号，确保了各类引导性标识达到国家规范标准。

建立数字化景区，为游客提供更广阔的优质服务。结合国家建设部把青城山—都江堰列为首批数字化建设景区的优势，建成数字化指挥中心，景区投资 1200 万建成电子商务平台，电子监控系统、电子门禁系统和光纤骨干网络，为游客提供信息和咨询服务。增设了英文、韩文、日文网页，实现了网上预定门票、预定住房、预定商品，提供了网上支付功能。增设了"全球眼"监控系统，在游客集散地、危险地段安置探头 21 个，实行 24 小时全程监控；完善电讯基础设施建设，景区内建立移动、电信机站三处，建立了应急机制，健全景区通信服务网络，实现景区通信网络无盲区；在游客集散地和主要游山道增设 IC 卡电话 30门，开通了全国直拨和国际长途。积极争取邮政、移动、电信等部门的配合支持，在景区重要入口和游客集散地，增设邮政服务和纪念服务三处，为游客提供青城山—都江堰纪念戳和青城山—都江堰纪念邮票、明信片等。

加强资源和环境保护，有效维护世界遗产地的完整性、原真性。管委会制定了"强化管理，科学发展；青幽常在，永续利用"的质量方针，按照国家建设部的环境方针和环境综合整治要求管委会积极开展环境综合治理：2005 年以来整治不协调建筑，全力做好"减法"。拆除或整改 9 处烂尾楼，其中拆除烂尾楼 5处 7800 平方米，整改 4 处 4200 平方米；对景区内所有有碍观瞻、与大环境不协调的建筑、阳光棚、雨棚、水泥瓦、欧式栏杆进行了拆除，拆除不协调建筑 9900 平方米；对与环境不协调、造成视觉污染的通信和电力线路进行穿管下地，总计拆除整改2.19 万平方米，对区域内房屋实施了川西山乡民居风貌改造，共涉及农户 286 家，山庄、宾馆和单位 21 家，改造立面面积19.9 万余平方米。投资 64 万元建立大气监测站一处，委托都江堰市环境保护监测站定期提供环境监测报告，管委会利用 LED大屏和网络向游客公布相关的水资源、空气、噪声等数据；完成对名木古树的建档工作，对景区古老建筑物进行了测绘并逐步修缮；加强景区绿化和美化，抓紧做好补植补绿工作，进一步美化景区环境，2006 年 8 月通过国家环保总局"ISO14000"国家示范区的检查验收。

票务销售成倍增长：2000 年申遗成功后截至 2017 年 12 月，青城山—都江堰景区接待游客共计 3544 万人次，门票收入 19.19

亿元。2017 年接待人次 750 万，门票收入 4.2 亿元，18 年间接待人次增长了 5.3 倍，收入增长了 8.2 倍。

2000 年申遗成功后，设立了都江堰风景名胜区管理局，将离堆公园、二王庙、李冰纪念馆、伏龙观、玉垒山、安澜索桥、都江堰索道公司 7 处实行统一管理，执行一票制。

2007 年，青城山风景名胜区管理局与都江堰风景名胜区管理局进行合并，成立了统一的管理机构青城山—都江堰风景名胜区管理局，统一营销、统一收支、统一管理，给景区带来了巨大的活力，接待游客和门票收入稳步增长，与省内同级别的景区相比增长势头显著。

票务管理方面结束了传统的手工售票方式，门禁系统的使用极大地提高了管理水平，2007 年就已实现了线上预定线下取票、扫描通关完整的售检票流程。自助机、电商平台相结合，使购票渠道和效率大幅提高。移动支付的介入大大方便了游客多元化的支付方式，电商平台的不断完善有效地与互联网相结合正逐步形成各种优质资源整合，满足游客对各种旅游要素的需求。

票务销售数据更加准确，正逐步实现实名制预约入园、刷身份证识别入园为推进无纸化入园奠定基础，有效利用大数据实现精准营销。

信息化建设快速有效：2010 年，青城山—都江堰景区数字化信息网络管理中心正式成立。通过信息智能化建设，青城山—都江堰景区在遗产资源保护，旅游交通预警、分流，游客流量均衡调控，突发事件应急响应等方面构建了全新的管理模式，变分散管理为协同联动，变多级管理为扁平化管理，变粗放管理为精细管理；实现"资源保护数字化、经营管理智能化、产业整合网络化"目标，使游客旅游体验更加全面、更加便捷、更加人性化。

青城山—都江堰景区的信息化水平已迈入全国旅游行业智慧景区建设先进前列，荣获国家旅游局"智慧景区最佳示范奖"及住建部"智慧景区示范基地"等称号，同时承担了《"十三五"国家北斗卫星导航技术智慧旅游应用示范项目》，景区2017—2019规划信息化项目入库《"十三五"国家文化和自然遗产保护利用设施扶持项目》。

精品景区（营销）联盟合作：2015年9月，青城山—都江堰旅游景区牵头与九寨沟景区、黄龙景区、阿坝文旅集团发起成立了"中国精品旅游景区（营销）联盟"，并签订联盟协议。通过建立"门票互售、广告互宣、活动互动"等机制与方式，形成"1＋1＞2"的叠加放大效应。

联盟成立以来，先后开展了"缘起都江堰·情定九寨沟"东南亚入境游、"中国最美黄金自驾旅游走廊"全国自驾游活动等十多项大型营销活动，并联合与旅行商签订中国香港、澳门特别行政区和台湾地区及东南亚境外客源输送10000人次保底协议。联盟已分别赴北京、上海、广州、重庆、杭州、苏州、福州、哈尔滨、大连、南昌、南京、郑州、长沙、太原、武汉、银川、兰州、西安18个国内城市开展了20多场目的地联合宣传营销活动；赴马来西亚、印度尼西亚参加国际旅游展会，开展目的地联合宣传营销活动，重点推介秋冬季旅游产品。

同时，中国精品景区（营销）联盟已在香港地区完成机构注册，都江堰市精品景区协会已在都江堰市完成注册。

建设海外都江堰推广站：2015年以来，先后在俄罗斯、印度尼西亚、柬埔寨成功挂牌都江堰推广站。推广站服务于都江堰企业走出去、扩大经贸交往的渠道方向以及都江堰旅游的对外开放与合作，利用合作方渠道在国际前沿实时实地地宣传景区，推广都江堰。

拓展与海内外旅游机构合作：2015 年以来，依托精品景区联盟及我市旅游资源，景区积极同省内外景区构建旅游合作网络。2016 年来已同峨眉、乐山、四姑娘山、西溪湿地、丽江古城、华山、兵马俑、华清宫、辽宁千山等 20 多个景区签订战略合作协议，并与康定木格措、若尔盖花湖等景区发布相互优惠政策。同时，先后与美国密西根州、美国犹他州旅游局及布莱斯峡谷国家公园、锡安国家公园、帕克城旅游局、韩国南怡岛景区签订战略合作框架协议，拟就市场互联、广告互宣、活动互动、产品开发等方面内容开展合作。

打造景区直通车及机场候机室项目：2013 年 11 月，与成都双流机场、四川田园文景公司开通双流机场至青—都景区直通车。在此基础上，三方进一步合作，于 2014 年 12 月共同打造设立了成都机场都江堰候机室。成都机场都江堰候机室是全国首个 AAAAA 级景区异地候机室，可提供机票预订、登机牌办理、国际国内航班查询及成都全域景区门票预订、成都旅游咨询、交通送达、行程定制等一站式服务。

大力开发旅游特色商品：围绕"吃、住、行、游、购、娱"旅游六大要素，深入挖掘熊猫文化、道文化、水文化、养生文化等都江堰本地特色文化资源和文化内涵，下属阳光公司自主开发旅游商品 45 种，与湖北武当道和、四川无边界等企业合作开发旅游商品 100 多种。如：爱情主题系列文创产品，青城宝剑系列、熊猫主题系列商品，城市 LOGO、青城伴手礼，"古堰流芳·问道拜水"纪念邮册，货币文创和互动系列产品，"青城山"与"都江堰"牌香烟等。

实施产业项目打造：从 2013 年至今，下属阳光公司利用景区资源，积极探索市场需求，发展新项目，新增青城山观光车、景区直升机、自助语音导览机、城隍庙项目、田园文景直通车、货币文化体验馆等经营项目 20 余项，取得了较好的经济效益。如：青城前山观光车 2016 年实现收入 2534 万元，自助语音导览机 2016 年实现收入 211 万元；货币文化体验馆于 2017 年 10 月 3 日开业运营。

重视导游（讲解员）管理提升：2017 年，经过为期两个月的筹备和考评，选出星级导游（讲解员）119 人，其中四星及以上导游（讲解员）占 12%、三星导游（讲解员）占 36%。星级管理制度于 2017 年 7 月 1 日起正式实施，游客可针对不同游览服务需求选择对应星级讲解服务。建立星级导游"1＋N"牵手机制，四星级、五星级导游分别与其他 2～5 名导游组团形成 15 个"成长小组"。同时，实施旅游讲解词全域化。收集、整理青城山—都江堰、万达文化旅游城、虹口—龙池、熊猫谷、灌县古城、灵岩山、普照寺等景区景点图文资料，编撰全域旅游讲解词。组织景区导游（讲解员）召开专题培训会，深化讲解从业人员对古城区、熊猫谷、安缇缦莲花湖国际旅游度假区、万达文化旅游城等景区景点，甜狝之乡（向峨）、花木之乡（安龙）、竹海洞天（蒲阳）等涉旅乡镇（街道）的了解，建立"全域旅游知识库"。联动市级各部门，以全域旅游、都江堰水利工程为主线，推动旅游讲解纵深发展。先后与市团委、市教育局联合，为旅游志愿者开展青城山—都江堰、古城区、涉旅乡镇（街道）等五大特色的专题讲座。积极协调市旅游局出台《关于在景区规范开展讲解服务的通知》，并于景区官网、微信等自媒体平台进行公示，明确规定导游（讲解员）不得在都江堰市景区内使用小蜜蜂扩音器从事讲解工作；在推进景区降音降噪攻坚阶段，联合旅游警察、旅游局执法大队、景区派出所等部门，集中开展降音降噪综合整治。新购置 130 套无线讲解器（约 2000 台），对原有设备进行升级换代，有效降低了噪音污染，提升了游客游览体验。

旅游精细化管理措施不断：完善宣传资料。与外事办对接翻译景区景点中英文，并甄选都江堰美景、青城山—都江堰山水画，设计地图类、日历类、书签类双语旅游宣传资料，并向游客免费发放。统一服装头饰。为各岗位职工设计制作春秋季和夏季工作服，统一丝巾、领带、头花等配饰，提升景区窗口单位职工的整体形象。重视"厕所革命"。针对"厕所革命"要求高、任务重的问题，中心将都江堰游客中心卫生保洁工作外包青都务业规范管理，配备"一液两纸"、添置搁物板和衣帽架等必要物品，并对保洁质量进行定期或不定期督查和考核。

青一都景区管理局之最近工作

2017年以来，青城山—都江堰景区管理局积极适应和引领经济发展新常态，重点围绕"精细管理服务、着力品质提升、创新营销品牌、升级旅游产业、完善智慧体系、狠抓队伍建设"六大工作，以门票增收和产业经营为核心，全力推进景区旅游经济发展。在宏观经济转型和同类景区增长乏力的情况下，青城山—都江堰景区综合收入仍然保持了持续较快增长。2017年，青城山—都江堰景区共接待游客750万人，同比增长7.8%；门票收入4.2亿元，同比增长10.5%。

壮大景区联盟发展，创新旅游业态。依托精品景区联盟及都江堰市旅游资源，配合旅游集散地建设需要，在已组建的"中国精品旅游景区（营销）联盟"基础上，景区还积极尝试与省内外更多景区建立合作联系，将近程市场景区逐步纳入景区联盟，同省外景区构建旅游合作网络。2016年已同峨眉、乐山、四姑娘山、三星堆、阆中古城、西溪湿地、武隆、武当山、康定等

10 多个景区签订战略合作协议，同时积极跟进与三亚、张家界、敦煌等旅游城市的友好景区的联盟合作，最终构建遍及全国主要旅游景区的国内最大景区间旅游合作网络。

强化对外开放合作，提升景区国际化定位。抢抓"一带一路"倡议机遇，积极与东南亚、欧洲等市场的合作旅行社对接，力争达成战略合作意向。根据游客需求的差异性特点，探索设计自驾、修学、养生等旅游产品线路，突出精准推介。同时，全面拓展日韩、欧美等国家及中国香港、澳门特别行政区和中国台湾地区客源市场，搭借省旅游局、成都市旅游局等宣传平台，分别派遣营销专员前往中国香港、澳门特别行政区和台湾地区以及马来西亚、印度尼西亚等国家开展都江堰旅游宣传推介。进一步促进景区旅游营销、市场服务与国际标准、国际惯例接轨，增强都江堰市旅游目的地的外向度与吸引力。

优化精品景区打造，做亮做大旅游品牌。遵循"显山、亮水、秀城、融绿"理念进一步推动青—都景区基础设施整体提升改造规划编制；启动景区资源数据普查工作，建立并完善景区资源数据库；重点推进城隍庙古建筑群修缮、青城后山滴珠海棠游步道改道工程、第三卫生间改造等重点项目。同时全面启动北斗卫星导航智慧旅游二期示范项目，推进全域旅游云导览平台在都江堰景区上线运行；推进大数据平台版面、呼叫系统整改、升级，将鼎游、海鳗、环境监测、森林防火报警、移动客源地等数据接入大数据平台；应用移动手机基站信铃数据，实施全域旅游手机客源地数据采集，接入景区大数据平台；加快推进在都江堰景区和青城山景区设置电子显示屏进程。

狠抓景区经营，大力推进产业转型。按照"大旅游、大健康、大文化、大生态"产业定位，重点招引一批具有强劲发展潜力的"旅游＋"企业，开发多种"旅游＋"产品，促进旅游文化资源开发和利用高端化、精品化。深度挖掘"山、水、道、熊猫"文化内涵和特质，大力推进旅游产品研发，加大地方特色文创产品研发力度，持续跟进"都江堰"牌香烟研发生产并完成与汉能集团合作生产的新能源旅游商品包装设计方案。进一步深化与红旗连锁合作，按准入标准，加快都江堰本地特色商品进驻销售。

同时，积极与武汉东之有道、深圳傲得华视等高科技企业洽谈"旅游＋科技"项目合作事宜，研究360°鱼眼自拍镜头、地理信息系统等项目在旅游市场的运用，切实推进高新产业合作。

加速智慧建设，完善智慧旅游体系。升级完成景区森林防火平台，建设超级 Wi－Fi 南桥试点工程，完成全网数据挖掘分析基础平台开发及北斗卫星导航智慧旅游一期示范项目建设工作。强化智慧服务功能，实行网格化管理，更新管理标准，优化游客投诉、负面舆情、建议意见等处置流程，受理游客业务 5733 起，办理率、有效投诉处置率、游客满意率均达 100%。同时加大智慧营销力度，围绕节庆活动和旅游资源，发布微博 923 条、微信推送文章 186 篇、网站新闻 95 篇、今日头条新闻 118 篇；在微信平台先后开展了 6 个网络活动，扩大景区在网络人群中的美誉度。

都江堰教育战线三十年树人之路

——记都江堰教育事业三十年发展历程

陈维明　阳卓越　马及时

　　1988 年以后，都江堰市九年制义务教育进入普及巩固阶段，基础教育水平全面提升，职业教育以就业为导向加快发展，高等教育逐渐扩大，素质教育不断加强。1988 年全市有幼儿园 105 所，班级 252 个，入园幼儿 5587 人；小学 268 所，1418 个教学班，在校学生 45482 人；初中有 30 所，370 个教学班，在校生 18972 人。2005 年全市有高级中学 3 所，90 个教学班，在校生 5227 人。2005 年，都江堰市尚有企事业单位子弟学校和若干民办或公办民助基础教育机构。其中，水电部第十工程局子弟学校为 12 年制完全学校，有小学教学班 20 个，初中教学班 14 个，高中教学班 6 个，在校学生 2939 人；玉垒私立学校有初中教学班 12 个，高中教学班 6 个，在校学生 1033 人；外国语实验学校 1999 年由都江堰中学初中住读部分设，公办民助，2005 年有初中教学班 32 个，高中教学班 28 个，在校学生 3200 人；私立光亚学校有小学教学班 6 个，初中教学班 3 个，另设高中和高中 IB 班，在校学生 436 人。2017 年全市在校学生人数约 7.5 万人。其中，幼儿园约 1.8 万人，小学约 3.3 万人，初中约 1.3 万人，高中约 1.1 万人。近年来，我市高考本科一次性上线人数连年攀升，从 2011 年 1258 人上升到 2017 年 2015 人，本科上线率达 59.5%。重点本科上线人数 695 人，上线率 20.5%。

都江堰市有职业和中等专业教育学校 7 所。成都市卫生学校都江堰校区，原为成都市第二卫生学校，后与成都市卫生学校、成都市中医学校合并。都江堰市职业中学聚源校区，原为都江堰市第三中学，2002 年与都江堰市职业中学合并。都江堰市职业中学徐渡校区，原为都江堰市第二中学，1999 年与都江堰市职业高级中学合并为都江堰市职业中学。都江堰市职业中学，原为都江堰市职业高级中学，先后与都江堰市第二中学、都江堰市第三中学、都江堰市农业职业中学合并，现为国家级重点中等职业学校。都江堰市成人中等专业学校，原为灌县农民成人中等技术职业学校，1988 年与中共灌县县委党校联合办学，2003 年与其脱钩。四川省实用中等专业学校，位于聚源镇，四川省属全日制普通中等专业学校。

2008 年，都江堰有高等教育机构 5 所。四川农业大学都江堰校区，原为四川省林业学校，2001 年并入四川农业大学，有在校生 5250 人。四川水利职业技术学院，原为四川省水利电力学校，2000 年挂靠四川农业大学，2003 年更现名。四川工商职业技术学院，原为四川省轻工业学校，2001 年改为四川省工商职业技术学院。成都大学都江堰校区，原为成都教育学院灌县分院，1986 年更名为都江教育学院，1992 年并入成都大学。成都东软信息技术学院，四川省普通高等学校，有教师 400 人，在校生 5400 人。

1989 年，都江堰市开办聋哑学校，学制 8 年，与新建小学合署办学，有教师 3 人、教学班 1 个、学生 9 名。1996 年更名为都江堰市特殊教育学校，2017 年有教师 27 人、教学班 16 个、学生 187 人。

地震前，我市共有各级各类学校 92 所，在校学生 75379 人。其中，普通中小学 89 所，在校生 6.9 万人；特殊教育学校 1 所，在校生 54 人；中等职业学校 2 所，在校生 5089 人。

地震后，我市各学校损毁严重，许多学校无法使用，为尽快恢复完善教育基础设施，根据教育部《农村普通中小学校建设标准》和成都市教育局《关于全市中小学校灾后重建规划指导意见》等文件精神，结合我市灾后城市建设总体规划和镇乡小城镇建设规划，按照"高中进城，初中进镇，小学就近"的原则，及时制定了《都江堰市教育灾后恢复重建规划方案》，对我市灾后学校恢复重建进行了重新规划。

全市学校重新规划为 60 所，其中保留学校 8 所，重建项目51 个。在 51 个重建项目中，上海市对口援建 23 个项目，成都市建设 22 个项目，社会援建 5 个项目，我市自建 1 个项目。修建校舍面积 72 万平方米，投入建设资金 21.4 亿元，新征土地 1424亩，调整闲置土地 649 亩，征地和搬迁腾地资金约 4.8 亿元，"七通一平"资金预计投入 1.2 亿元，共计投入 27.4 亿元。上海市援建项目 23 个，建设资金 12.4 亿元；成都市兴蓉公司修建项目 22 个，建设资金 7.3 亿元；社会捐建项目 5 个，建设资金 1.8亿元，由捐建方全额出资，全部为"交钥匙"工程；我市自建项目 1 个，估算建设资金 0.3 亿元。

建设项目完成后，我市有教育部门公办小学 30 所（含村小7 所），初中 9 所，九年制 11 所，高中 3 所，完全中学 1 所，职业高中 2 所，幼儿园 3 所，特殊教育学校 1 所。

2009 年 9 月，全市所有援建学校全部投入使用。十年来，我市各援建学校运行良好，为我市建设国际生态旅游名城培育了众多基础性人才。

2014 年开始，市委、市政府做出引进名校提升我市教育品质的战略部署。目前引进了成都市第三幼儿园、泡桐树小学、龙江路小学、成都七中、树德中学领办我市学校，成都嘉祥外国语学校、望子成龙教育集团在我市举办学校。

近年来，我市信息化水平装备标准有较大提高。全市独立建制中小学均达到省教育技术装备二类标准。区县级教育城域网网络中心实现全覆盖，并通过国家网络安全二级认证，独立建制学校光纤覆盖率达到100%，实现了"校校通"。全市中小学建有多媒体终端的比例为100%，实现了"班班通"。"三通两平台"建设基本完成，应用推广不断深入。五年培训教师信息化约9800余人次。实现中考网上阅卷、网上报名、网上填报志愿及网上录取工作，建成教育门户网站群、OA办公自动化系统、教育资源平台、装备管理平台等信息化系统。泡桐树小学都江堰校区是我市唯一成都市"未来学校"建设示范学校。

——题记

作为都江堰市教育战线的一面旗帜，都江堰中学的发展历史是具有典型性的。1928年3月，灌县县政府以文庙为校址，成立了"灌县县立初级中学"。1929年秋，省教育厅委任卫锡勋任校长，开学正式招收男生；1937年起开始招收女生，并成立女生部；1946年男女生分校，直至中华人民共和国成立。

中华人民共和国成立后，1950年3月，人民政府接管了学校，1951年1月定名为"灌县初级中学"。1952年秋季开办高中，校名变更为"四川省灌县中学校"。

1954年学校在县城郊区塔子坝建新校，称为校本部（原成都市二卫校校址），招高中生；同时设立城内部（文庙原址），招初中生。

1958年校本部迁回了文庙原址。1959年灌县中学列为温江地区重点中学。1961年灌县塔子坝中学并入，1964年分出。

1966年停招新生。1969年复招初中生，1971年复招高中生。1978年被命名为温江地区重点中学。

1988年撤县建市，学校更名为"都江堰市中学"。1990年3月批准为四川省重点中学，1993年10月更名为"四川省都江堰中学"。

1996年学校在城郊创办初中住读分校，成为四川省第一所"公办民助"学校，1999年该分校单列，定名为"都江堰中学外国语实验学校"。

撤县建市加快了都江堰中学面貌的巨变

1988年，都江堰市委、市政府决定，加大对学校的投入，改善办学条件，并且以把都江堰中学创建成四川省重点中学作为市政府的工作目标。1988年6月，建筑面积为590平方米的女生宿舍建设完工；为教师修建教师宿舍的工作全面启动。

1989年，都江堰中学教师宿舍竣工。市委、市政府、市教育局又划拨专项资金筹建都江堰中学办公楼。同时，为确保师生安全，学校拆危房1046平方米，排危2000多平方米。

1990年，学校办公楼全面竣工，为四川省重点中学的成功创建奠定了坚实的基础。是年3月，都江堰中学成功晋升为四川省重点中学。

1992年，根据教育教学的需要和学校发展，都江堰市委、市政府、市教育局划拨专项资金为学校修建综合实验大楼和多功能阶梯教室。

1996年，为满足都江堰教育发展的需要，市委、市政府投资1600万元在都江堰城郊创办了设施一流、装备完善的寄宿制初中住读分校——都江堰中学外国语实验学校（今树德中学都江堰市外国语实验学校），该校成为省内第一所公办民助性质的学校。

都江堰中学是我市教育的窗口。

撤县建市后，虽然都江堰中学办学条件得到了很大提升，但是，随着社会的发展以及学生人数的急剧增长，都江堰中学的校园面积、办学条件已远远达不到老百姓对教育的需要。加上学校校址在文庙，位处古城区，且背靠玉垒山、文庙山，已完全没有发展的空间，制约和影响了我市教育的发展。

2007 年 5 月，都江堰市委、市政府下决心，投资一个多亿，择址新建了四川省都江堰中学，并在地震之前基本完工。

2008 年的"5·12"大地震对新校园造成了相当程度的破坏，但都江堰市在上海市、国家开发银行、美国思科公司等社会各界的帮助下，学校 2008 年 9 月 1 日如期开学，成为汶川大地震灾区第一个搬进永久性建筑的学校。

2010 年，都江堰市委、市政府又斥巨资，再次对学校进行全面加固和基础设施提升。

2013 年，学校图书艺术大楼建成。

2014 年，投入资金 907.6 万元，对学校实验室、图书室、通用技术及"音、体、美"设备进行提升改造，修建校内运动场，并对图书艺术楼进行装修。

2017 年 9 月，投入 2200 万元，用于学校软件建设、校园文化建设、设施设备完善、校舍改造。

由于市委、市政府的大力支持，今天的都江堰中学，校园布局匠心独具，楼廊缦回，典雅时尚，林木苍翠，郁郁葱葱。学校教室、实验室等功能室实现了交互式电子白板、无线网络等现代化教学媒介全覆盖，学校"数、理、化"数字实验室和图书艺术楼等现代教育教学设施一应俱全。

透过下面这组简洁的数字，我们便清晰地看到了撤县建市以来，我市教育窗口学校都江堰中学巨大的变化：

1988 年，都江堰中学校园面积 37162 平方米、建筑面积 16704 平方米；2018 年即达到了校园面积 113339 平方米、建筑面积 78583 平方米。

1988 年，都江堰中学校藏书量 1.4 万册；2018 年即达到了 17.7 万册，翻了十几倍。

1988 年，都江堰中学校实验室 5 间；2018 年达到 42 间。

1988 年，都江堰中学体育场地 5000 平方米；2018 年达到 39175 平方米。

1988 年，都江堰中学教室仅有 28 间；2018 年即达到了 96 间。

现代的设施、先进的设备、优美的环境，为都江堰中学赢得了一个又一个荣誉：都江堰市园林单位、四川省现代教育技术示范校、四川省阳光体育示范校、四川省示范性标准化学生食堂……

深化素质教育促进学生全面发展

1988 年，教育部颁发《中学德育大纲》，要求各地进行试点。这一年也是都江堰建市的第一年，市教育局确定都江堰中学为试点学校，从此，都江堰中学的德育工作和素质教育翻开了一页崭新的篇章。

当年学校就开展了丰富多彩的首届艺术节，引起各界关注。

1990 年，都江堰中学成立政教处，将德育工作从教导处中独立出来。是年，学校被成都市委宣传部、成都市教育委员会授予"德育工作先进集体"。

1993 年 2 月 13 日，中共中央、国务院颁布《中国教育改革和发展纲要》，正式提出了素质教育。

德育是素质教育的重要组成部分。为进一步落实素质教育，都江堰中学开始全面探索自主德育。1993 年，学校把党和国家及主管部门对学生的要求，以及学校对学生的要求以守则、制度的形式编入《四川省都江堰中学学生手册》，以《学生手册》来规范学生行为。

1999 年 2 月，都江堰中学与西南师大美术学院签订共建美育基地协议，从此开启了知识与艺术并重的素质教育道路。

2001 年，成都市体育局、成都市教育局授予都江堰中学"成都市体育传统项目学校"称号。

2002 年，学校将研究性学习、社会实践、社区服务与青年志愿者活动相结合。在课题研究的整个过程中，研究方案、研究计划、研究过程、结题材料的收集、整理等均由学生完成。

2002 年 5 月，《都江堰的秘密》获中央电视台少儿频道栏目《异想天开》科普节目比赛一等奖。同年 12 月，《防切手器》和《可调高跟鞋》获中央电视台《异想天开》科普节目比赛一等奖。

2003 年 11 月至 2007 年 9 月，政教处组织学生开展《绿色都江堰》《文明都江堰》课题研究。两个课题成果均获成都市青年志愿者优秀项目奖，其中，《绿色都江堰》研究资料被团中央征集。

2008 年 9 月，学校整体搬迁至新校园。

2010 年，高中课程改革在四川省全面实施，要求学生对学习方式进行转变。学校开始全面、系统探索学生"自主德育"的构建与拓展问题。学校将青年志愿者服务队和学生社团从学校团委独立出来，成立"青年志愿者协会"和"社团联合会"，让尽可能多的学生加入这两个组织。通过《青年志愿者章程》和

《社团章程》实现对学生个体的管理，会员的表现纳入每年"争先创优"中先进个人的评选。

2014 年初，学校正式确定学生"自主德育"为学校特色建设项目之一，并纳入学校的规划和工作计划，专门制定了"自主德育"特色规划，成立了特色建设领导小组。由此，学生社团发展迅速：1993 年，学校学生社团共有 14 个；至 2018 年，学生社团发展到 53 个。

学生综合素质因此在各种活动中得到很大提升：

2016、2017 年到马来西亚参加国际英语辩论赛，都江堰中学学生均以优异的成绩进入决赛。

2016 年，在成都市举行的青少年英语辩论赛中，都江堰中学学生以成都北片区第一名的优异成绩进入决赛。

2016 年，都江堰中学学生原创节目《千古岷水谣》获四川省一等奖。

2017 年，都江堰中学学生获第六届全国全民健身操舞大赛（高中组）第一名。

2017 年，四川省健美操锦标赛中，都江堰中学学生获得团体第一名，并囊括单人竞技比赛前四名，有 11 人获一等奖。

2017 年 10 月，在四川省青少年排球冠军赛中，都江堰中学获高中男子组第一名。

深化课程改革促进教学跨越发展

教学质量是学校发展的生命线。1988 年，都江堰中学根据教育要求，提出了"以'认真备课'为突破口，'认真讲课，提高 45 分钟的效益'为重点，全面落实'六认真'要求，抓纲务本，着眼能力，扎实双基"教改模式。

1989 年，学校要求各教研组结合学校的教改模式，大力推进具有学科特点的教学方法。各教研组通过这一方法的实施，语文组到 1993 年，有近 100 篇习作在全国、省、市级报刊上发表；化学组 1989 年有 3 人参加全国化学竞赛，分别获得四川省一、二、三等奖；英语组到 1993 年高考，学校英语平均分高过省平均分 10 分以上。

2010 年，四川省大力推行新课改。都江堰中学根据新课改要求提出了以"导学案"为载体的"学案导学"课改方式，学校教学质量进一步提升，特别是 2012 年，按"以入量出"测评，都江堰中学高居成都市同类（省重）学校第一名。

新课程改革的本质是从"知识本位"向"人本位"的转变，这个转变要求课堂必须围绕人的发展、尊重人的个性，以学生为主体，因材施教，让学生享受适合自己的教育。2015 年，都江堰中学提出以"导学案"为载体，探索小组"合作—探究"学习模式。

这一模式的推进，使学校教学质量连年突破 600 分大关、700 分大关、800 分大关。上线人数为（1996 年以前按大专以上统计，1996 年以后按本科统计）：1988 年 68 人，1993 年 112 人，1998 年 128 人，2013 年 626 人，2017 年 869 人。上线人数的增幅达到十几倍，成绩惊人。

同时，都江堰中学培养并向全国各类高校输送了大量优秀的人才。如今，许多作为成功人士的都中学子，他们在国内外多个领域默默奉献，取得了非常杰出的成就，被世界科学、医学、文学界的同仁们尊敬和推崇，为母校都江堰中学争了光，为家乡都江堰添了彩！

下面展示的，仅为其中很少的一部分：

郑萍，都江堰中学 1992 届学生。中国科学院昆明动物研究所研究员，博士学位，美国国立卫生研究院（NIH）博士后，中国科学院"百人计划"资助的优秀青年学术带头人。组建哺乳动物胚胎发育课题组，担任课题组长。研究方向：多能干细胞维持遗传物质稳定性的机制；雌性生殖细胞的再生研究；猕猴卵细胞和早期胚胎发育的分子调控。

侯静，都江堰中学 1993 届学生。27 岁获得博士学位，31 岁出国深造，36 岁遴选为博士生导师，入选教育部"新世纪优秀人才计划"。2016 年侯静率领课题组在"超连续谱光源"领域取得一系列重大突破，使中国在该领域打破美国保持 4 年之久的纪录，一跃进入国际领先行列，相关成果连续两年入选"中国光学重要成果"，侯静也因此被称为中国"激光女神"。

马丁，都江堰中学高 1995 届学生。牛津大学博士后，北京大学催化化学研究员，博士生导师，中国杰出青年科学家，2017 年度国家杰出青年科学基金建议资助项目负责人。马丁研究员团队与中科院山西煤化所和大连理工大学合作完成的"实现氢气的低温制备和存储"入选"2017 年中国科学十大进展"。

付伟杰，都江堰中学 2000 届学生。大连理工大学物理学院教授，博士生导师。北京大学物理学院理论物理博士，中国科学院理论物理研究所博士后，加拿大 Brandon University 博士后；获德国洪堡基金会资助，在德国海德堡大学从事科学研究。2016 被聘为大连理工大学物理学院教授。主要研究领域：中高能核物理、相对论重离子碰撞、极端条件下 QCD 的性质。

廖婉，都江堰中学 1998 届学生。博士研究生，成都中医药大学副院长、副教授，获四川省科技进步二等奖。

李莹，都江堰中学 1998 届学生。毕业于英国利兹大学，硕士研究生，《环球时报》英文北京版主编。

重视队伍建设促进教师专业发展

1988 年，都江堰中学推出了"三册"（《教学管理手册》《教学工作手册》《教研组工作手册》）教学管理制度，通过教学规范化、科学化、制度化提升教师的业务能力。为此，学校举行首届"青年教师赛课"。截至 2018 年，学校已经举行了 31 届"青年教师赛课"。

1989 年，学校推出"问题即课题"的小课题研究或微型课题研究模式，实实在在地解决教育教学中遇到的实际问题。通过这些模式的推行，极大地提升了我校教学研究能力。1993 年，外语教师李永庚在桂林英语教学国际学术研讨会上做交流，交流的主题为《教学的整体性与阶段性》；物理教师田仲男在第五届全国物理教学研讨会上发言，发言主题为《模糊数学在物理课堂教学中的应用》。

1998 年，为充分发挥名优教师的引领、示范作用，学校推行"师徒结对子"制度，即老教师带新教师。

2000 年，为进一步提升教师的教学水平和研修能力，总结教学科研经验，学校提出了"全员参与，全程指导，点面结合，研用结合"的教学科研模式。2005 年，省级研究课题《在区域发展中以人为本的学校教育过程优化》获四川省人民政府三等奖，课题提出的"以人为本，拾阶而上"成为学校的办学理念。

2006 年，随着学校办学规模的扩大，学校成立教科室，专门负责教学科研和教师继续教育。一系列措施的实施，教师的科研能力和教学水平得到了提升，一大批名优教师脱颖而出。

2015 年，通过各种措施的实施，学校的教学科研进一步提升，开展的各级各类课题研究共计 33 个。其中：国家级课题 2

个，省级课题 3 个，成都市级课题 4 个，都江堰市级课题 2 个。

百年大计，教育为本；教育大计，教师为本。自都江堰市建市以来，都江堰中学加大了对本校教师的培养力度，并注重对外地名师的引进。

全校教师人数 1993 年 140 人，其中高级职称 15 人；2000 年全校教师人数 200 人，其中高级职称 48 人；2018 年全校教师人数达到 305 人，其中高级职称飞跃到 133 人！

近三十年来，涌现出的名优教师人数众多：

沈西德：正高（都江堰市唯一的一名）、特级教师

田仲男：特级教师，中国物理协会理事

戴先洪：特级教师，全国优秀教师

罗大富：特级教师

周恬恬：全国优秀教师

阳卓越：全国优秀教师

杨美金：全国优秀教师

刘复仙：全国优秀教师

刘萍：全国中小学外语教师园丁

陈志德：全国中小学化学教师园丁

田玲：四川省优秀教师

吕宗兴：四川省优秀教师

何炳：四川省优秀教师

此外，学校还拥有四川省骨干教师 7 人；地（市）级学科带头人 10 人，地（市）级优秀教师 4 人，地（市）级优秀青年教师 13 人，地（市）级教坛新秀 2 人，地（市）级骨干教师 14 人；县（市）级学科带头人 23 人，县（市）级优秀教师 14 人，县（市）级优秀青年教师 22 人，县（市）级教坛新秀 2 人，县（市）级骨干教师 6 人；都江堰市名校长 1 人，名师 8 人，名班主任 4 人。

打开世界之门促进学校品质发展

胸怀祖国，放眼世界。这是教育的境界，也是对当代学生的基本要求。都江堰作为世界遗产地，需要培养具有国际视野、中国情怀的学生。所以，都江堰建市以后，特别重视全市学校的国际交流。

1988年，都江堰中学邀请协助国家教委编写中学英语教科书的英籍专家到校交流教材教法。

1991年，日本中巨摩郡访中团到访，这是都中历史上第一次接待国际访问团。1992年，日本中巨摩郡访中团第二次到都中交流访问。

1993年，都中接待日本田富町友好访中团，并与日本田富中学结为国际友好交流学校；次年，日本田富中学访华团来都江堰中学进行友好访问，签订了结成友好学校的协议。两校确定，每年实施两校互访。

1995年，都江堰中学访日团访问日本，这是都中师生第一次走出国门，了解世界。同年，日本广岛大竹市教育代表团到都中交流访问。

1997年，都江堰中学师生访日团再次出访日本田富中学。

……

到2009年，都江堰中学先后接待了到校交流的日本、美国、英国、加拿大、新西兰等国家的师生访问团。同时，都中师生代表团先后多次到美国、加拿大、英国等国家交流访问。

2009年，都江堰中学有6名同学考入马来西亚精英大学，这是都中学生历史上第一次被国外大学录取。由于都中学生的优异表现，2010年，马来西亚精英大学校长到都中交流访问，与都中结成友好学校，专门为都中学生出国留学预留名额，并邀请都中校长参加毕业典礼。

2012年，都江堰中学校长一行到马来西亚精英大学参加该校毕业典礼。同年，根据国际教育发展的需要，都江堰中学成立国际教育部，与川大中教国际交流中心合作，专门负责学生出国留学工作。同年6月，学校开展中美学生夏令营活动，共有40多个美国学生参加，他们同中国学生同吃、同住、同上课；自此，学校中美夏令营活动成为惯例，并保证每年如期举行。

截至2012年，都江堰中学共有26位学生到马来西亚、加拿大、荷兰等国留学。

2013年，随着国际交流的深入，学校成立对外交流中心，罗建新任主任，专门负责国际部工作。学校先后与美国、法国、英国、新西兰的大学结成友好学校。

2015年，都江堰中学在都江堰市对外交流办的协助下，与美国汉密尔顿中学结成友好学校，双方学生同意，每年适当时候，互派学生到对方学校交流学习一周。

2016年4月，美国汉密尔顿中学派4名同学到都中交流学习。同年12月，都中派4名学生到美国汉密尔顿中学学习交流。2018年2月，再次派学生到美国学习交流。

都江堰中学开展的国际交流活动，极大地开阔了学生的视野，学校取得的成绩，也得到了成都市的高度认可，因此，学校被确定为"成都市国际窗口学校创建单位"。

通过省一级（国重）示范性高中评审

2017年12月27日上午，冬日暖阳中的都中，显得格外静谧和厚重。

成都市政府总督学、成都市教育局党组成员陈蕾，都江堰市委书记卢胜，都江堰市委常委、宣传部部长唐小峰，都江堰市政府党组成员、教育局局长竹柯等领导齐聚都江堰中学会议室，聚精会神地聆听四川省一级（国重）示范性普通高中现场评估专家组意见。

"专家组一致认为四川省都江堰中学在队伍建设、办学条件、教育教学及学校管理、办学效益、办学特色等方面达到了《四川省示范性普通高中管理办法》中四川省一级示范性普通高中的标准，现场评审合格！"

专家组组长刘兴明总督学的话音刚落，全场顷刻爆发出雷鸣般的掌声！

都中师生拍手共贺，喜极而泣。

都江堰中学成功通过四川省一级（国重）示范性高中现场评审的消息，当即以各种方式、各种途径迅速传播开去——

全校沸腾了！全市沸腾了！这是都江堰中学的成功！更是都江堰市教育的成功！

站在成功之巅，回望过去，今天的"创重"成功，是几代都中人共同努力奋斗的结果，是都江堰市历届市委、市政府、市人大常委会、市政协长期重视的结果，是全市人民大力支持的结果！

但是，都江堰教育人和都中师生的心里都明白——

教育的路，还长；前面的路，还很长……

民心工程树心碑

——都江堰市公交三十年从城市之舟至心灵之舟纪实

南 风

　　公交车是城市里的一道亮丽的风景，也体现着一个城市的性格，见证着城市的变迁，更承载了一代人的记忆。都江堰市的公共交通，几乎是与灌县撤县建市同步的。公交从城市之舟到心灵之舟的蜕变，可以说是灌县撤县建市三十年来城市变迁的一个缩影。

　　三十年间，都江堰市公共交通从 2 条线路、10 台公交车起步，发展到如今 28 条线路、317 台公交车。

　　三十年间，城市公交发展到如今营运里程达到 2000 万公里，最长的公交线路，单边运行里程达 22.6 公里，城市公交每天载客人数达到 11 万人次。三十年共 10950 个日夜，每天起得最早的是公交人，休息最晚的也是公交人。都江堰公交人用创新进取、真诚服务的态度，一步一个脚印地绘制了一张温馨的"城市公交图"。

　　打开都江堰市交通图，可清楚地看出城市公交线网已向四角扩展。登上公交车，你可从快铁站、客运中心直接到达景区，也可从自家小区门口到达城市的各个角落。

从数字看变化

　　都江堰市原名灌县，1988 年，撤县建市。在建市的前一年，灌县诞生了一个新的行业：公共交通。1987 年，灌县人民政府办公室出台了《关于成立灌县公共交通公司的报告》的批复："为建设文明旅游城市，适应旅游事业发展的需要，解决城区群众交通不便的问题，进一步繁荣城乡经济，经县政府研究同意，决定成立灌县公共交通公司。"

自此，2 条线路、10 台公交车开启了灌县公交事业的第一步。当时的 2 条线路，一条是 1 路车从青城桥开到白沙乡石厂湾（即后来的紫坪铺镇区域），另一条是 2 路车从青城桥到青城纸厂（即今壹街区区域）。

"公交驾驶员这个岗位很特殊，必须准时准点，每天准时 7 点发车，一闭上眼睛，2 路线的 27 个站牌太熟悉了。"刘洪清是公交公司的第一批驾驶员，从第一天坐上这驾驶员的位置，到 2017 年退休，工龄整整 29 年。29 年，他从青年步入儿孙满堂的老年，与城市公交一起成长。

随着城市不断发展，公交线路也在不断加大覆盖面，车辆也在随着人们的出行需求而增加。2011 年，全市从事城市公交运营的四家企业达成了整合资源、合力发展的共识，成立了"都江堰市城市公共交通有限责任公司"（简称"城市公交公司"）。城市公交公司成立后，破解了公交线路重复度高、线路覆盖率低的难题。如今，整个城区大街小巷，学校、医院、企事业单位及居民聚集区，都有城市公交满足人们出行。

2012 年，都江堰城区因取缔三轮车，为解决老百姓出行问题，城市公交新开行 6 条小公交线路，其中线路最长的为 5.6 公里，最短的 4.5 公里，沿途最少设置了 15 个站，最多则设置了 26 个站。6 条线路都针对了部分区域出现的公交线路薄弱环节，站点全部设在小区、学校、医院门口，有效补充了大公交的覆盖线路，极大方便了市民的出行，较好解决了市民距离家门口"最后 1 公里出行"问题。

2013 年 8 月 29 日，为打造精品旅游公交示范线路，满足沿线游客、院校师生、百姓出行需求，在征求沿线乡镇、社区、学校、单位代表意见基础上，我市投入 22 辆宇通牌高档空调公交车，全面更新公交 102 线。公交 102 路由都江堰客运中心始发，途经玉堂镇、中兴镇、青城山快铁站、大观镇、四川外国语大学（简称川外）都江堰校区，终点站为青城高尔夫球场，全程 27 公里。为保证川外师生出行需求，在节假日等运力高峰期，公司还安排公交车定线运营四川外国语学院—青城山快铁站路段。102路新公交的开行，落实了公交优先和城乡公交一体化的相关要求，将促进公交事业的良性发展，满足都江堰市建设国际旅游城市的发展需要。

聚源镇普星村 8 组、13 组位置偏僻，当地老百姓赶集、进城、就医很不方便。2016 年，城市公交公司 34 路 A 开到了沙西线聚胥路口的普星村 8 组，还极大地方便了邻近的檬梓村、永寿村、柏河村群众。2017 年底，33 路小公交从民主家园延伸到兴堰丽景，终点为聚源镇普星村 13 组，解决了地处成灌高速辅道沿线的石马、羊桥、普星农民进城"乘车难"问题。

身长仅为 5 米的小型公交不仅体型"小巧"，外形更是可爱漂亮，穿梭于深井小巷，成为城市一道亮丽的新风景。小公交的运营受到了市民游客欢迎，同时也吸引了省内外三十多个市、县公交企业、行业主管部门前来考察学习开行经验和企业管理。迄今为止，都江堰市城市公共交通有限责任公司拥有大小公交车317 台，线路 28 条，站台 585 个，员工 700 人，年营运里程达到2000 万公里，年载客量达到 4200 万人次。舒适整洁的空调车达到 95%。

从投入看惠民

这三十年来，公交票改的进程随着经济发展而不断改变着。以前，公交票价随车程长短实行阶梯价格，1988 年起票价为 5 分、1 角、2 角；到 1996 年时票价已经涨到了 1 元；2011 年购置高档车（空调）后实行 2 元票价。

2009 年开始实施无人售票，现在，公交公司取消了售票员岗位，采取投币箱及刷卡的形式进行收费，票价也由阶梯式改为空调车 2 元坐全程的价格。2011 年，我市 70 岁以上老人等群体刷卡搭公交车免费，学生卡刷卡享受 5 折优惠，IC 卡搭公交优惠变为 8 折。市民、游客公交出行成本逐渐降低。

三十年来，公交票改的路子明晰可见，力度一次比一次大，财政投入一次比一次多，惠民范围也一次比一次广。由于城市公交属"高成本、低票价"的公益性质，我市专门成立由市发改局牵头，交通、财政、审计等部门组成的公交工作小组，就如何完善我市公交补贴机制进行了多次调研，并形成了相关报告和方案。

"这几年，市委、市政府一直高度重视公交发展，把发展便民、惠民、为民的公交事业作为关注民生、改善民生、执政为民的重要举措来抓，一方面全面提升公交服务品质，一方面降低市民游客乘坐公交车的价格。从财政投入逐年上升中能够看出我市对这项民生工程的重视。"市交通运输局局长廖仁鹃说。

2017 年，市交通运输局紧紧围绕打造"惠民公交、便民公交"的目标，强化公交基础设施服务能力建设，着力提升城市对外窗口形象，对现有的公交刷卡系统进行硬件升级改造，加快城区公交站台建设步伐，取得明显效果。同时，实现了城乡公交优惠一体化，完善了 10 个城乡公交站（点）配套提升。

在市交通运输局引导下，2 家公交企业（城市公交、古堰公交）自投约 150 万元全面完成了全市 38 条公交线路 484 台公交车的刷卡系统和后台管理系统升级。

从 2017 年 6 月 1 日起，都江堰市实现老年公交卡在全市所有公交车上刷卡，不再受城区和农村公交限制。同年 9 月，也实现了学生公交卡城乡公交刷卡统一优惠。同时，经过与南充银行的多次对接，升级后的公交刷卡系统还实现与银行金融卡的兼容。

从管理看提升

第一批公交车开车的时候，还没有站台，车身印上"招手即停"四个大字，一名司机、一名售票员就是一辆公交车的标配。"刚上班的时候，我在 1 路车当售票员，那个时候我才 19 岁，还没结婚，而现在我的女儿都已经结婚了，我把青春献给了城市公交。"公司的老员工蔡玉梅告诉笔者。

以前，公交车上都由售票员收钱补零，车辆调度全靠调度员安排，每一辆车都按照规定时间发车和到达终点。而公交车辆调度是公交营运最基础、最重要的工作，包括公交车辆的发车间隔和发车方式。传统的调度方式是根据客量调查的基础数据、时间季节等因素，凭借调度人员的经验，规定发车时间的高峰、平峰和低峰时期，采用定点发车方式。车辆一旦出发，就离开了调度员的视线，无法对车辆的运行情况进行监督。

如今，城市公交 317 辆公交车都安装了公交实时监控及 GPS 动态跟踪系统，调度人员坐在屋里就能远程监控，依照"全能"的电子地图，密切关注公交车的车距、车速等运行情况。不光如此，智能调度系统还可查看车辆的名称、司机的名字、时速和运行时间，还可自动测距，做里程和时间上的预算。如需调整车辆间隔等，调度信息可通过系统发给各个车辆。

乘务员蔡玉梅说："靠系统来调度非常科学，能够保证每个时段每辆车正常运行，如某辆车有突发情况，我们也能第一时间安排其他车补上，确保每一天都准点准时为群众服务。"

除此之外，每辆车里4个摄像头的图像，在调度指挥中心都能看见，如果发现车内拥挤，也能及时调配车辆。市民们如果在公交车上发生意外和纠纷，司乘人员可以将监控画面提供给相关部门，最大程度地保障乘客的安全。

2015年，城市公交公司还推出一款智能公交APP，乘客通过手机下载APP后，可随时随地点击查看下一辆公交车何时到站，同时，在部分站点上开始试用电子站牌，与手机APP相同，令乘客乘车更加方便和人性化。

近两年，城市公交公司还新添了45辆新能源公交车，开启了"绿色公交"新道路。

除了升级改造公交刷卡系统外，改造沙西线临时公交招呼站牌，也是2017年我市公交惠民的"重头戏"。笔者在739路公交沙西线路口站台看到，新改造的公交站牌增加了739公交线路的所有站点信息和全市城区公交的线路图，乘客乘车、换乘方式一目了然。这也充分展示了都江堰市的交通、旅游、服务等整体面貌，给市民和游客提供便捷服务。

据了解，2017年，经过多次对现有的城乡公交线路进行全面大摸排，都江堰市交通运输局对10个简易的公交站（点）进行了改造。"公交站是城市的一个窗口，完善提升城乡公交站牌，能进一步提升公交基础设施形象，为市民提供更加舒适、优质的乘车出行环境。"交通运输局交通运输管理所副所长马富明如是说。

从党建看堡垒

都江堰市城市公交公司成立于2011年5月1日，由原公交有限公司、巴士公司、吉达公交公司、鹤翔公交公司4家城市公交企业组合成立，属民营股份制企业。

2008年汶川地震后，我市4家公交企业进行了艰难的重组整合。在这一整合过程中，考虑到原4家企业不同的背景和文化、价值认同，2012年1月新成立的公司党支部积极着手发挥作用，支部各成员积极投入到4家公交企业的整合工作中。

整合过程中，城市公交公司注意发挥党组织服务并引导企业发展的作用，注重营造企业文化，形成以"辛苦我一个、方便千万人"为核心价值理念的企业文化体系，以企业文化凝聚4家企业共识，企业顺利度过磨合期，实现融合式发展。

城市公交公司党支部成立以来，以党组织建设为核心，以"优质服务、文明出行"为主题，以"公交优秀、不断进步"为服务理念，以建"百姓满意、政府放心"的公共交通企业为目标，在全公司长效性开展"创公交优秀"活动，提升公交运营效能和市民乘客的满意度。同时，公司将优秀党员及优秀青年作为"党员示范车""青年文明号示范车"的司机，有力提升和带动了公司公交服务水平，特别是在4路公交线开展党员标准化服务示范线活动，以线带面营造"比、学、赶、帮"的良好氛围，成为党员先锋作用展示的重要窗口。公司也被授予成都市"党工共建创先争优示范点"、都江堰市"党建工作先进集体"等荣誉称号，员工从中获得了荣誉感，对企业的认同感进一步加深。

把非公党建建立在企业员工对美德传承和价值观认同的基础上，会产生"事半功倍""四两拨千斤"的效力。为了增强企业凝聚力和向心力，体现企业与员工、员工与员工互助互爱和团队协作精神，在城市公交公司党支部等的倡议下，2013年3月6日成立了"爱心基金会"。"爱心基金会"体现了"一方有难、八方支援"的人文文化，为有临时困难的员工提供了一个救急解困的渠道。"爱心基金"已先后为多位有临时困难的员工、员工家属提供救助金，并为家庭有临时困难员工提供借支，保证企业员工度过困难时期，使他们感受到来自企业大家庭的温暖和关怀，增强对企业的归属感。另外，企业党支部引导企业积极承担社会责任，投身社会公益事业。

党建工作不是党组织"自娱自乐"的活动。近年来，按照市委深化"一核多元"党建思路，城市公交公司以"支部引领＋企业文化营造＋推动企业发展"的框架，搭建起非公党建的可行模式路径。

据了解，城市公交公司党支部注重以更长远的眼光来做党建工作，让普通党员、非党员员工都能深度参与，作为企业的"主人"见证企业发展全过程，并分享发展成果，以避免党建工作与企业主营业务工作成为"两张皮"。党组织不仅积极发挥战斗堡垒作用，通过党员先锋模范作用的发挥，在企业内部以线带面，营造"比、学、赶、帮"的良好氛围，使企业文化发挥其积极作用。同时，保证企业实现经济、社会效益的同时，让企业员工的合理利益诉求从企业发展中得到正面回应，使企业有融入党建工作的内生动力。

从人文看发展

三十年来，城市公交风雨兼程、永不止步，先解决了市民"乘车难"的问题，同时让市民能舒舒服服地乘车。

为助推国际旅游城市建设，体现都江堰品质城市内涵和历史文化底蕴，2016 年起，我市公交行业采取三举措提升公共交通服务品质：一是提升行业服务质量。7—8 月，全市公交行业开展"以优质服务质量，助推我市旅游发展"为主题的培训活动，培训内容包括文明礼仪、车厢服务质量、都江堰历史文化等方面，通过培训使公交从业人员充分认识公交服务质量对我市旅游发展的重要推动作用，增强对公交服务质量提升工作的责任感和紧迫感。二是加强便民惠民措施。在 4 路、7 路、101 路公交车上增设便民袋，内置《都江堰旅游地图》、都江堰公交线路图、公交乘车指南等宣传资料，同时针对炎热天气，为乘客提供藿香正气液等降温解暑药品。《都江堰旅游地图》全方位介绍了都江堰旅游、住宿、购物、娱乐、美食等信息，可供市民、游客查阅，体现了我市城市风貌和人文风情。三是推出手机 APP 体验。开发都江堰公交手机 APP，让乘客轻松掌握公交线路走向和实时动态，让市民、游客感受到公交服务上的用心、贴心。

公交是一个城市的窗口，代表着一个城市的形象，由于部分公交线路站点是沿用的历史站名，在全域公交线网优化整合过程中，同站异名、同名异地、名地不符、指向性不强等问题逐渐凸显。2018 年 2 月 1 日起，都江堰市城市公共交通有限责任公司对全市 28 条线路共计 500 个线路牌中线路名称、站名进行了重新设计和更新。

为使公交线路牌成为都江堰市特色景观，与城市形象相匹配，城市公共交通有限责任公司前期经过搜集广大市民意见，重新设计样式，实现全市线路牌相对一致，并对站点名称、线路标识、线路走向、线路属性（大、小公交，延时线路）等进行分类、统一，分别采取"天空蓝""蜜桃粉""森林绿"等多种颜色组合而成，把站名、收发班时间、票价、服务热线电话等信息标注在线路牌上。站名采用"双语"（中文、英文）进行标注，让市民对公交线路属性、走向、延时班次等信息有了更为直观、清晰的了解，给市民、游客提供了更多的交通出行信息，方便大家出行。

与此同时，一个个含金量高的荣誉称号也接踵而至。2003

年，我市公交企业——云南小公共汽车公司获得"全国五·一劳动奖状"；2008年，该公司被中华全国总工会、中华全国工商联评为"全国双爱双评先进企业"；2012年，城市公交公司董事长欧云南又荣获"全国五·一劳动奖章"；2015年，城市公交公司驾驶员杨光明被评为"成都市劳动模范"；城市公交公司2条公交线、6个班组分别被成都市总工会命名为"成都市工人先锋号"；2017年，城市公交公司4路公交线被四川省总工会授予"四川省工人先锋号"，3路分别于3月被授予"都江堰市巾帼文明岗"，11月又被成都市妇联授予"成都市巾帼文明岗"光荣称号；城市公交公司先后被授予"成都市劳动关系和谐企业"称号，并获得成都市公安局"内保系统创平安单位"、成都市"安全文化建设示范企业"、成都市非公企业"党工共建创先争优示范点"以及成都市、都江堰市"先进基层党组织"、2015年度"文明诚信企业"和"双拥工作先进单位""平安示范单位""成都市文明单位"等诸多荣誉。

此外，近年来，城市公交公司还收到市民、乘客、学校、单位等感谢信、表扬信、诗歌、歌曲、锦旗等200余件次。

一串串的殊荣，一个个沉甸甸的奖章，这一切荣耀都是城市公交全体公交人汗水与智慧的结晶。打造温馨车厢、评定服务质量星级车辆、颁发流动红旗……这三十年间，城市公交为了提升优质服务水平、建立长效机制出台了多种管理制度和奖励办法，激励员工们提高业务水平、增强服务意识。

城市公交也是一个懂得感恩、爱意浓浓的大家庭。公司建立了"爱心基金"，使患重大疾病、受自然灾害以及家庭特困的员工得到了及时的关心和帮助，先后为28位员工及家庭提供救助金、临时性困难借支；青海玉树中学在都江堰异地复课的两年时间中，城市公交为该校2000余名师生提供了两年的免费交通出行服务；组织员工为甘孜州德格县俄南乡玛绒村孩子们捐赠价值11万元的衣物、学习用具等，让高原的冬天不再寒冷，让爱心温暖每个孩子的心灵。

城市公交也是一个活力四射、充满激情的大团队。公司建成了"党、工、团活动室"，增设了多种硬件设施以及宣传资料、阅览书籍1000余本；组织开展"员工运动会"，设立了拔河、乒乓球、跳绳等项目；公司党支部、工会共建成立了"关爱员工委员会"，通过对员工的关注、关心、帮扶，让员工能安心、放心、贴心地在企业工作。

这一切的工作都是为了公交企业的文化建设，无形地让公司与员工、员工与员工之间更加互助互爱，增进了团队协作精神，增强了企业的凝聚力。在这样充满爱心、责任心的大家庭里成长，城市公交的每个家庭成员都深受感染。

2013年11月21日上午8时29分，城市公交13路公交车驾驶员高洪明突发脑溢血。在生命的最后一刻，他用左手拉下手制动开关，车辆完全停止后，高洪明就再也没有醒来，他用他高度的责任心完成了人生最后一次靠边停车，保证了车上20多位乘客的安全。

公交车驾驶员都是早出晚归，每天要接市民上下班，自己却无法按时下班。他们用自己年如一日的工作态度，诠释了自己高度的责任心。

透过三十年岁月的公交车轮，穿越历史时空回顾朝夕的发展步伐。我市公交经过三十年的发展，如今已进入而立之年。

"努力提升公交服务质量。"都江堰市城市公共交通有限责任公司欧云南董事长的回答很简洁，他所代表的城市公交人是这样承诺的，也一直是这样做的。

第四章 千家万户入画图

青山绿水，融入了中华民族的大国梦。和谐文明，让都江堰市提升了文化自信，它标志着都江堰盛世前行的实力。

田野孕育富裕希望　农民走上小康之路

——都江堰市农民群众快步奔小康纪实

木　子

岁月流金，时光更替。辗转三十年，都江堰农村上演着一幕幕巨变。

三十年前的灌县，城乡差别很大，城里城旧、路窄、楼矮，乡下茅草房、泥泞路比比皆是，人们为生计而忙碌；三十年后的今天，农村环境美、路硬化、住小区，人们为品质生活而追求，城里人开始格外羡慕农村人。

回溯这段历史，点点滴滴的变化中，都洋溢着都江堰人的精彩和感动……

彻底扭转粮食徘徊局面

都江堰市在经济发展上虽然有着优越的自然条件和有利的地理环境，但长期以来由于受"左"的思想干扰，经济发展一直比较缓慢。

为了彻底扭转粮食徘徊的局面，改变农业偏冷的状况，协调农工两大产业的关系，适应治理经济环境的要求，我市充分调动农民种粮积极性，坚决把粮食生产搞上去，在全市范围内掀起大抓粮食生产的高潮。

1988年12月，也就是撤县建市半年后，市委、市政府决定在全市范围内广泛开展"三田、三户"（即双千田、吨粮田、丰产田，高产种植户、科技攻关户、帮富扶贫户）竞赛活动。竞赛围绕创"三田"、争"三户"展开，全市规划双千田 1.5 万亩（通过搞增间套种实现粮产千斤，钱收千元），吨粮田 1 万亩，小麦丰产田 10 万亩。

与此同时，市委、市政府制定加强粮食生产"十条"。1989 年 1 月，为了认真贯彻全国、四川省、成都市农村工作会议精神，确保粮食稳定增产，实现粮食总产 22500 万公斤，市委、市政府出台了《关于加强粮食生产的十条规定》。要求各级党委和政府必须进一步树立以农业为基础的观念，充分认识到粮食生产是关系国计民生、安定团结的大事，从而切实加强对农业生产的资金投入，全年农业总投入安排 193.2 万元。围绕加强粮食生产，1989 年农业投入的重点是补贴农田基建和种子、地膜、肥料等生产资料。开展争创粮食高产户活动，加强土地管理，发展庭院经济，大力实行"科技兴农"，鼓励科技人员下乡搞技术承包，各行各业都要为粮食生产搞好服务。

撤县建市后的第二年，我市实现粮油生产的新突破。粮食总产达 256280 吨，比 1989 年增长 15.1%，比历史最高的 1983 年增长 10.04%。油菜总产达 11111 吨，比 1989 年增长 11.29%。庭院经济收入达 1.5 亿元，比 1989 年增加 1000 万元，实现了粮增产、钱增收。1990 年，全市农村人均纯收入达 680 多元，比 1989 年增加 20 多元。

稳粮增收奔小康

农业问题，既是经济问题，也是政治问题。稳定农业，稳定农村，稳定农民，是社会稳定的基本条件。

1994 年 1 月 22 日，市委、市政府出台了加快亿元村建设若干鼓励政策。在此基础上，又于5月9日制定了《关于加快农村"小康村"建设的实施意见》。全市农村建设"小康村"工作要以邓小平同志建设有中国特色的社会主义理论为指导，全面贯彻落实党在农村的各项方针、政策，紧紧抓住"稳粮增收奔小康"这个主题，以农民增收为核心，进一步深化农村改革，调整、优化农村产业结构，大力发展农村社会生产力，确保农民人均纯收入递增120元以上。

1994年，全市认真落实中央关于农村工作各项政策，把农业和农村工作放在突出位置。大力强化农业基础，不断深化农村改革，全面发展农村经济，在耕地面积减少的情况下粮食总产稳中有增，"三高"农业向广度和深度发展，乡镇企业保持高速发展的好势头，农民收入大幅度增加，整个农村呈现出繁荣、稳定的局面。要求农村要把"稳粮、增收"作为主要工作任务，以奔小康统帅整个农村工作。

同时，我市还制定了建设小康村规划。经济发展较好的城郊、城镇近郊、旅游景区和交通干道沿线地区，在1994、1995年陆续实现小康目标，共122个村，占36.3%；村社集体经济发展较好、劳动力转移多和资源丰富、发展后劲足的平坝区和山丘区，在1995、1996年陆续实现小康目标，共96个村，占28.6%；地处偏僻、资源匮乏、经济发展缓慢和人多地少的纯粮区，在1996、1997年陆续实现小康目标，共118个村，占35.1%。

但是，当时我市农村经济发展中还存在不少困难和问题。市委、市政府认为，必须坚决防止和克服放松和忽视农业的倾向，要始终把农业当作头等大事来抓。要进一步加深对发展农业的认识，更加牢固地确立农业是国民经济基础的指导思想，增强抓好农业的自觉性。要下大力解决好农业、农村和农民问题，全面发展经济，实现稳粮增收奔小康的目标，促进全市经济持续、稳定、健康发展。

市委、市政府在《关于1995年农业和农村工作的安排意见》中说，各行各业都要积极支援农业，树立"农业发展我发展，我与农业共兴衰"的思想，想农民所想，帮农民所需，为农业的稳定和发展尽心出力，为农村的建设和繁荣做出新的更大的贡献。

1995年，我市认真贯彻中央、四川省和成都市农村工作会议精神，坚持"决不放松粮食生产，积极发展多种经营，大力发展乡镇企业"的方针，以"稳粮增收奔小康"为目标，稳定政策，深化改革，增加投入，采取强有力措施，促进农村经济全面发展。

1995年9月，市委、市政府出台《关于加快全市农村达小康的实施意见》。《意见》指出，改革开放以来，我市农村经济快速健康发展，社会全面进步，已实现了由贫穷到温饱的跨越，正向小康迈进。按照成都市委、市政府的要求，我市要在1997年基本实现小康。同时，制定了全市农村小康标准、小康乡镇标准、小康村标准以及小康户标准。要求各级各部门要把工作重点放在乡村两级，通过建设小康村、小康乡镇，推动全市农村小康达标。

全市农村奔小康工作采取分级规划、分批达标、典型引路、整体推进的方法进行。将28个乡镇（1个工业区）、335个村规划分三批实现小康。乡镇中，青城山镇为第一批，于1995年基本实现小康；335个村中，第一批于1995年基本实现小康。

实现小康的重点在农村，难点又在经济发展缓慢村。根据成都市确定的经济发展缓慢村的标准和我市的实际，全市列出52个经济发展缓慢村，规划分三批实现小康。其中，第一批3个村，第二批17个村，第三批32个村。对这些缓慢村，市委、市政府提出要配好班子，搞好图子（规划），找准发展路子，搞好对口帮扶，确定发展途径，最终走突出区域经济之路、综合开发多种经营之路、依托资源加工增值之路，下功夫形成"一乡一业、一村一品"的区域规模精英格局。

这一年，为了实现全市农村经济发展的主要目标（粮食总产稳定在 2.5 亿公斤以上；农业总产值达到 5.6 亿元，比上年增长 4.2%；乡镇企业总产值达到 54 亿元，比上年增长 28.6%；农民人均纯收入比上年增加 120 元以上），我市采取了扎实有效的措施来稳定政策，深化改革，充分调动广大农民的生产积极性。

稳定农村政策方面：继续稳定家庭联产承包责任制，完善统分结合的双层经营体制；稳定扶持农业、保护农民利益的各项优惠政策；稳定和减轻农民负担，使农民负担控制在上年人均纯收入的 4% 以内。

继续深化农村改革方面：在认真总结乡镇企业转换经营机制、组建股份合作制企业等改革经验的基础上，继续推行以股份合作制为主，拍卖、租赁、转让为辅的改革，改组、组建股份合作制企业，进一步发挥机制灵活的优势，促进企业发展；大力发展"公司（企业）＋农户"的经营形式，加速培育多元化的农产品流通主体，组建一批新型的农村经济实体，走"贸、工、农一体化，产、供、销一条龙"的路子。通过各种改革方式，充分调动广大农民的生产积极性，推动农村经济全面发展。

发展"三高"，大幅度增加农民收入。

发展高产优质高效农业，是广大农民增收致富的重要途径。在稳定粮食生产的前提下，大力发展"三高"农业。我市以市场为导向，以富民为目的，引导和鼓励农民按市场需求发展"三高"农业，确保农民人均增收 120 元以上，逐步实现由增量型向效益型转变。

坚持实施"三九"科技工程不动摇，确保粮食、油菜等主要农产品稳产高产。

抓好集镇和小康村建设，带动农村经济全面发展。

1995年6月15日，为了进一步搞好我市小康村建设的规划、实施和考核工作，加快农村奔小康步伐，市委决定成立都江堰市小康村建设领导小组，负责全市小康村建设的组织、协调、指导、考评工作，成员单位多达24个。

此外，还深入开展了"万名农民奔小康""万名青年奔小康""妇女双学双比"竞赛，在全市上下形成了人人思小康、户户奔小康、村村建小康、乡乡镇镇达小康的生动局面。

2018年是"八五"期间开展"万名青年奔小康活动"的最后一年。我市成立了"万名青年奔小康活动领导小组"，动员全市农村青年广泛加入到奔小康活动中。

1997年，经省、市检查验收并认定，都江堰市达到了小康标准，实现了小康，从而跻身全省小康县（市）行列。

在发展农村经济、全市基本达小康工作中，我市取得的成绩主要体现在：第一，实施粮食自给工程，粮食单产总产创历史最好水平；第二，围绕农民增收，大力发展庭院经济和"三高"农业（十大农业商品生产基地初具规模，五个高效农业示范区基本形成）；第三，以奔小康统帅农村工作，农民收入稳定增长（1997年全市农村农民人均纯收入2434元，与1987年相比净增1931元，增长3.8倍，90%以上的农户达到小康生活水平）；第四，发挥科技第一生产力的作用，农村经济持续健康发展（1997年实现农业总产值62265万元，与1987年相比增长56.2%）。

从奔小康到奔宽裕跨越

1997年7月13日，我市在基本实现小康的基础上，按照成都市委、市政府《关于农村奔宽裕小康工作的意见》，提出要在2003年实现农村奔宽裕小康的既定目标。

同时，采取"六专"带农户的组织形式，把千家万户的小生产引入千变万化的大市场。全市具有一定带动功能的转业公司发展到27家，转业市场12个，转业大户25户。"六专"共带动农户近7万户，占全市农户一半以上，实现经营收入2.33亿元，从业农户专项收入3493元。

在农村奔宽裕小康工作中，市委、市政府从全市农村经济发展的实际出发，提出我市宽裕小康乡镇的9项标准。其中，核心是人均国内生产总值10000元以上以及农民人均纯收入3400元以上。

按照建设宽裕小康乡镇的规划，1998年农民人均纯收入3000元以上的幸福、蒲阳、青城山、灌口4个镇，要求在2001年实现宽裕小康标准；1998年农民人均纯收入2700～3000元的胥家、聚源、天马、石羊、安龙等14（乡）镇，要求在2002年实现宽裕小康标准；1998年农民人均纯收入2700元以下的驾虹、向峨、崇义、柳街、玉堂、虹口等11个（乡）镇，要求在2003年实现宽裕小康标准。

这一年，全市农民人均纯收入2636元，净增202元。

切实减轻农民负担

农民负担是涉及面广、政策性强、深层次矛盾较多的社会问题。减轻农民负担，保护合法权益，调动农民的生产积极性，是党在农村工作中的一项基本政策，是一项长期任务和经常性工作。

为进一步加强农民负担工作的领导，我市成立了农民负担监督管理领导小组，并在农业行业主管部门（市农牧局）设置领导小组办公室，组织、协调、指导和督促全市各有关部门、各乡镇做好农民负担的各项工作，保护和调动农民的生产积极性，加快农民致富奔小康步伐。各乡镇的党委和政府切实加强农民负担工作的领导，坚持一把手负总责，明确分管领导抓落实。

1994 年底起，我市认真执行党中央、国务院以及四川省、成都市关于减轻农民负担的一系列政策和法规，坚持"定项限额、以工补农、合理分流、取之有度、用之合理"的原则和措施，稳定农民负担。1995 年，全市落实到农户的集体提留 528 万元，乡镇统筹款 672.6 万元，两项合计 1200.6 万元，人均负担 28.94 万元，占 1994 年农民人均生产性纯收入的 2.51%，比国务院和省制定的农民负担管理条例的规定控制比例低 2.49 个百分点，有效地控制了农民负担比例的不合理增长，切实保护了农民利益。

为"巩固成果、防止反弹"，根据农业部、监察部有关文件精神，1995 年 9 月，我市制定了《关于进一步加强农民负担监督管理工作的意见》。具体内容有：

一是深化认识，严格执行政策法规。要求各乡镇和市属各有关部门要把减轻农民负担作为保护和调动农民积极性、发展农业和农村经济、巩固农业基础地位的大事来抓。不折不扣地贯彻执行党中央、国务院和四川省、成都市宣布取消和暂缓执行的罚单项目，包括涉及对农民、对农村的 37 项收费、43 项达标升级活动、10 种错误收费行为等。

二是严格规范农民负担的监督管理。农村集体提留和乡镇统筹必须控制在上年农民人均纯收入 5% 以内的数额基础上，全面实施"定项限额、总额控制、一定四年不变"的原则，把农民负担稳定在一个适度的水平上。

三是全面实行农民负担监督卡制度。从 1996 年起，我市全面推行农民负担监督卡制度，实行农民"一户一卡"，凭卡缴纳费用和承担劳务的办法。要求任何单位和个人不得在农民负担监督卡规定之外，擅自收费，也不得随意提高卡内规定项目的收费标准。

四是建立监测网点，认真开展执法检查。我市在聚源、中兴、石羊、蒲阳 4 个镇农产品成本核算点开展农民负担监测工作，建立和完善农民负担监测制度。

减轻农民负担，是关系农村改革、发展、稳定的带政治性、全局性的一件大事，是党在农村工作中的一项基本政策。我市从讲政治识大局、保护社会稳定及保护和调动农民积极性的高度出发，进一步深化对做好减轻农民负担工作重要性的认识，进一步增强贯彻落实党在农村的基本政策的自觉性。

1999 年 8 月 13 日，市委、市政府联合发出《关于切实做好当前减轻农民负担工作的通知》，提出各级领导干部必须牢记全心全意为人民服务的宗旨，树立"减负就是增效，兴办公益事业决不在农民身上打主意"的观念。《通知》要求各级各部门要高度重视减轻农民负担工作，把我市农民负担稳定在 1997 年的水平上，并实行"一定三年不变"，严格控制集体提留和乡镇统筹数额，重申"八个不准"，进一步强化农民负担监督管理，切实维护农民群众的合法权益。

农民告别上缴国税

中国的改革，都是从解放农民开始的。没有富裕的农民，就没有富裕的中国；没有农村的稳定，就不可能有一个稳定和谐的中国社会。

2005 年 12 月，十届全国人大常委会第十九次会议通过决定，自 2006 年 1 月 1 日起废止《农业税条例》。2006 年起，都江堰市跟全国一样，全面免征了农业税。取消农业税，是对农民的一种解放。

取消农业税有力地促进了农业发展，增加了农民收入，加快了消除城乡差别的步伐，稍稍接近了"让小部分人先富起来，再让富人带着穷人致富，从而共同致富"这一目标。我市很多上了年纪的农民获悉从 2006 年起再不用交公粮了，纷纷长舒一口气。这对他们来说，意味着此后再也不用为粮不够吃到处借粮了。

"十一五"初期，国家主要实行对农民的粮食生产直补、地膜玉米补贴、农机补贴等。五年后，我省面对农民的各项补贴高达好几百种，2006 年仅农机补贴项目就有 100 多个品种，几乎涵盖农业生产中所需全部机具。对此，农民都喜笑颜开，说：买种子给补，买拖拉机、收割机、插秧机给补，建蔬菜大棚给补，就连买个太阳能杀虫灯也享受政府补贴。用老农们的话说，简直是"买啥都给补"。这一免一补，给农民种粮带来了新激励。

2006 年 12 月 22 日，都江堰市第十六届人民代表大会第一次会议上，市长森林在政府工作报告中讲道："最近四年来，累计投入 2.75 亿元，加大了对'三农'的扶持力度，大力实施农村'三大工程'，农业综合生产能力和产业化水平显著提高。2006 年全市实现农业增加值 12.8 亿元，比 2002 年增长 24.2%。"

全市农村经济实现提质增效还表现在：各项惠农政策落实到位，全面免征农业税，由市财政代缴了农田灌溉水费，对种粮农户和购买大中型农机具农户给予了直接补贴。农村生产生活条件极大改善，改造建成节水防渗灌溉渠道 365 公里；完成退耕还林 7.5 万亩，成片造林 4.5 万亩；在全省率先实施了农机化先行市和农村"一池三改"户用沼气池建设工程，农机化综合水平达

49%，建成农村户用沼气池2300口。

在农村经济提质增效的同时，全市新农村建设扎实推进。我市始终坚持把做强产业支撑摆在推进新农村建设的突出位置，充分依托独特的生态和区位优势，大力发展农家休闲产业、生态观光农业，积极推进一、二、三产业有机嫁接，促进农村富余劳动力向二、三产业转移，探索实践了农村生活垃圾集中收运处置试点工作，村容村貌明显改善。

截至2006年底，累计向非农产业转移农村劳动力17.2万人，比2002年增长28%。成都市优先发展重点镇——青城山镇建设取得突破性进展，成功打造了虹口乡—成都市远郊山区城乡一体化典型，建成青城山镇泰安村、灌口镇灵岩村等一批新农村建设亮点。扎实开展土地整理和拆院并院工作，规划建设新型社区和农民集中居住区29个，建成规模99.9万平方米，搬迁安置15113人，有效推进了农村人口向城镇集中，2006年全市城镇化水平达到37.9%。初步建成覆盖城区和14个乡镇的输配气管网，基本实现村村通电话和广播电视，手机网络实现全覆盖。

灾后重建农业迈上新台阶

"5·12"地震给都江堰市农业造成了严重损失，全市农业因灾损失达33.5亿元。震后，都江堰市域经济仅用两年时间就全面超过灾前，创造了世界范围内灾后振兴崛起的奇迹。依靠坚强不屈的意志和上海的热情援手，都江堰农业快步走出地震阴影，站上了新的产业起跑线。

有关统计数据显示，2008—2010年三年间，我市共实施中央灾后重建农业项目15个，总投资12.392亿元，极大改善了农业生产基础设施。

结合农业产业基础和资源特点，我市编制完善了《都江堰市现代生态农业中长期规划》《都江堰市灾后农业恢复重建规划》《都江堰市十万亩现代生态农业集聚区总体规划》等一系列规划方案，为农业产业重新谋篇布局。在山区和沿山地区建设的生态特色产业示范带、在平坝区建设的粮经高效农业示范带、在旅游沿线建设的观光农业示范带都初步成型，猕猴桃、冷水鱼生态养殖等八大产业亮点组团基本构建，一个覆盖全市的现代农业发展体系在都江堰全域展开。

经过灾后重建，都江堰市农村基础设施得到巨大提升，实现了跨越式发展。与建好新房、修好公路相比，如何通过产业发展带动农民增收致富是都江堰全市人民最关注的话题。

为加快农业的恢复发展，都江堰市根据国家灾后重建工作要求和成都市现代农业发展方向，与上海市对口支援都江堰市灾后重建指挥部共同提出了建设"十万亩现代生态农业集聚区"项目，并列入上海市对口援建的第三批项目。

抓住上海市对口援建的机遇，我市与上海市对口援建指挥部共同确定 10 万亩现代生态农业集聚区项目。项目涉及 12 个乡镇，总耕地面积为 17 万亩，一举将全市近 60% 耕地囊括入内，覆盖农业人口 19 万余人，占全市农业人口的 44%。

现代农业科技示范园项目总投资约 30 亿元，其中上海对口支援 5 亿元。全面建成后新增耕地 1 万亩，年增产粮食 5100 吨，核心区的农民人均年收入还增加 1500 元以上。通过 10 万亩现代生态农业集聚区建设，我市得以整合区域内人才、技术资源，促进科技成果转化为农业增长农民增收的加速器，从源头提升都江堰农业的现代化水平。

2009 年上半年，都江堰全市农业增加值实现 6.4 亿元，同比增长 6%，比 2007 年同期增长 23%；农民人均纯收入同比增长

41%，比 2007 年同期增长 2%。

农业发展离不开龙头带动。我市根据各地实际情况发展不同特色农业，打造翠月湖镇食用菌生产基地、柳街镇草本花卉示范基地、安龙镇生态家园与川西盆景展示基地等 10 个特色产业基地，以此带动周边特色农业发展，形成集团优势和更高层面的差异化发展、错位竞争优势。建成惠及都江堰市 40% 农业人口的 10 万亩现代生态农业集聚区，标准化农业示范基地达 27 个，重点农业产业化企业发展到 49 家，农村合作经济组织发展到 215 个，现代农业生态本底初显；深入推进农业品牌建设，猕猴桃被确定为 2008 年北京奥运果品，猕猴桃、厚朴、川芎获得国家地理标志产品保护，荣获"中国果菜无公害十强市""中国果菜产业化先进市""中国猕猴桃无公害科技创新示范市"等称号。

2010 年，都江堰完成农业增加值 17.33 亿元，同比增长 5.5%。10 万亩现代农业产业聚集区、11.5 万亩猕猴桃基地、2.7 万亩优质茶叶生产基地、15 万亩"三木"药材基地、2 万余亩川芎种植基地等在都江堰全域构成一幅层次分明的农业蓝图，农业产业化带动面达到 80%。从传统农业的单一产销模式，到种植销售、展会活动、乡村旅游的"多层次"复合式发展，都江堰农业在经历地震的阵痛后浴火重生，走出一条快速转型之路。

至此，品牌农业已逐渐成为都江堰市加快农业转型升级、提升农产品质量安全、促进农民增收致富的重要抓手，农业品牌效应日益凸显。相信在"大青城"这张金字招牌的推动下，将有更多的都江堰特色农产品走出四川、走向全国、走向世界。

富民思路贯彻始终

富起来，农民才是真正受益者。如何让农民站上有利位置，成为真正的受益者？在我市的农产业重建和调整过程中，"富民"的思路贯穿始终。

在政策扶持方面，都江堰市制定出台相关政策，加大扶持力度，重点支持农产品品牌建设。积极贯彻落实系列惠农扶持政策，我市越来越多的优质农业资源抱团合力打拼市场，"大青城"农业品牌应运而生；进酒店，进星级农家乐，进成都机关食堂，进各机关单位和部门，这一都江堰市农产品区域公用品牌让越来越多的人耳闻目染，越来越多的人感受到"大青城"就在身边。

通过鼓励农民加入农合组织、抱团闯市场，都江堰将逐步把在传统农业中"散打"的农民转变为现代农业产业化经营者，构建起新型利益联结机制。

笔者欣喜地看到，在胥家镇，157家农户以契约方式把土地流转给猕猴桃专业合作社，搭起招商平台，吸引专业猕猴桃种植方。根据契约，农户不仅可以享受租金和产量分成，还能优先到果园打工。通过多次分配，这些农户人均可实现增收2600元。

围绕农业产业化，土地入股、规模流转，保底收购、二次分红等各种新型利益联结机制，数十万农户都尝到了产业化经营的甜头：2010年，全市农民人均纯收入达7086元，增长21.5%。

更多增收渠道在一、三产业的联动格局中延伸拓展。在猕猴桃、冷水鱼、花卉苗木、现代农业高新科技示范园区等生态农业基地的基础上，我市打造出以虹口—龙池为代表的山地乡村旅游度假区、青城山乡村旅游区、大观茶坪乡村旅游特色村、虹口高原乡村旅游特色村、向峨乡"四个万亩工程"、10万亩现代生态农业集聚区及安龙徐家林盘等众多乡村旅游区（点）。

在实施乡村振兴战略中，2017年底，我市乘势而上，积极稳妥地启动了成都市都江堰市国家农业综合开发田园综合体建设试点项目，打造面向中心城市的优质高效农业供给、农村文旅体验展示、城乡要素市场支撑、城乡一体公共服务四大体系，实现农村生产生活生态"三生同步"，第一、二、三产业"三产融合"，农业文化旅游"三位一体"，探索城市现代化顶层战略下的城乡一体化发展新机制、新路径。

据介绍，该项目区域包括都江堰市胥家镇和天马镇的13个社区，耕地面积32766亩。项目以"山水田园、猕果花香"为规划定位，以粮油蔬菜产业为基础，以红阳猕猴桃为特色，以都江堰深厚的水文化、道文化、农耕文化为支撑，依托我市突出的旅游资源优势和生态环境优势，政府搭台、市场化运作，围绕"村庄美、产业兴、农民富、环境优"的总体目标，把项目区建成多彩乡韵的展示区、产业融合的示范区、农村改革的先行区、绿色农业的典范区，在全省发挥田园综合体示范引领作用。

进入生态文明的新时代，都江堰市这座地处"天府源头"的明珠城市，已有了别样的时代意义——

我市提出把都江堰建设成为国际生态旅游城市，要成为富有活力的经济带，成为充满魅力的生态带，让贯穿岷江两岸、蜿蜒曲折的绿道成为休闲慢道、健身绿道、景区游道和体育赛道，成为极具潜力的休闲带和文化带，让中外游客和城乡群众在这方"川西秘境"中曲径探幽，流连忘返。

赚生态钱，才有长久竞争力。农旅结合、全域旅游，构筑成都平原生态屏障，将生态、绿色融入人们的生产生活，正是我市面对"既要富一方百姓，又要养一方山水"的时代挑战而做出的回答。

一个"绿、富、美"的都江堰，一个"产景一体、产村相融"的现代新农村正向我们走来。

千年古城新崛起

——都江堰建市三十年城建蝶变之路

山 奇

把时钟拨回 1988 年 3 月 3 日，国务院国函〔1988〕35 号文件，同意撤销灌县，设立都江堰市（县级），由省直辖。这是都江堰发展史上具有里程碑意义的重要一刻。

1988 年 5 月 20 日，都江堰市正式设立。古老的都江堰历史，从此翻开了新的一页，标志着灌县的改革和建设进入了一个崭新的历史发展时期。

灌县撤县建市，到 2018 年已整整三十年。三十年，一个新生的稚童，可以走过少年，步入而立之年；三十年，一个新生的城市，同样可以完成蜕变，展现化茧成蝶的美丽。

从主产粮油、经济单一的传统农业大县，到令人神往、流连忘返的国家历史文化名城；从休闲度假、粗放管理的内陆旅游小县城，到城市价值日益彰显、城市品质日益提升、国际影响力不断扩大的国际生态旅游名城……

如今，都江堰城区已从一个面积仅 3.8 平方公里、人口不到 4.5 万人的千年古城，发展为一个城区方圆 26 平方公里、城区人口 23 万的魅力城市。今天，都江堰市拥有很多殊荣，先后荣获"中国最佳旅游城市""最佳中国魅力城市""国家级重点风景名胜区""国家级生态示范区""国家历史文化名城""国家园林城市""全国卫生城市""全国先进文化市""全国绿化先进市""世界生物多样性示范区"等称号，并获得"中国人居环境范例奖""迪拜国际改善居住环境良好范例奖"等奖项，还拥有青城山—都江堰世界文化遗产和四川大熊猫栖息地世界自然遗产，龙溪—虹口国家级自然保护区是四川大熊猫的重要栖息地。

都江堰，这座千年古城崛起的蜕变历程，是一条创新之路，是一曲奋进之歌。

——题记

树立城建规划理念

撤县建市三十年来，我市城市建设和城市经济日新月异、硕果累累。回顾这三十年，主要有以下变化让人振奋。

撤县建市后，市委认为，建市后的首要任务，是以改革总揽全局，发展商品经济，开创经济建设新局面；以新的经济开发区为突破口；立足于发展经济增加积累，走工业富市的道路。于是，以旅游为引导、农业为基础、工业为重点，"工农贸旅"协调发展，把都江堰市建设成为工业发达的旅游名市，成为撤县建市后总的指导思想。

从我市的实际出发，以城区为重点，以新的经济开发区为突破口，带动和促进全市经济的发展。第一，建设小区域开发区（初步规划建设3个工业开发区、1个旅游开发区和1个商业开发区）；第二，发展卫星集镇，逐步形成以镇促乡、以镇带材的发展格局；第三，建设一批亿元企业和亿元镇；第四，积极发展对内对外贸易；第五，抓好城市的建设和管理。

加强城市基础设施建设，重点改善交通、通讯、供水和其他公共设施条件。城区面积规划为23平方公里，实行"统一规划、合理布局、综合开发、配套建设"的方针。着眼于风景旅游城市的要求，城市的规划和建设以及城市的绿化和美化；同时，要求城市的管理工作要同步跟上，推进文明城市的建设。

1986 年底，县委、县政府为老百姓办成 8 件实事，提出把城区建设成为具有一定规模的"环境优美、整洁卫生、秩序井然、文明礼貌"的旅游城市。其中，第六件"城镇建设步伐加快"、第七件"旅游开发取得新的成效"这两件实事就跟城市建设直接相关。

三年间，重修了太平街、天乙街、建设路、公园路，新辟了江安路、奎光路、环城路（即一环路），新建了外北街、报恩寺等 4 片住宅新区，新修了儿童乐园、体育场、青少年宫。同时，对青城山、都江堰、二王庙、普照寺、灵岩寺等旅游景点进行了维修。城区面积由 1983 年的 3.8 平方公里扩大到 1986 年的 7 平方公里。

加快城市建设步伐

撤县建市之初，我市坚持"统一规划、合理布局"的原则，按照"一轴、两点、四线"的格局，加快城市建设步伐。

1993 年 3 月 22 日，市委、市政府做出《关于加强城市建设的决定》，强调要按照建设现代化中等工业城市、旅游城市的目标，着力体现都江堰"山、水、城、林、堰"的城市独特风貌，进一步完善城市总体规划和专业规划，搞好分区规划和控制性详细规划。

这一时期，我市城市建设的指导思想是：以党的十四大精神为指针，以提高城市整体功能，创造良好的投资、旅游环境，发展经济，造福人民为宗旨，着力体现历史文化名城风格，努力把都江堰市建设成为现代化的中等工业、旅游城市。

《关于加强城市建设的决定》提出了今后五年（1993—1998）城市建设的主要任务：集中主要精力，抓好以幸福大道为轴线的"两点四线"建设和开发。

轴线：即以玉垒山公园为起点，经紫东街、环城干道至外环线十里长街——幸福大道的开发建设。这是都江堰新城区城市面貌的集中体现，是今后五年城市建设的重点。

两点：1995年底前，观凤楼新区和都江堰广场区域的建设初具规模。

四线：全长3.5公里的迎宾大道建设；全长12公里的环城干道建设；全长6公里的灌天路干道建设；约6公里的外环线建设。

遵照中共中央、国务院关于"政府的主要职责是把城市规划好、建设好、管理好"的要求，市委、市政府决定成立由代兴泉同志任组长的"都江堰市城市建设规划领导小组"。我市城建领导小组成立后，提出了城市建设的重点项目，要求领导亲自挂帅。从此，城市建设与规划工作纳入目标管理。

城市建设最核心的内容是基础设施建设。我市城市规划坚持以基础设施建设为先导的原则。克服市政公用基础设施建设的"非生产型""可有可无"的旧观念，树立先导建设的新观念，切实做到市政公用设施适度超前建设。市委、市政府还要求，城市建设要以房地产综合开发为突破口，加快旧城改造和新区开发建设步伐。加快城市建设管理的法规建设，加强行业管理。树立全局观念，发挥整体优势，齐心协力搞好城市建设，努力开创城市建设的新局面。

我市始终把城市建设和旅游事业发展列入市委、市政府重要的议事日程。进一步完善了城市总体规划，完成了幸福大道2.97平方公里的陆海招商城的测绘、普查和土地预征工作，进行了李冰街、洗脚河边街、太平街、江安鱼嘴、五桂桥等低端危旧房的拆迁工作，完成了迎宾大道、幸福路、建设路的街灯安装和绿化。

从 1988—1998 年，我市先后建成迎宾大道、环城干道、蒲阳干道和幸福大道；扩建青城大桥；拓宽改造太平街、奎光路；建成客运中心等一批较高档次的商业服务设施；配套建设观凤、解放、奎光、江安等小区；完成体育活动中心一期工程；加快了杨柳河整治、都江堰广场和城市绿化等市政重点工程建设步伐，城区面积扩大到 19.93 平方公里，初步搭起现代旅游城市框架。实现市乡国内国际电话直拨和市话与成都市联网，开通四万多门数字程控电话；建设和改造一批小水电站，全市水电装机容量达 12 万千瓦；完成水厂二期工程和天然气工程，明显改善我市供水状况和能源结构。

交通设施建设是城市发展的助推器，是一个城市经济腾飞的有力翅膀。修建旅游快速通道，既是形势所迫，也是发展之需。我市拓宽改造了灌天路胥家段、蒲驾路、青大路、青城后山旅游公路，完成改造火车站一期工程，新修玉沿路、龙池旅游公路，全市交通状况得到很大改观。

随着投资规模的扩大，城市面貌日新月异。从过去以幸福路、公园路、建设路、太平街、天乙街为中心的城市格局，扩展到了以幸福大道、迎宾大道、观景路、蒲阳干道为核心的新城市框架，从过去到处是破旧低洼的平房、瓦房发展到现在到处高楼林立，城市面貌发生了翻天覆地的变化。居住、文化、旅游、商贸和服务功能日趋完善。

特别是侯雄飞同志担任市委书记期间，创新提出以创建中国优秀旅游城市为目标，狠抓城市规划、建设和管理，塑造名城形象，使我市成为成都城市建设附中心。按照国家优秀旅游城市硬件标准，我市坚持"精、美、特"的思路，科学规划，高质量建设，规范化管理，重在改善城市生态环境，继续走好经营性开发的路子，逐步实施城区河道亮河边工程，做到旧城改造体现历史文化名城风貌；新区建设展现现代城市气息，集中力量抓好幸福大道开发建设，真正体现山、水、城、林、堰、桥融为一体的旅游城市特色，都江堰市步入中国优秀旅游城市的行列，并进而成功地申报了青城山—都江堰文化遗产。

蹚深水，过险滩，改革创新是破难题、补短板的金钥匙。新城市框架的形成，尤其是幸福大道作为城市主干道的建成，大大改善了城市格局和居民的居住条件，推动了房地产业、商业、服务业以及供水、供电、供气、通信等其他基础设施的大力发展，带动了全市土地的增值。

城市基础设施日臻完善

随着城市化进程的加快，建设规划体系日趋完善。

城建机构从无到有。20 世纪 70 年代末设立的灌县城乡建设委员会，只是县革委的一个内设机构。到 2008 年，我市已设置了建设局、规划局、房管局、环保局、城管局、风景园林局等。

建筑施工企业与日俱增。由 1978 年的 1 家发展到今天的 61 家，其中一级企业 1 家、二级企业 8 家；房地产企业从无到有发展到 2008 年的 71 家。2007 年，全市房地产开发投资完成额达到 26.74 亿元，商品房销售面积 79.1 万平方米。这一年，城乡居住环境得到整体提升，房地产业如雨后春笋般迅速兴起，年均增长 32.1%。

公用事业成绩斐然。到 2008 年，我市城区建成区面积 26 平方公里，城市绿化覆盖率达 37.5%。天然气主管道长 63 公里，

CNG 加气站 2 座，年末总供气量 4965 万立方米，天然气用户 8.52 万户；供水主管网长 600 千米，年末总供水量 1942 万吨。建成千伏输电线路 1012 千米，全社会用电量 15.58 亿千瓦时。污水处理厂和垃圾处理站各 1 处，生活污水集中处理率 60.48%，城区生活垃圾清运率达 95%。

旅游交通路网初具规模。2000 年 7 月 19 日，通往我市的第一条高速公路——成灌高速路建成通车，圆了都江堰人的高速梦。2006 年 7 月 30 日途经我市的都汶高速公路玉堂段，成青旅游快速通道和 S106 玉堂至青城山旅游示范路建成通车。

交通基础设施不断完善。1988—2008 年建市二十年间，全市新建了不少跨越河渠和大型公路桥梁，如青城大桥、沿江大桥、岷江 1 号桥、岷江 3 号桥、幸福大道蒲阳河桥、成灌高速道路崇土路跨线桥、亚细亚跨线桥等。这些大型公路桥梁的建成通车，使我市从过去以幸福路、公园路、建设路、太平街、天乙街为城市中心的格局，扩展到了以幸福大道（今都江堰大道）、迎宾大道、观景路、蒲阳干道为核心的新城市框架。

交通运输业迎来大发展

随着我市公路桥梁建设的大投入，公路建设里程的不断增加，通达长度的不断深入，技术等级的不断提高，都江堰运输业迎来了大发展，客运、公交、出租车实现了无缝衔接。特别是成灌公路的变化，体现了我市公路交通三十年的巨大变迁。20 世纪 80 年代中期对成灌公路进行了加宽改造，成为全省第一条高等级公路；2000 年又将成灌公路改造成为双向六车道的全封闭、全立交、全监控调整公路，成为全省第一条高等级高速公路。

构建灾后重建战略蓝图

2008 年 5 月 12 日 14 时 28 分，汶川发生里氏 8.0 级特大地震，都江堰市距离震中仅 11 公里，受灾严重。汶川特大地震造成都江堰市全域受灾，城区受到重创，共造成直接经济损失 536.65 亿元。公共基础设施严重受损，三产业遭受沉重打击，是极重灾区之一。

科学有序的规划，民心所向的政策，是都江堰创造这一系列"重建奇迹"的先决条件。经历了严重地震灾害的都江堰人，实行灾区群众安置与城市重建双管齐下，随即展开了与时间争先、重建美丽城市的行动。"要做对历史负责，能向世界交代的民心工程。"震后不久，都江堰决策层的誓言掷地有声。

都江堰市灾后恢复重建，半丝半缕，一砖一瓦，于细节于蓝图，也深深牵动了各位专家的心。震后仅两周，国家建设部组织 100 名规划专家进驻都江堰，成立规划、建筑技术、建筑结构、历史文化保护、基础设施、生态风景、岩土地质 7 个工作小组，分别前往都江堰受灾的各个乡镇了解情况，实地考察。

于是，"锁定成都平原第二中心城"成为都江堰灾后恢复重建在科学规划中有序起步的蓝本和基石。2008 年 9 月完成了《都江堰市灾后重建总体规划》。随后，城镇建设规划、城市灾后恢复重建修建性详细规划，城市教育、卫生、通讯、给排水、电网、天然气等公共设施重建规划，以及 20 个政府主导安居住房项目和 164 个城市居民（含商业）自建项目建筑设计方案等一系列规划相继出炉，为都江堰灾后恢复重建提供了翔实完善的依据和样本。

一个宜居的充满魅力的、旅游休闲的、文化创意和服务业高度发达的城市，最终成为都江堰在成都体系中的功能和定位。进而，上海同济大学建筑与城市规划学院院长、上海世博会总规划师吴志强提出按照统筹城乡发展的要求，运用"全域成都"的理念。在全球招标的基础上，《都江堰市灾后重建总体规划》由同济大学主持编制，这个总体规划进一步明确了都江堰城市发展定位、空间架构、组团布局和远景目标。

依照重建的战略蓝图，都江堰城市定位为：国际旅游目的地城市，灾后重建的典范城市。城乡空间架构为：以三山为依衬，岷江为轴心，七水为脉络，田园为基底，七射五环干路为骨架，扇形组团式进行布局。城市发展格局为：在老城区，通过恢复重建、改造提升，着力构建"一心五轴、五河十岸、显山露水"的城市格局。在城市新区，围绕打造现代生态天府水乡，建设配套一流、功能完善、生态环保的"绿色"新城。

按照灾后重建规划，我市及时梳理出 534 个灾后重建项目，涵盖了旅游、文化、农业、工业、交通、城建等领域，投资达1000 多亿元。

恢复重建灌县古城

灌县古城区拥有丰富的历史文化沉淀，水利府、古县衙、松茂古道等独特文化脉络非常清晰，西街、南街、北街等街巷肌理、水系遗迹保存完好，修旧如旧的风貌改造也让多元文化元素完好保留。专家的规划为这片已有2000多年文化历史的热土赋予了更加丰富的产业意义——"古城＋古堰"。两大独特文化符号的复合，给这个城市带来了意想不到的变化。

改造、传承、完善、提升，是整个古城区恢复重建的核心价值所在。在老灌县的城市构架下，都江堰市对西街、黎园巷、贵州巷等历史文化街区进行保护性改造，对具有 100 年以上明清建筑元素的建筑予以保留，同时复原城墙、城门、历史桥梁和历史街巷，再现古色古香历史韵味；对二王庙古建筑群实施修复重建，扩建清溪园，恢复具有历史文化特色和价值的文庙公园、水利府、古县衙等文物文化古迹，凸显都江堰景区历史文化遗产底蕴。

2009 年 9 月，在报请市、省和中央同意后，我市将古城区恢复重建列入灾后恢复重建重点项目，正式启动古城区改造。2010 年 12 月，雄伟大气的仿古城楼"宣化门"在新城区与古城区的分界线上拔地而起，北门和西门两座古城楼也相继上马。一系列历史节点修复和景观节点改造由此全面展开，估计总投资超过 28 亿元。

配套设施的提档升级，也成为都江堰旅游品质提升的关键词。都江堰市城市重建办一位负责人曾明确说：在保护历史文化遗产风貌的前提下，都江堰市加大投入力度，将传统建筑风格与现代化功能配套进行融合。2009 年初，幸福社区荷花池片区开工重建，标志着都江堰城区住房重建进入全面实施阶段。2011 年 5 月 12 日前，崭新的都江堰古城区将全面完成恢复重建，完美亮相。

大灾后的凤凰涅槃

因"5·12"地震灾害，都江堰城区基础设施、工业与民用建筑、园林绿化设施等都遭到严重毁损。其中，城市老城区（一环路之内）95% 以上房屋受损，垮塌严重竟达到 50% 以上。老城区范围内代表都江堰市历史文化和城市风貌的各处建筑古迹受损严重；历史文化保护街区西街、南街、宝瓶巷等建筑普遍成为危房，水利府、懋功寺等古建筑垮塌，灵岩寺、清真寺、奎光塔严重受损；全市景区基础设施、城市公园、园林绿化等严重毁损。

大灾之后，百废待兴；灾后重建，规划为先。

"5·12"特大地震发生当月，成都市规划局与都江堰市政府公开向中外规划设计机构征集"都江堰市灾后重建规划方案"。重建规划最终定由上海同济大学主持编制，并于8月份正式对外公开。

重建后的都江堰，有着"国际旅游目的地城市""灾后重建典范城市"的雄心。"我们要把都江堰打造成绿色城市，凸显'天府水乡'的亲水性，既现代又生态，成为一座'不用空调的城市'。"时任都江堰市规划局副局长、总工程师陈捷这样说过。

方位决定方向，视野决定未来。有大格局者，方有大作为。善谋长远者，必有"长线放远鹞"的眼量；善谋全局者，必有"取优而立"的襟怀。我市用统筹城乡的规划、思路和办法，把统筹推进"三个集中"作为根本方法，在灾后重建中联动推进新型工业化、新型城镇化、农业现代化，形成"一体两翼三带"的城市新格局。

根据规划方案，都江堰城市空间布局、功能布局的优化令人眼前一亮：

作为一座以世界文化遗产为特色的国际性旅游休闲城市、国家园林城市、国家历史文化名城，都江堰今后将形成"三心""七片"（即老城旅游服务中心、地铁站交通枢纽中心、新区公共服务中心和老城片区、环城片区、玉堂片区、天府源公园片区、聚源片区、乡村休闲北片区和乡村休闲南片区）。重建后的都江堰城市整体景观将呈现出"显山、亮水、秀城、融绿"效果，以山为依衬、水为脉络、田为基底、路为骨架，形成"一心五轴、五河十岸、山城共融、显山露水"的格局与美景。

围绕显山亮水的城市形态，新规划对城市的功能进行了优化，明确地提出了"七片"，每个片区的功能定位各不相同、互为补充。为了"显山"，规划对旧城区的建筑物高度进行了控制，老城区、一环路内、滨河社区、临水一侧的建筑物高度都为低层，建筑高低错落形成变化。为了"亮水"，规划中提出打造"五河十岸"的美景，赋予老城区五条水系浓厚的历史风情，建设具有特色的滨河空间历史文化"走廊"。为了"秀城"，进一步恢复历史文化街区，对城区建筑物外墙风貌进行严格要求，城市建筑物依然是川西民居风格，灰墙白瓦、斜坡顶。为了"融绿"，加紧修编《城市绿地系统规划》《城市防灾避险规划》，使城区园林绿地系统更加完善，防灾避险功能得到增强，城市建筑物立体绿化、主要道路拆墙透绿逐步实施。

当时，很多人都希望"快"字当头，期盼把该建的房子尽快盖起来，让灾区的生产生活恢复到震前的水平。但是，这种做法，解得了近渴，但可能造成长期的遗憾。

为此，我市及时制定了灾后恢复重建的指导思想。那就是：坚持以人为本、尊重自然、统筹兼顾、自力更生、科学重建。坚持灾后重建与试验区建设相结合，家园重建与经济社会发展相结合，物质家园建设与精神家园建设相结合，政府推动与群众自救、市场运作、社会参与相结合。注重省地节能环保，注重防灾减灾和建设质量，注重保护传统民居特色。

"十万居民住板房、十万家庭建住房、十万大军搞建设、千栋危房需拆除、千个项目在施工"，这是当年灾后重建的壮观画面。

灾后重建过程中，面临异常艰巨复杂的重建任务，我市在党中央、国务院及四川省委、省政府和成都市委、市政府的坚强领导下,在上海及全国人民的倾情援助和关心支持下,按照中央"都江堰灾后重建要走在全省前列"的指示精神,围绕"把都江堰建设成为灾后重建的样板和成都统筹城乡综合配套改革试验区的示范"的目标,坚持用统筹城乡的思路和办法推进科学重建科学发展,取得了重大胜利。

——"五横五纵一轨"路网体系基本形成。2008年5月,成都灾后首个基础设施重建工程——成灌城际铁路谋动,同年11月4日开建,2010年1月26日全线轨道铺设完毕。2010年3月1日,开始全线联调联试;4月1日,开始全线试运行;5月1日,正式开通运行。"十一五"期间(2006—2010),我市交通建设跨越发展,相继建成沙西线、成青线、彭青线、聚青线等一批骨干道路,IT大道都江堰段、成灌路延伸段改造等重点交通项目加快推进,道路建设超过中华人民共和国成立以来至2005年的道路建设总里程,到达1047.744公里,使我市顺利融入"成都半小时经济圈"。

——市政基础设施更加完善。城市20万吨自来水厂等市政设施项目建成并投入使用,蒲阳220KV和玉堂110KV变电站加快建设,全域覆盖的水、电、气、路、讯、光纤等基础设施更加完善。

——公共设施实现根本性改变。在公共设施重建中,按三级甲等硬件设施修建的市医疗中心建成并投入使用,市中医院、妇幼保健院和计划生育服务机构重建全面竣工,51所学校重建于2009年9月1日前全面完成,26所乡镇卫生院、155个村级卫生服务站重建全面完成。

——城乡住房建设快速推进。6万多户农村住房全面建成,重点推进政府主导的340万平方米安居房、廉租房和公共建设配套用房。同步实施了安置点道路、排污、街灯、消防和绿化等市政配套设施建设；规划的 141 个城区居民自建点位陆续建成竣工。

因为肩负历史使命和时代责任，都江堰出色地完成了"不可能完成的任务"。然而，正是因为身系 33980 户受灾群众的重托和希望，城镇住房重建的"都江堰答卷"精彩纷呈。抽样调查显示，都江堰群众对城镇住房重建工作的满意度超过 98%。

在城镇住房重建中，融入援建市上海的建筑风貌和当地特色，是都江堰灾后城镇住房重建的一大亮点。

"壹街区"是上海市对口支援都江堰市灾后重建第一个功能完整的街区建设项目，社区内环境优美、交通便捷、功能完善，是一个集川西风貌、上海风情于一体的综合性城区。按照"一街区、一家人"的理念，"壹街区"的设计规划融入上海元素，条条小巷纵横交错，住房建设相对集中，建筑风貌体现上海特有的"弄堂"风情。为了提升都江堰城区的可持续发展力，"壹街区"建设项目通过对口援建、联建等共同参与重建的新模式，形成功能提升的"新市镇"城市发展机制。

江水川流，巍巍古堰岿然不动。面对异常艰巨复杂的灾后重建任务，市委、市政府按照党中央、国务院确定的"三年重建任务两年基本完成"的总体要求，全面展开灾后重建工作。截至 2010 年 8 月底，1031 个灾后重建项目开工 1028 个，完工 843 个，累计完成投资 340.3 元，占总投资计划的 85.5%。在灾后重建的推动下，全市经济得到了持续发展的动力，2009 年底，市域经济全面超过了灾前水平，被四川省评为"县域经济先进县（市）"。特别是在城乡住房、基础设施、公共设施、城镇体系等重建方面取得了重大成效，被誉为地震灾后重建的"都江堰模式"。

通过三年努力，使城镇受灾群众住上符合国家居住规划设计标准、安全可靠、经济适用、功能齐全、设施配套、环境优化的永久性住房,实现家家有房住的目标。通过重建,初步建成国际度假旅游城市,科学重建、科学发展的示范城市。

"从崛起危难到全面振兴"的重建轨迹,"从悲壮走向豪迈"的非凡历程,都江堰市谱写出了铿锵激越的抗震救灾和灾后重建交响曲。重建后的都江堰是一个城乡环境优美、城市功能完善、产业特色鲜明的国际旅游城市;是一个现代农村与现代城市和谐相融、历史文化与现代文明交相辉映的崭新城市。

历史总是踏着泥泞和坎坷而履新。而今,回望整个都江堰城市发展的每一步,不禁感慨万千。撤县建市三十年,从玉垒山麓到青城山脚,作为川西平原交通枢纽,都江堰这片大地上城市建设的步伐一刻不停步。

如今,走在都江堰市的城区和农村,已经基本看不到地震所带来破坏,取而代之的是一排排崭新整齐的楼房、一条条笔直干净的街道和遍地的鲜花绿植。地震带给大地和人心的伤痛,随着时间的推移以及生活的继续,早已慢慢淡去,这个千疮百孔的千年古城实现了涅槃中的绚丽重生。

事实证明,重建后的都江堰,沿成灌发展带对接大成都,成为以世界遗产为特色的国际性旅游休闲城市、国家历史文化名城、成都平原次中心城市和灾后重建的典范城市。

为此,市委、市政府及时总结了都江堰灾后重建的成功经验,提出了灾后重建"都江堰模式"的内涵和本质:"规划引领重建""城乡统筹重建""机制创新重建""多方参与重建"以及"科学发展重建"。

结束语

回顾撤县建市三十年、灾后重建十周年的辉煌成就,我们心怀喜悦、倍感自豪；回味撤县建市三十年、灾后重建十年的奋斗历程，我们心存感激，倍感欣慰。

都江堰，这是一座书写着历史和传奇的城市，这是一座奔腾着生机和希望的城市。2012年底以来，在党的十八大精神指引下，都江堰市深入实施"五大兴市战略"，坚持"四大兴旅"理念，国际旅游城市建设全面提速。

新时代开启新航程，新时代肩负新使命。伴随国际生态旅游名城建设全面提速，在都江堰这片产生奇迹和梦想的土地上，在全面贯彻十九大精神、奋力开启新时代的今天，我市上下正高举习近平新时代中国特色社会主义思想伟大旗帜，围绕成都市委"五大兴市战略"部署和"四大兴旅"战略要求，瞄准"美丽都江堰、幸福都江堰、国际都江堰、创新都江堰"新目标，朝着建设一座城乡一体化、全面现代化、生态田园化、充分国际化，宜人、宜居、宜业、宜游的国际生态旅游名城的宏伟目标强势起飞。

国宝乐在青山中
——都江堰市熊猫乐园巡礼

宋正刚

　　大熊猫是全世界人民最爱的"萌宠"。你看它可爱的样子：体色为黑白两色，圆圆的脸颊，大大的黑眼圈，胖嘟嘟的身体，标志性的"内八字"行走方式，还有解剖刀般锋利的爪子。据研究，大熊猫已在地球上生存了至少800万年，被誉为"活化石"和"中国国宝"，是世界生物多样性保护的旗舰物种，同时也是世界自然基金会的形象大使，据第三次全国大熊猫野外种群调查，全世界野生大熊猫不足1600只，属于中国国家一级保护动物。大熊猫最初是吃肉的，经过进化，99%的食物都是竹子了，但牙齿和消化道还保持原样，仍然划分为食肉目，发怒时危险性堪比其他熊种。野外大熊猫的寿命为18~20岁，圈养状态下可以超过30岁。大熊猫是中国特有种属，现存的主要栖息地是中国四川、陕西和甘肃的山区。

　　有"天府源头"之称的都江堰市是大熊猫的故乡，有着得天独厚的自然环境，这里正位于岷山山系与邛崃山系的交汇区，处在大熊猫现代自然分布狭长条状弧形带的中段，是大熊猫交配的"天然走廊"，千百年来一直都是大熊猫的乐土，堪称一座名副其实的熊猫乐园。2006年，青城山—都江堰被确定为世界自然遗产——四川大熊猫栖息地的组成部分。

缘来已久

都江堰与大熊猫的渊源已久。早在 1953 年，一只野外大熊猫在都江堰市玉堂镇被发现，并救护至成都动物园斧头山饲养场（今成都大熊猫繁育研究基地），该熊猫亦为中华人民共和国成立后第一只被救护的活体大熊猫，开启了我国野外大熊猫救护之路。1989 年 6 月，一只大熊猫在龙池镇南岳社区 6 组被营救，送到了成都动物园救治，并在那里颐养天年。位于都江堰市龙池镇的熊猫保护实验站也是中国第一个熊猫实验站，曾多次观测到野生大熊猫出入踪迹。

2000 年，一只饥饿的野生大熊猫闯进本地农户家中，恰逢都江堰市申遗年，因而被命名为"遗宝"，是都江堰、青城山申报世界文化双遗产的形象代言。

2005 年 7 月 16 日，有记载以来唯一进城的野外大熊猫"盛林 1 号"在都江堰市区内引起众人围观，其救护、放归和监测都引起了世界上的高度关注，也开启了我国野化放归监测之路，在大熊猫保护史上具有里程碑式的意义，都江堰市也因此被誉为"熊猫家园"。

2012 年 4 月 17 日，龙池保护站附近发现一名生病的高龄野生大熊猫，成功救助后命名为"龙龙"，这是都江堰市自 1953 年来在野外救助的第 6 只野生大熊猫。

2012 年 12 月 26 日，都江堰市大观镇茶坪 1 组又再次发现一只成年大熊猫，检查其健康状况良好，就近放归；同时也开启了我国大熊猫野化放归研究之路，在大熊猫保护史上具有重要里程碑式的意义，都江堰也因此被誉为"熊猫乐园"。

2016 年，电影《功夫熊猫 3》在都江堰市取景拍摄，更让

"拜水都江堰，问道青城山，寻宝大熊猫"成为全球游客对都江堰市的美好向往。2017 年，《大熊猫国家公园体制试点方案》印发，都江堰市又荣膺最佳选址地。近年来，中国大熊猫保护研究中心都江堰基地、成都大熊猫繁育研究基地都江堰繁育野放研究中心（熊猫谷）两个熊猫基地的相继开放，使全球各地的游客都能有机会与国宝亲密接触，都江堰因此成了全球看熊猫最集中的城市之一。

申遗之路

青城山是中国道教的发源地之一，属于道教名山。建福宫，始建于唐代，规模颇大。天然图画坊，是清光绪年间建造的一座阁。天师洞，洞中有"天师"张陵及其三十代孙"虚靖天师"像。现存殿宇建于清末，规模宏伟，雕刻精细，并有不少珍贵文物和古树。

建于公元前 3 世纪、位于四川成都平原西部的岷江上的都江堰，是中国战国时期秦国蜀郡太守李冰及其子率众修建的一座大型水利工程，是全世界至今为止年代最久、唯一留存、以无坝引水为特征的宏大水利工程。2200 多年来，至今仍发挥巨大效益，李冰治水，功在当代，利在千秋，不愧为文明世界的伟大杰作、造福人民的伟大水利工程。

"青城山—都江堰"于 2000 年 11 月 29 日在澳大利亚凯恩斯市召开的联合国第 24 届世界遗产委员会上，通过并列入《世界文化遗产名录》。

2006 年 7 月 12 日，联合国第 30 届世界遗产大会在立陶宛首都维尔纽斯召开。正式审议通过了我国申报的"四川大熊猫栖息地"为世界自然遗产。从此，"四川大熊猫栖息地"列入《世界遗产名录》，这也标志着该区域范围内的成都市青城山—都江堰、西岭雪山、鸡冠山—九龙沟和天台山4个风景名胜区同时被列为"四川大熊猫栖息地"世界自然遗产。

四川大熊猫栖息地是保护国际（CI）选定的全球25个生物多样性热点地区之一。从某种意义上来讲，它可以说是一个"活的博物馆"，这里有高等植物一万多种，还有大熊猫、金丝猴、羚牛等独有的珍稀物种。此外，美国和英国等国家的学者很早就开始对邛崃山系的生物进行研究，并到实地搜集有关信息，这里一直是全世界都很知名的生物多样性地区。

四川大熊猫栖息地列入世界自然遗产，大熊猫栖息地涉及成都、雅安、阿坝、甘孜4市（州）的12个县（市）的2个自然保护区和9个风景名胜区，面积9245平方公里，青城山—都江堰景区作为18个单元之一列入其中，这也标志着青城山—都江堰单元同时被列为"四川大熊猫栖息地"世界自然遗产。

四川大熊猫栖息地不仅是地球历史与地质特征研究的典型区域，是陆地、海洋生态系统和动植物演化的典型区域，是自然景观和美学景观集中的区域，更是生物多样性与特有物种栖息地的全球性典型代表。

然而，四川大熊猫栖息地的申报之路却不平坦。

1989年，四川大熊猫栖息地曾尝试申报世界自然遗产，但因经验不足、资料准备不充分未能进入申报程序。2001年，四川省再次启动该项目。2004年，中国政府正式向联合国申报四川大熊猫栖息地世界自然遗产项目。2005年在南非德班举行的第29届世界遗产大会上，四川大熊猫栖息地正式被列为2006年第30届世界遗产大会中国唯一的自然遗产审议项目。

终于，2006年7月12日，青城山—都江堰终于成了名副其实的拥有世界文化遗产和世界自然遗产的"双遗产"地。

值得一提的是，青城山—都江堰地处邛崃山脉和岷山山脉的结合部，形成了大熊猫邛崃山系和岷山山系两大种群基因交流和繁衍的天然走廊，拥有全球大熊猫的最大种群。

其中，青城山地处青藏高原与成都平原的过渡带，保存了时间同纬度带和横断山脉北段原始森林生态系统发育层，形成了国内生物的多样性和特有珍稀物种最丰富的地区之一。同时，这里受优越地理条件和悠久文化的影响，有着优美的自然景观和丰厚的人文遗存，具有很高的自然美学价值，集生态环境、时间遗产保护、科学研究、科普教育、生态旅游等功能于一体，是环境优美、生态良好、人与自然和谐相处的生态示范区。

从某种意义上来讲，四川大熊猫栖息地可以说是一个"活的博物馆"，这里有高等植物一万多种，还有大熊猫、金丝猴、羚牛等独有的珍稀物种，这里一直是全世界都很知名的生物多样性地区。而大熊猫栖息地申遗成功，实质上就是按照国际规则为大熊猫的家园增加了一道坚固的安全防线！

熊猫保护

说都江堰市是熊猫生活的乐园，一点儿也不夸张。1997年，都江堰市西北部建立了310平方公里面积的四川龙溪—虹口国家级自然保护区。2006年又将青城山、赵公山等约195平方公里面积列入了四川大熊猫栖息地。到2018年，都江堰市有622平方公里面积属于纯自然保护区域，占全市面积的一半以上。

龙溪—虹口自然保护区与青城山隔江相望，是以保护大熊猫、金丝猴、羚牛、珙桐、连香树等濒危野生动植物及其栖息地的森林和野生动物类型自然保护区，是全国67个大熊猫保护区之一和成都市2个国家级保护区之一。位于大熊猫现代自然分布区狭长条状弧形带的中段，是岷山山系大熊猫 B 种群最大的栖息地，直接联系着岷山山系和邛崃山系两个世界最大的大熊猫野生种群，是大熊猫生存和繁衍的关键区域和"天然走廊"。根据全国第四次大熊猫调查结果显示有大熊猫 10 只（全市大熊猫 14 只），占都江堰市全部野生大熊猫总数的 71.4%。大熊猫繁衍生息情况良好，栖息地状况逐年改善。

自建市以来，我市紧紧围绕生态建设和大熊猫保护工作，采取了多个方面的措施确保大熊猫及其栖息地得到有效保护和发展。

一是大力实施生态恢复，维护大熊猫栖息地完整。实施了生态恢复工程，在区内人工造林、封山育林，修复大熊猫栖息地。

二是加强资源保护，确保大熊猫等野生动植物及生态系统安全。采取专项监测与日常巡护相结合，每年在重要时段和重要区域开展以武装巡护为主的专项森林资源保护行动，打击破坏资源的不法行为。同时，加强与社区乡镇和相关部门沟通衔接，与社区乡镇和有关单位形成了资源保护联动机制，野生动植物资源得到有效保护和恢复性增长。

三是强化科研监测，掌握大熊猫等珍稀物种动态状况。主要开展了大熊猫"盛林 1 号"监测、大熊猫栖息地生物多样性监测、"大熊猫个体迁徙调查""金丝猴专项调查研究""扭角羚专项调查研究""本地特色资源植物利用研究"、大熊猫栖息地植被带群落信息调查、全国大熊猫第四次调查等科研监测工作。监测到大熊猫、金丝猴、扭角羚等国家重点保护动物大量的野外生活影像，收集掌握了大量动植物保护基础数据。2009 年 5 月 20 日，在监测中首次拍摄到野外大熊猫活动照片；2013 年 9 月 27 日，红外线相机首次拍摄到大熊猫野外取食和标记领地视频，被中央电视台、四川电视台、深圳卫视、黑龙江卫视等多家媒体报道；2015年10月5日拍摄到大熊猫母子野外取水视频，11月7日被央视等多家媒体报道。通过开展科研监测及时掌握了大熊猫等野生动植物及其森林生态系统的资源状况与变化趋势，为保护管理工作提供了科学数据与技术支撑。

四是大力开展宣传教育，共建生态文明社区。保护区从正式启动以来，强调以人为本传播生态文明理念的管理理念，强化宣传教育。通过举办"都江堰市生态文明保护建设知识竞赛""美丽都江堰·让鸟儿自由飞翔""保护生态环境、关爱山川河流"等专题宣传活动，组织编印《都江堰市生物多样性小丛书》之《多彩的植物》《极限穿越》画册，推动建立虹口联合村大熊猫保护小区建设等进行自然保护知识和野生动植物保护的法律法规讲解和宣传，传播生态文明理念，不断提高社区群众自然保护意识，积极营造群众参与自然保护的良好氛围，推动共建生态文明社区。

我市一贯坚持经济社会发展和生态环境建设同步，大力推动生态文明建设，实施"退耕还林、天然林保护、自然保护区建设"三大生态工程，在全国率先制定和实施了县域生物多样性保护策略与行动计划、遗产地保护规划等重要举措的同时，深入实施大熊猫及其栖息地保护工程，加强了大熊猫就地保护和迁地保护工作。形成了完善的迁地保护与就地保护和回归自然的大熊猫保护、繁育研究体系，推动了大熊猫等濒危物种保护研究迈上新台阶。

两个熊猫基地

中国大熊猫保护研究中心都江堰基地（又名"熊猫乐园"）位于都江堰市青城山镇石桥村，占地约760亩，项目建筑面积约

12400平方米，总投资约2.3亿元，由香港特区政府援建。主要由大熊猫疾病防控研究区、救护隔离检疫区、康复训练区、公众教育区、办公后勤区和自然景观区等7个功能区组成，修建有监护兽舍、大熊猫疾病防控研究中心、兽医院、办公楼、科研教育中心、大熊猫食品制作及竹子堆放用房、30套大熊猫兽舍、饲养管理用房等主要建筑，能满足40只大熊猫的救护、疗养、饲养管理需要，是国内首个大熊猫救护与疾病防控研究的专门机构和科普教育基地。到2018年，入驻大熊猫数量已达30只、红熊猫4只。特别是成功举办了2014年1月大熊猫"云子"从美国回家欢迎活动，2月大熊猫"星徽""好好"赴比利时欢送活动，5月大熊猫"福娃""凤仪"赴马来西亚启程仪式，2016年10月大熊猫保护国际会议并通过《大熊猫保护国际会议都江堰共识》等具有重大政治影响的国际合作交流活动。未来出国访问的大熊猫都将从"熊猫乐园"送出去。现有的基地绿树成荫，翠竹葱茏，鸟语花香，空气清新。"熊猫乐园"的建设按照国家绿色三星标准设计，建筑与自然环境巧妙融合，为大熊猫创造了一个良好的生活环境。

成都大熊猫繁育研究基地都江堰繁育野放研究中心（又名"熊猫谷"）是成都大熊猫繁育研究基地的一个分支机构。位于我市玉堂镇，主要致力于大熊猫野放研究，搭建大熊猫回归之路，打造高端的大熊猫示范教育基地。自1953年救护中华人民共和国成立后第一只活体大熊猫以来，事隔50多年后，在玉堂镇建立野放研究基地，从救护、人工繁育到野化放归，在大熊猫保护研究史上具有里程碑式的意义。"野放中心"于2010年5月正式开工建设。该项目由成都熊猫基地与都江堰政府共同出资建设，成都熊猫基地为第一业主，龙溪—虹口国家级自然保护区为第二业主。"野放中心"将成为连接迁地保护与就地保护的桥梁。

野放中心第一期建设工程占地 2004 亩，建设用地 134 亩，租用林地 1870 亩。项目总投资接近 1 亿，修建成年大熊猫兽舍 3 栋、工作站 1 栋、大门、停车场、部分道路与河堤，还有给排水、强弱电等基础设施。2011 年 12 月底完成第一期建设，2012 年 1 月试验性进驻大熊猫。

2012 年 1 月 11 日野放中心投入使用以来，主要承担着大熊猫野化放归培训、大熊猫及伴生动物饲养管理、高端科普教育及教育旅游等任务。2018 年野放中心拥有 3 栋功能齐备的大熊猫适应性生态兽舍和 1 个半野化过渡训练区，共饲养大熊猫 15 只，其中有 6 只亚成年大熊猫幼仔正在接受野化培训。占地 100 亩的半野化过渡训练区为国内首个实现了全天候、多角度监控的大熊猫野化培训场地。其记录的影像资料对于野化培训的深入开展具有重要的科学价值。

野放中心于 2015 年 4 月 20 日正式对游客售票开放，到 2018 年为止共接待游客 10 万余人次。现在能够为游客提供基本的服务保障，园区环境卫生优良，空气清新，服务优质，游客满意度较高。另外，在此野化训练的大熊猫生长良好，且非常健康。野化训练也取得初步成果，前景可期。

总体规划方面，野放中心以保持原始自然生态、一次性规划、分步实施建设为原则。今后的二、三期建设计划扩展至 8 平方公里，总投资将达到 30 个亿。"野放中心"完全建成后，可放养 30～40 只大熊猫，50～100 头（只）小熊猫等伴生野生动物。其中，第二期规划占地 4000 亩左右，有学术交流中心、繁殖兽舍、青少年生态教育体验村、多功能电影院、科研室、观察站等设施。全部项目建设完成后，可以承担科学研究、保护教育、教育旅游等任务，具备日接待 2000 人次的能力。第三期计划占地 8000 亩，建设 3 个大型野化训练场、露营区、动植物保护研究室以及生态保护科普教育设施等。三期完成后，能够完全保证科研、科普、教育旅游的正常开展，能够承载 10000 人次的日接待能力。

未来，这里还将建成大熊猫国际生态主题度假区，使全球各地的游客都有机会与大熊猫亲密接触，都江堰市将是熊猫的乐园、人与熊猫最亲近的城市。

对外交流

熊猫外交由来已久，中国的熊猫外交最早可追溯至唐朝，据说，早在公元 685 年，武则天就曾将大熊猫赠予日本天皇。

大熊猫真正作为最高规格国礼始于 1941 年，宋美龄向美国赠送一对大熊猫以示对其救济中国难民的谢意，这是中国现代历史上首次"熊猫外交"。

都江堰市的"熊猫外交官"也不少。2014 年 1 月大熊猫"云子"从美国回到都江堰熊猫乐园，2014 年 2 月大熊猫"星徽""好好"又远赴比利时，2014 年 5 月大熊猫"福娃""凤仪"赴马来西亚启程仪式等具有重大政治影响的国际合作交流活动。2017 年 11 月，从马来西亚回到家乡的"暖暖"也是一个响当当的网红。

2018 年 1 月 17 日，中国大熊猫保护研究中心都江堰基地内的大熊猫"华豹""金宝宝"从基地出发，启程前往芬兰。此次中国和芬兰将开展为期 15 年的大熊猫科研合作，这也是中国大熊猫首次旅居芬兰。大熊猫"华豹"为雄性，谱系号 867，2013 年 7 月 10 日出生于中国大熊猫保护研究中心雅安碧峰峡基地，父亲"园园"，母亲"茜茜"。"华豹"外形健壮，性格活泼，喜欢爬树。"华豹"当时体重 110 公斤。大熊猫"金宝宝"为雌性，谱系号941，2014年9月20日出生于中国大熊猫保护研究中心雅安碧峰峡基地，父亲"香格"，母亲"壮妹"。"金宝宝"外形俊俏，性格"呆萌"，喜欢搞"破坏"。"金宝宝"当时体重105公斤。

此事引起了国内外媒体的广泛关注，在接受采访时，饲养员黄山说："两只大熊猫身体健康，活力很好，也许是预感到要离开中国了，所以隔离检疫期间每天都特别能吃，体重增长很快，我们都尽量在控制它们的体重。"背靠青城山，"华豹"和"金宝宝"努力在这片青山绿水的环境中吃成"大胖子"，也许就是为芬兰人民带去特别的"都江堰式"问候吧！

17日一大早，芬兰驻华大使加诺·斯里拉、艾赫泰里市动物园董事会主席利斯通·哈佑、艾赫泰里市动物园董事会主席米科·萨沃拉来到"华豹"和"金宝宝"的圈舍看望两只大熊猫，并在工作人员的指导下开展饲喂工作。

芬兰驻华大使加诺·斯里拉向国家林业局保护司副司长、中国大熊猫保护研究中心党委书记张志忠颁发了大熊猫"华豹""金宝宝"赴芬兰签证，表达芬兰对大熊猫的欢迎。中国大熊猫保护研究中心党委副书记、常务副主任张和民向芬兰艾赫泰里动物园移交了两只大熊猫的掌印，表达对两只大熊猫的不舍和祝福。

都江堰市人民政府副市长董健赠送了一幅熊猫画卷给艾赫泰里市市长加墨·佩里迈基，祝愿两只大熊猫充分发挥"和平使者"的魅力，架起都江堰市和艾赫泰里市友好交流的桥梁。

据悉，大熊猫"华豹""金宝宝"将入住芬兰艾赫泰里动物园，该动物园位于首都赫尔辛基北部300多公里，占地60公顷，气候与四川大熊猫栖息地相似，是芬兰面积最大的野生动物园。为迎接大熊猫到来，芬兰艾赫泰里动物园建造了造价820万欧元的大熊猫馆。大熊猫馆由澳大利亚著名设计师设计，设计理念是为大熊猫提供接近野外栖息地的环境。熊猫馆占地近6000平方米，分为大熊猫生活区和游客游览展示区两大功能区。

值得一提的是，此次"华豹""金宝宝"的运输笼是从比利时运送过来的。这已不是都江堰市第一次作为"娘家人"送大熊猫出国了，2014年2月，大熊猫"星徽""好好"乘专机从都江堰市赴比利时，受到首相迪吕波和比利时人民的热烈欢迎。

而近四年后的今天，曾经运送"星徽""好好"的这两个笼子作为都江堰市大熊猫国际科研合作的接力棒，又回到了都江堰市，继续搭载"华豹""金宝宝"，为芬兰人民送去珍贵的友谊之宝。

除此之外，2016年3月，大熊猫"园欣""华妮"也带着150公斤"口粮"从都江堰市赴韩国旅居，入住韩国人民特意为它们建造的"豪宅"。

2016年底，大熊猫保护国际会议在都江堰市召开，来自全球70余家大熊猫行业机构及国际组织的130余名相关负责人、专家、代表齐聚都江堰市，通过了《大熊猫保护国际会议都江堰共识》。

中国大熊猫保护研究中心都江堰基地已经成为开展大熊猫国内外科研合作交流的重要平台，迄2018年，已经与美国、英国、奥地利、澳大利亚、日本、泰国、新加坡、马来西亚、比利时、韩国、荷兰、印度尼西亚、芬兰13个国家15个动物园建立了大熊猫科研合作关系。据都江堰市有关负责人介绍，大熊猫不仅将各国的友谊带回都江堰市，也为世界各国带去都江堰市的问候，"大熊猫文化之都"都江堰市日益走向世界，为建设国际生态旅游名城、助力成都建设西部对外交往中心添上最活泼可爱的一笔。

熊猫文化

提到都江堰这座城市，你能想到什么？都江堰水利工程，道教发源地青城山。除了水文化、道文化，相信你还能想到这座城市丰厚的熊猫文化！

大熊猫是万众瞩目的"大明星"，其衍生出的产品也不少，从香烟、纪念币、电视机，到气势磅礴的发电站，熊猫元素已在不知不觉中，融入我们的日常生活。熊猫牌香烟诞生于 1956 年，是世界上最优质的香烟之一（温馨提示：吸烟有害健康）。熊猫电视被誉为"中国电子工业的摇篮"，是一个不断创新的民族品牌和一代国人的历史记忆。1982 年首发的熊猫币，是我国金银纪念币的代表性产品，也是世界六大投资币之一。熊猫烟花被誉为"中国翘楚，享誉全球"，曾在北京奥运会、上海世博会、广州亚运会等国际重大活动中大放异彩。而全球首座大熊猫造型的光伏发电站，也在山西大同正式投入运营引起海外广泛关注。在野生动物界，大熊猫已确立了自己的"江湖地位"，还"占领"了中国野生动物保护协会的会徽。

在国际舞台上，大熊猫被视为代表中国的"超级 IP"，世界自然基金会（WWF）标志原型来自于大熊猫"琦琦"。"熊猫快餐"近年来已在欧美国家遍地开花，全球分店近 2000 家，是全球最大的中餐连锁品牌。美国大片《功夫熊猫》已是全球影迷的萌宠，向世界展现了中国文化的魅力，功夫熊猫的原型就生活在都江堰市熊猫谷。由美国迪士尼出品的《熊猫回家路》讲述了一个小男孩帮助熊猫与母亲团圆的感人故事。这部由中、美、英三国联合拍摄的纪录片讲述了大熊猫家庭暖心成长与生命轮回的故事。

要说都江堰的熊猫文化，你到这座城市逛逛就知道了！近两年举办的"都来 Show—熊猫创意大巡游"，南桥广场经常举行的熊猫快闪，还有穿梭于城市中间的熊猫出租车、公交车，都透露着都江堰市浓浓的熊猫文化。

值得一提的是，由都江堰火车头科技有限公司创立的"巴布熊猫"形象正风靡世界。"巴布熊猫"是一个呆萌、乐天、爱玩、好奇心重、喜欢搞怪的动漫形象。在熊猫已有的公众知名度和喜爱度上进行动漫品牌设计，不仅体现出熊猫的可爱神态，而且加入了时尚、有趣、有特色的新元素。让巴布熊猫成为儿童成长路上的好伙伴，给他们传递更多的爱与快乐。2018 年起，"巴布熊猫"形象已亮相日本东京动漫节、香港国际影视展、第三次二十国集团（G20）财长和央行行长会议、首届珠海国际动漫节等国际性活动，而雅致文创等一大批本土文化企业也致力于以熊猫为题材的旅游文化产品开发。

三十年风雨路一曲奋进歌
——四川省都江堰经济技术开发区发展历程纪实

南 风

项目大建设，产业大调整，平台大优化，城乡大变脸。建市三十年来，四川省都江堰经济技术开发区坚持高层次规划、高水准建设、高效能管理。园区总规划面积 20 平方公里，一期 6.67 平方公里开发建设已完成，入驻企业 200 余家。区内水、电、气、道路、排污、光纤及通信等基础设施一应俱全、合理完善，引进发展机电、医药、食品及软件信息四大产业，区域活力及竞争力不断增强，走过了一段艰辛而辉煌的发展历程。

提出建经济开发区，走工业富市的道路

建市后的首要任务是以改革总揽全局，发展商品经济，开创经济建设新局面。

为此，市委及时提出：以新的经济开发区为突破口。从我市的实际出发，以城区为重点，以新的经济开发区为突破口，带动和促进全市经济的发展。立足于发展经济增加积累。都江堰市是内地旅游区，主要接待国内游客，消费水平较低，旅游直接收入不多，必须立足于发展经济增加积累，走工业富市的道路。

思路决定出路。这就形成了建市之初总的指导思想：以旅游为引导、农业为基础、工业为重点，"工农贸旅"协调发展，把都江堰市建设成为工业发达的旅游名市。

战略重点是经济发展战略的重要组成部分，选择好战略重点，对实施发展战略至关重要。市委认为，要加快都江堰市的经济速度，必须从实际出发，安排合理的经济结构，形成经济发展的科学格局。

本着建市后新的指导思想，提出了都江堰市经济发展的战略重点是：

第一，建设小区域开发区。初步规划建设3个工业开发区、1个旅游开发区和1个商业开发区。除市区外，开发区实行"上山下河"即利用浅丘和河坝地兴建工业项目，尽量不多占粮田。开发项目主要是电子、药材、轻纺、食品、建材、机械等。

第二，发展卫星集镇，逐步形成以镇促乡、以镇带材的发展格局。

第三，建设一批亿元企业和亿元镇。要使我市的工业逐步上升到国民经济的主导地位，形成强有力的经济力量，必须要有一批亿元镇和亿元企业为骨干。建市前已有一定基础的乡镇如蒲阳、聚源、幸福、灌口、石羊镇等列入亿元镇的规划；规划一批亿元企业，并支持省专厂矿搞好扩大改造，发展成亿元企业。

按照都江堰市经济发展战略重点，我市从实际出发，又相继提出了在经济建设中需要实施的战略措施：

——制定开发区优惠政策。主要是：在电能供应、税收减免、土地征用等方面对兴办企业提供优惠和方便，创造良好的投资环境，吸引成都市、阿坝州和其他地方的资金、技术和各类人才，共同搞开发。

——实行"一厂两制"的办法。即在市属和省专国有企业厂矿中，可以实行两种所有制，两种管理办法：厂内原实行的管理办法和全民所有制不变，新技术改造项目和扩建项目享受开发区优惠政策。全民所有制厂内发展集体所有制，两种机制共同运行。

——加强同外地经济联系和合作。在经济交往中，既要面向市外省外，也要面向沿海经济发达地区和港、澳特别行政区，加强与这些地区经济技术联合，在有条件的地方设立窗口办事处和新办工厂、企业，并利用我市一些厂家的外贸渠道，扩大出口产品，逐步把都江堰市的经济纳入国内国际大循环的轨道。

工业开发区，改革开放的"试验田"

"发展才是硬道理。"建市后，城市建设、基础设施、教育文化、社会福利都要发展。要发展要建设，就要投资，钱从哪里来？

时任市委书记徐振汉说：要靠税收，税收要靠工业，发展工业的关键就是要建工业区。我们曾计划都江堰市要先后建三个工业区，即青城桥工业区、火车站工业区、白沙工业区。

首先建设的是青城桥工业区，在灌温路两边，原围河造田的基础上再扩大两个村的面积范围。成都市委吴书记看后很赞同，他说这符合"下河上山、少占粮田"的精神，他还同意作为成都市的经济开发区，把很多大项目往这里摆。但在成都市讨论时，有的领导不赞成，他们把成都市的开发区定在龙泉驿区，把原先计划摆在青城桥工业区的项目搬到龙泉驿。

1990 年，为加快都江堰市经济发展速度，提高经济综合能力，"都江堰市青城桥工业区"建立，辖 3 个行政村（安顺村、金江村、勤俭村），农业人口 5578 人，非农业人口 4277 人，建区面积 8.8 平方公里。当时，设立了"都江堰青城桥工业区管理委员会"，受市委、市政府委托，行使工业区的行政、经济管理、社会治安等职能。

"开发区大有希望。"1992年,青城桥工业区经省委确认为省级重点开发区。同年,设立"中共都江堰市青城桥工业区委员会"。1994年,加大招商引资力度,加快工业区建设步伐。经市政府批准,更名为"成都市都江堰工业开发区"。1997年,被成都市人民政府确定为成都市七家重点开发区之一。

此后,在省市的关怀下,工业区得到了比别人更优惠的扶持政策,自己搞了几年,才有了一定的规模。然后,我市又筹措资金修建青城大桥至蒲阳镇的公路,为建设第二个工业区做准备。计划中的火车站工业区包括当时幸福镇四大队、蒲阳镇的同义大队和白果乡的少数生产队。

另外,按照当时中央的精神,还要逐步在胥家乡、崇义镇、柳街镇、石羊镇、中兴镇等乡镇建立农村经济小区,而且有的乡已略具雏形。这个布局对都江堰市的经济发展是非常重要的。

我市提出创办经济开发区后,在四川省、成都市及相关部门的关心支持下,在都江堰市委、市政府的正确领导下,经过开发区(工业区)干部职工团结一致、艰苦创业,充分发挥了工业区作为改革开放新窗口和"试验田"的作用,成为当时都江堰市经济发展新的增长点。

1988年5月20日,经国务院批准,撤销灌县设都江堰市。到1998年5月20日,都江堰建市正好十年。截至1998年5月,都江堰工业区已引进各类企业(项目)128个,累计投资达7.85亿元,实现区域总产值26.9亿元,其中工业产值18.35亿元、农业产值4250万元;实现利税1.35亿元,其中税金8047.92万元,出口额达425万美元。基础设施配套发展,累计投入1.3亿元,建设水厂2座,供水能力达30000吨/日,变电站3座装机容量45000KVA,修建园区内道路15.9公里,建立邮电支局,装机 7000 门程控电话。

建市后的十年，我市城乡工业稳步发展，规模不断扩大，在国民经济中的主导地位更加突出。1997 年全市工业总产值 17.21 亿元，比 1987 年增长 1.8 倍，年均递增 10.9%。机械、电子、能源、轻纺、建材等工业行业已初具规模，培植一批重点企业，工业产业结构、产品结构和企业组织结构得到合理调整，发展和改造一大批工业项目。

工业开发区作为都江堰市经济发展新的增长点，其发展的基本思想是"实业立区、科学布局、依法治区"和"发展机械、建材、视频、医药、电子为骨干产业，配套发展第三产业"。集中发挥区域优势，重点发展生产型企业，改进和完善投资环境，培植税源，增强发展后劲。

1988—1998 年这十年间，我市开发区从无到有，从小到大，具备了大项目发展的投资环境和大面积开发的条件，走出了一条适合工业区发展的路子。我市对外开放取得显著成就，都江堰工业区功不可没。1994 年，都江堰工业区被省政府评为"省级优秀开发区"。1995—1997 年，都江堰工业区连续三年被成都市政府评为"成都市优秀开发区"。

集群发展，开拓产业发展新局面

工业是增强都江堰市综合经济实力的关键，要毫不动摇地走好工业强市的路子，把结构调整及企业改制、改组、改造和引进、培育工业骨干项目有机结合起来，提高工业经济规模总量和增长质量，构建起工业经济的新格局。要依靠现有骨干企业，加大工业结构调整力度，推进企业科技进步，逐步扭转都江堰市工业产业趋同化，产品竞争力不强的被动局面。同时，大力培育拳头产品，引进名牌产品，培植利税大户，发展、壮大已具优势的机械电子、建筑建材、医药化工等重点产业，促使其向规模效益经济发展。对重点项目的引进和建设要多花精力、下大力气。力争百万吨水泥厂、康兮制药厂等重点项目早日竣工投产、发挥效益。

四川都江堰经济开发区始建于 1990 年，系省级重点开发区。到 2006 年，经过十六年的建设和发展，开发区产业聚集效应明显，已成为都江堰市对外开放招商引资的一张重要名片和"工业强市"的重要载体。四川都江堰经济开发区包括南区（原青城桥工业区）、北区（川苏都江堰科技产业园）两部分。

经开区南区：全区土地面积 8.8 平方公里，位于都江堰市城区东南郊，是市区与"青城山—都江堰"国际休闲旅游度假区的衔接带，生态环境优良，金马河、江安河、走马河贯穿整个区域，区内水、电、气、道路、排污、光纤及通讯等基础设施一应俱全、合理完善，区域活力及竞争力不断增强。

经开区北区：位于都江堰市区东北蒲阳区，毗邻都江堰市火车站，省道 106 穿区而过，蒲阳河由西向东穿越区域并汇入青白江，发展条件优越。全区规划面积 6.67 平方公里，预留工业用地 4 平方公里，重点发展高新技术、机械制造、新型材料、生物制药、特色食品等产业，是四川省承接蓉苏合作项目的主要区域，也是都江堰市工业集中发展的重点区域。

经济开发区肩负着全市工业经济发展的重任，如何科学定位产业发展目标，落实产业发展措施，提升产业发展水平，增强产业发展实力？都江堰市工业开发区南区、北区在经过了短短几年的分治后，又很快完成了合并。2005 年 10 月，四川都江堰经济开发区管委会正式挂牌成立，最多时入驻工业项目 126 个（其中，亿元以上项目 27 个）。

2005 年以后，原有的都江堰经开区南区大部分企业搬迁至蒲阳川苏工业园区及经开区北区。尽管普什宁江、海蓉药业两大企业继续在二环路至永安大道之间，但随着工业区布局的调整和时间的流逝，经开区南区的称呼逐渐淡化。

当时，地处蒲阳境内的川苏工业园区内高新技术产业集聚发展，主导特色产业轮廓凸显，创新能力和平台建设初见成效，园区作为社会脊梁和引擎的作用日益明显。但园区产业在快速发展的同时，还存在区域竞争力弱、集聚度不够、产业层次较低等诸多问题，导致园区经济总量不高、综合实力不强、发展后劲不足，各项经济指标与成都市一、二圈层相比还有较大差距。

都江堰经济开发区坚持"开发与集约并重，集约优先"的原则，按照循环经济的理念，倡导发展环保集约型的高新技术产业，逐步形成了以机械制造、新型材料、特色食品、生物制药四大支柱产业为主的产业集群，产业聚辐效应日益凸显。那时，全区有规模以上企业 27 家，法国拉法基集团等国内外龙头企业纷纷投资入驻，形成了专业化程度高、分工明确、布局合理的工业体系。

都江堰经济开发区按照新一轮城市发展规划和产业发展规划要求，确立了"退一优二壮三"的发展思路，努力推进由单一传统工业发展向多元化现代经济发展转型。结合实际，围绕我市构建"三区一城"实现"两最两强"目标，以创建现代一流经济开发区为核心，努力构建"集约环保型工业集中发展区"，走出一条以新型工业、商贸流通业、旅游度假业、文化创意业等为龙头的二三产业互动的集约型经济社会发展之路。

2008 年的汶川大地震，都江堰市工业经济全部受损，开发区企业全部停产，所有在建项目被迫停建，直接经济损失超过 27 亿元，工业集中发展区建设成效几近覆灭。

震后第六天，工业集中发展区就基本恢复了通电、通水、通天然气；区内企业侨源气体通过生产自救，在震后一周内生产出了医药用氧；天泉源科技、新岷江人造板机械等企业率先恢复生产。

震后不到一个月，园区除拉法基水泥、珠峰陶瓷等受损严重企业外，恒创特种纤维、恒驰伟业、明宇重工、龙鼎铝业、成道交通、遛洋狗食品、汇源科技等 37 家企业已全面或部分恢复生产。

"重建不只是要为受灾群众恢复家园，更要为他们的未来发展打好基础。"从灾后恢复重建规划开始，都江堰市就将产业发展放在首位。

2011 年，都江堰市政府制定了《关于鼓励和支持工业集中发展的意见》。这个《意见》除了有明确的财政扶持政策外，市政府鼓励发展高端产业和产业高端。同时，提出对名优企业进行重奖的若干奖励办法。比如：凡新获得国家驰名商标或中国名牌产业称号的企业，给予企业一次性 100 万元的奖励；新获得四川省著名商标或名牌产品称号的企业，给予企业一次性 20 万元的奖励；新获得成都市著名商标的企业，给予企业一次性 5 万元的奖励；新获得四川省质量信用 AAA 奖、AA 奖、A 奖的分别给予企业一次性 5 万元、3 万元、2 万元的奖励；新获得四川省质量管理先进称号的给予企业一次性 10 万元的奖励。

伴随着政策"洼地"的形成，配套环境的完善，产业扶持力度的增加，我市工业集约化进一步加快。工业集中发展区面积由 6.67 平方公里增加到 13 平方公里，承载能力进一步增强，工业集中度达到 62.4%。灾后恢复重建期间，先后建成拉法基三线、普什宁江精密数控机床产业化基地、江瀚工业等重大项目，规模以上工业增加值较 2009 年增长 22%。

四川都江机械有限责任公司的变化，印证了都江堰经济开发区的飞跃与成长。汶川地震后，按统一规划，地处原经开区南区的四川都江机械有限责任公司迁到都江堰经济开发区北区（川苏工业园），该厂是国内高端汽车前后桥及其零部件的西南生产基地。

在汶川大地震四周年时，该公司生产部部长吴坚向讲述起四年来公司的变化。他说："地震前，公司还属于手工作坊式的生产，'榔头敲，人工刷'，尤其是'人工刷'，对人体伤害比较大；地震后，通过政府的扶植，引进了三条先进生产线，工人的劳动环境得到有效改善，劳动强度却降低了。2008 年员工人均收入是 1300 元，现在人均收入大约是 2000～2200 元。"

震后，按照成都市"一区一主业"的产业布局规划，都江堰经济开发区重视走低碳环保、集中集约、高端集群的新型工业化道路，着力推动主导产业聚集化、传统产业高端化发展，先后引进江瀚工业、上海高榕食品、恒丰机电等工业项目 128 个（其中亿元项目 23 个），深圳佰瑞兴、肯百特电子等一批高端电子信息企业入驻工业园区标准化厂房。都江堰经济开发区内，软件和信息技术、健康食品、现代中药、精密机械加工等主导特色产业轮廓凸显、高新技术产业集聚发展。

思路明，则事业兴。2011 年 2 月，我市工业集中发展区域已经完成基础设施投入 26 亿元，一期 6.67 平方公里区域内水电路气讯等配套建设基本完成，30 万平方米标准化厂区入住率达到 90%。工业区建成企业 90 家，入驻项目 128 个，初步形成特色产业集聚发展。

如火如荼的项目建设见证着"二次创业"跨越发展。2011 年 9 月 20 日，都江堰经济开发区南区基础设施工程开工建设。随着南区基础设施项目开工建设，都江堰工业新城的开发建设也进入全新阶段。南区基础设施项目总投资9亿元，包括上阳大道、物流通道等35个道路桥梁子项目。南区基础设施的完善，为经开区南区搭建起三纵三横的骨架路网。

发展数字，反映了都江堰经济开发区的成长历程。2011年，工业集中发展区实现工业增加值23.27亿元，较地震前增长155.7%；工业集中度达71%，较地震前增长18%；完成固定资产投资31.39亿元，较地震前增长230.5%。

浪高更逐潮头立。三年恢复重建结束后，都江堰经济开发区给自己制定了更高的奋斗目标——

通过五年的时间，把以经开区为核心的都江堰市东北翼片区打造成具有现代化新城形态、高端化新城业态、特色化新城文态和田园化新城生态的现代产业新区和生态宜居新城，确保工业新城工业增加值、总产值、财政税收实现翻一番。

到2015年，实现工业增加值从2011年的23亿元增长至70亿元以上，工业总产值从2011年的82亿元增长至220亿元以上，财政税收从2011年的7亿元增长至20亿元以上；全市工业集中度达90%以上。

转型升级，为适旅型工业插上绿色翅膀

成都发展新经济中重点发展的绿色经济，是以促进经济与环境和谐为目的而发展起来的一种新的经济形态，拥有得天独厚旅游资源的都江堰市，在推进新经济发展中创新破题。

2017年11月，都江堰市正式启动大青城休闲旅游产业园区、滨江新区文化娱乐集聚区、四川都江堰经济开发区三大产业园区（集聚区）建设，为我市推进新经济发展和打造国际生态旅游名城，注入绿色发展新动能。

建设专业化、集群化的产业园区，对于都江堰市推进新经济发展、重塑经济地理、提升产业层次、优化城乡结构具有极其重要的意义。在三大产业园区建设中，我市坚持以园区建设重塑经济地理、促进产业振兴、提升城乡品质，充分把握园区建设的开发原则，把园区建设成为空间融合、功能复合、产业集聚、生态宜居的产业新城。

作为三大产业园区（集聚区）之一，四川都江堰经济开发区的机构设置、职能职责在原来的基础上有了新的调整。机构改革重点是为了区镇合一，从原来单纯的经开区向整个东北翼这个片区转变，以工业新城的打造，来促使东北翼的经济发展。

据了解，和原来的机构相比，划分日常的管理服务职能，今后都江堰经开区管委会集中精力做经济发展，包括招商引资、产业发展、企业服务等。

按照区镇合一的原则，四川都江堰经济开发区与蒲阳镇结合而成的工业新城区域面积将扩展到 17.2 平方公里，产业招商方向也将按区域进行细化调整。在四川都江堰经济开发区原已建成的北区范围内，200 多家工业企业将逐步转型升级，主要以二次开发为导向，提升现有企业的科技水平和单位产出水平，把现有的企业向精密机械制造、新材料和中成药制造进行引导、转型升级。

此外，都江堰经开区南区主要围绕成都市重点发展的"六大新经济形态"，构建具有成都特色的新经济产业体系这一新经济发展蓝图规划，以特殊医疗食品、户外运动装备制造为主导的"绿色"经济形态将在未来逐步形成，促进整个工业新城的打造和发展，还能与都江堰市的旅游产业相结合，对都江堰市建设国际生态旅游名城进行有力补充，从而发展融旅型工业。

转型升级的产业调整，见证着"二次创业"提质发展。位于都江堰经济开发区的四川华都核设备公司，2013 年 5 月取得控制棒驱动机构民用核安全设备制造许可证。到 2018 年已经具有年产 3～4 座百万千瓦级压水堆机组所需控制棒驱动机构的生产能力，是"华龙一号"反应堆控制棒驱动机构的首家供应商。

都江堰市以四川华都核设备公司为龙头，积极适应新经济常态，培育转型升级新动力，瞄准高新技术、清洁能源和高端装备制造的发展方向，努力延伸核电设备制造产业链。并从产业规划等方面，对该产业的发展给予重点支持。

作为西控核心区域，都江堰市的工业产业定位一直是省、市的关注重点。按照"突出特色、错位发展"的原则，围绕"绿色经济"这一新经济形态，不断推进全市工业转型升级，构建高端绿色科技产业体系，提升都江堰市绿色发展能级，建设发展潜力大、附加值高的新经济产业——特医食品生态圈。

成都发展新经济中重点发展的绿色经济是以传统产业经济为基础，以促进经济与环境和谐为目的而发展起来的一种新的经济形态。都江堰经开区管委会负责人介绍，随着三大产业园区（集聚区）建设的启动，经开区北区范围内，200 多家工业企业将向精密机械制造、新材料和中成药制造进行引导、转型升级。南区主要围绕成都市新经济形态，建设以特殊医疗食品、户外运动装备制造为主导的"绿色"经济形态，突破现有产业转型升级，促进工业发展与环境保护的有机统一，实现二三产业的互动发展、互补发展。

转型升级谋跨越，如今势头正强劲。到 2020 年，都江堰经开区产业集群逐步成型，产业核心竞争力突显，园区配套基本完善，产业生态圈建设初见成效。到 2025 年，力争引进 20 家以上核心生产厂家，10 家以上链式配套企业，形成 500 亿元以上产业规模，30 亿元以上税收贡献，把都江堰市打造成为全国发展水平最高、竞争力最强、产业影响力最广的特医食品产业生态圈。

"转型升级"谱新曲，突破求强创辉煌。今天的都江堰经济开发区，万象更新，百业兴旺，政通人和。我们有理由相信，都江堰经济开发区必将再接再厉，乘势而上，加速"二次创业"步伐，为都江堰市推进新经济发展和打造国际生态旅游名城注入绿色发展新动能！

高峡出平湖

——都江堰紫坪铺水利枢纽建设纪实

李　崎

初夏，位于都江堰龙池镇境内的紫坪铺水库库区山风清凉，碧波荡漾。站在大坝右侧的蒲家山上，抬目四望，只见库区之内，青山隐隐，层林尽染。

这是西部大开发"十大标志性工程"之一！

十三年前，这里一派人声鼎沸、急声隆隆、热火朝天的奋战场景。紫坪铺水利枢纽为"西部大开发十大工程"之一，被列入"四川省一号工程"。该工程于20世纪50年代开始筹建，因其坝基在紫坪铺镇（原称白沙乡）紫坪村而得名。2001年3月29日，工程开工；2002年11月23日，工程截流成功；2005年9月30日，下闸蓄水；2005年11月13日，首批机组投产发电；2006年5月30日，4台发电机组全部投产发电；2006年12月竣工，由四川省紫坪铺开发有限责任公司负责建设和运营。

这是一座横跨在千里岷江之上的又一座丰碑！

岷江，长江上游的重要支流，全长711公里，上游地段河口流量483立方米/秒，总落差906米，水能蕴藏量220万千瓦。按照水能开发规划，共有沙坝、太平驿、映秀湾、紫坪铺、鱼嘴5级。岷江也是成都平原最重要的水资源，历史上岷江以都江堰为代表的灌溉工程造就了成都平原天府之国。中华人民共和国成立后，其干支流上还建设了诸多水利工程，特别是水电工程，给流域经济社会发展提供了巨大动力。

这是一座展示四川水利形象的又一座丰碑!

位于岷江中游干流上的紫坪铺水利枢纽是以灌溉、城市供水为主,兼顾防洪、发电、环保用水、旅游等综合效益的综合性水利工程。该水利枢纽工程,其永久性主要建筑物按 1000 年一遇洪水标准设计。枢纽主要由混凝土面板堆石坝、溢洪道、引水发电系统、冲砂防空洞、泄洪排砂洞组成。混凝土面板堆石坝最大坝高 156 米,水库总库容 11.12 亿立方米,电站总装机 76 万千瓦,年平均发电量 34.17 亿千瓦/时。

整个枢纽如长虹卧波,气势恢宏。站立大坝,放眼望去,千里岷江"平湖玉镜向天开",壮阔非凡。一项恢弘的工程,在一片浩大的天地间壮美收官。多水的四川,谱写了 2200 多年的兴水治水历史,现在,都江堰紫坪铺水利枢纽工程又谱写出梦想蜕变为现实的雄浑交响曲,奠定了江河安澜健康、人民富裕幸福的基业。

项目前期,砥砺前行

紫坪铺水利枢纽工程是都江堰灌区的水源工程,是岷江上游不可多得的调节水库,它是具有防洪、灌溉、城市工业、生活和环保供水、利用供水水量发电等综合效益的大型水利工程。

因为都江堰灌溉工程泽被千年,在都江堰一带岷江水域修坝建电站,也就总会牵动敏感神经,引起争议。回溯起来,从 20 世纪至今,围绕紫坪铺水库工程的建设一直争论不休。在距离都江堰渠首并不算远的一带水域,截断岷江修建电站的经历,已先后出现过多次。

早在 20 世纪 50 年代,国家就开始筹备建设紫坪铺水库工程，因其坝基地址选在紫坪铺镇（原白沙乡）紫坪村而得名。第一次决定修建紫坪铺电站发生在建国初期的第一个五年计划期间——1956年，为了程度渐增的用电需要及扩大都江堰灌区受益面积并缓解成都平原洪水灾害。

当年，在苏联专家帮助下，设计了紫坪铺电站，坝址在岷江流经峡谷进入成都平原的峡口。在溢洪道已经建成转入大坝建设时，发现地质结构有严重问题，苏联专家认为此处不能建坝，中方接受了这一事实，决定将已建的溢洪道炸掉，整个工程下马。

1958年，紫坪铺电站再次开工建设。这次坝址选在都江堰鱼嘴前端，二王庙下，距离原坝大约3公里。为建成这个电站，省级机关干部还曾轮流到施工现场参加劳动。由于资金不足，工程进度缓慢。

1961年5月，邓小平同志来四川考察工作。在听取了省委工作汇报后，邓小平同志直截了当地说：这个工程不能再干，必须下马。电站本身有不少问题，况且把它建在二王庙下，必然对都江堰水利枢纽工程造成难以弥补的损失。邓小平还对李井泉、李大章说，都江堰兴于"二李"（指李冰父子），可不要败于"二李"（指李井泉、李大章）！

最后决定由杨超负责做好工作，选择时机将已经建设的大坝炸掉，索桥正位，恢复鱼嘴的分水功能。至此，已经修建了几年的紫坪铺电站由此再一次下马。到1962年，才基本建成发电机房，两端同时施工的土石堤坝还有数百米没有合拢。

2000年9月，国家环保总局监督管理司在北京组织召开了《紫坪铺水利枢纽工程环境影响分析报告》论证会，论证紫坪铺工程是否应该上马。应邀出席会议的专家分别来自于建设部、国家文物局、水利部、环保总局等十几个部门。会后，国家环保总局就论证会讨论内容写出了会议纪要，其主要观点如下：

第一，围绕四川省和成都平原的发展和《紫坪铺水利枢纽工程环境分析报告》引出的问题，与会专家提出如下建议：

（1）四川省和成都平原的发展不仅要考虑到经济效益，还应考虑社会经济、环境生态综合平衡问题，考虑长远的持续发展问题。方案选择不要只考虑一种，要寻求新的发展突破点，进行综合的可持续发展决策。

（2）解决成都平原缺水问题，应与生态省建设结合，从开源（引岷江水）、节流（节约用水）、改变产业结构、采用城市污水处理回用、井渠结合灌溉以及实现地表水与地下水互补等，采用多种途径，不要只局限于修建水利工程一种途径上。专家不同意"不引水就不能发展和进行生态建设"。应改变"以需定供"的水资源开发观念。

第二，一些专家认为，解决成都平原水资源短缺是一个综合性战略决策问题，开发利用岷江水资源是解决此问题的重要途径之一，而不是唯一途径。紫坪铺水库建设也是开发利用岷江水资源的主要方式之一，而不是唯一方式。但紫坪铺水库建设的环境和经济社会问题尚需深入论证。部分专家认为，紫坪铺水库以不上（不建设）为好；另一部分专家认为，修建紫坪铺水库应对工程必要性和可行性进一步论证。

对紫坪铺和鱼嘴工程（杨柳湖工程的前身，选址距鱼嘴350米）的建设，与会专家提出了各种不同意见：大部分专家认为，鱼嘴工程直接影响都江堰，因此鱼嘴工程方案必须否定。

最后的结论是：多数与会院士和专家认为鱼嘴工程是不可行的，不应建设。紫坪铺水库要建也要按可持续发展原则再行深入论证。

值得一提的是，由于第一次环境评估报告会没有通过，工程建设部门又委托中国水科院某研究所召开了第二次环境评估报告会。这次会议避开了上次的专家，另外找了一些水利系统的内部人士。据了解，在这次会议上同样存在不同意见，但与会人士最后达成妥协：紫坪铺动工可以，只要不上马鱼嘴工程就行了。于是，报告终得通过。

科学工程，人文智慧

兴建紫坪铺水利枢纽工程惠泽千秋，是岷江水资源优化配置的需要，必将对都江堰灌区经济可持续发展起重要作用。人文是科学的灵魂，紫坪铺水利枢纽工程不仅是一个伟大的科学工程，而且是一个闪耀着人文精神和智慧光芒的工程，可谓当代四川水利事业中促进人水和谐、增进生态文明的新高点。

紫坪铺电站水头变幅大，在系统中主要承担调峰、调频任务，并有较长时间带部分负荷运行。需要对水轮机的各项性能进行认真研究、分析，了解水轮机模型的性能特点，针对这些特点指导机组的调度和运行，以求机组在低事故率的情况下发挥更好的作用。前期，专家们主要就 PO140 模型转轮的性能，结合紫坪铺电站的运行条件进行了初步分析，提出了一些指导机组运行的建设性意见。

作为水利枢纽工程，紫坪铺电厂的 AGC 有自身的特点，如电调服从水调，在保证下游供水的条件下实现自动发电控制，限制功率调节速度等，所以在实际运行中碰到许多特殊问题。为保证 AGC 功能的正常实现，专家们采用了一些特殊的方法解决以上问题。如通过设置最小下泄流量保证下游供水，限制功率调节步长解决功率变化过大等问题。通过试验，紫坪铺电厂在保证下游供水的前提下，顺利实现 AGC 各项功能，为水利枢纽工程的电站实现 AGC 提供了宝贵的经验。

紫坪铺水库设计最大坝高 156 米，具备抵挡 500 年一遇洪水的条件。到 2004 年夏，大坝上游临时断面已填筑上升 122 米，8 月 10 日填筑到 850 米高程，累计完成填筑方量约 800 万立方米，约占坝体填筑总量的 70%。一期混凝土面板于 2004 年 5 月底浇筑完成到 796 米高程。

紫坪铺水库正常蓄水位 877 米，死水位 817 米，设计洪水位 871.1 米（P = 0.1%），核定洪水位 883.1 米，最大坝高 156 米。在校核洪水位下，总库容 11.12 亿立方米，其中正常蓄水以下库容 9.98 亿立方米，正常蓄水位至汛期限制水位之间库容 4.247 亿立方米，死库容 2.24 亿立方米。电站装机容量 76 万千瓦，保证出力 16.8 万千瓦，年发电量 34.176 亿千瓦时，年平均利用小时 4496 小时，电站建成后可承担西南电网的调峰调频任务和担负一定的事故备用。紫铺水库建成后，可调节增加枯水期洪水 7.75 亿立方米，设计枯水年宝瓶口现状多进水量 6.86 亿立方米。

水利水电工程是一种规模大、建设周期长、影响因素复杂的建设项目，而且一个水电工程的影响因素众多，面临的风险十分复杂，风险后果往往更严重。为此，对风险的控制和应对必须合理有效。就成都市能源紧张情况而言，电力靠大电网供电，煤炭、石油、天然气均要靠外地远道运输而来。需要电力 700MW，缺口 40%，即缺少电力约 300MW。因电力短缺，省内均实行计划用电。高峰负荷为 486.8MW，低谷为 346.8MW，当天供电量 $10.3 \times 10^6 \text{kW/h}$。

对紫坪铺水电站厂房隧洞工程第一层次的风险进行讨论，在水电建设项目管理活动中引入"风险管理"理念，有限探讨工程风险的评估分级方法。在该方法中首先建立了第一层次风险的"初步清单"，然后评估了系统潜在风险，运用专家会议法（Delphi）对潜在风险的重要度进行判断，运用层次分析法进行相对重要程度计算，最后得出了风险分级。

按照开发规划，紫坪铺水库主要发挥六方面巨大效益：

一是提高枯水期都江堰灌区灌溉供水保证率。可将灌区1008万亩耕地的供水保证率由30%提高到80%，枯水期增加灌溉供水量4.37亿立方米，并可为远期毗河引水灌溉丘陵灌区313.95万亩耕地提供水源。

二是增加枯水期成都市工业及生活供水量。水库建成后，调峰补枯，使成都市枯水期自岷江的引水量由28立方米/秒增至50立方米/秒，增供水量2.87亿立方米，全年可增供水量3.1~4亿立方米，基本满足成都市日益增长的工业及生活用水需要。

三是提高水库下游金马河段的防洪标准。水库建成后，上游百年一遇洪水洪峰流量经水库调蓄后可按十年一遇流量下泄，直接保护金马河沿岸29个乡镇70万人口、60多万亩耕地的安全，且对成都市青羊区、武侯区有间接的保护作用。

四是为川西电网提供比较经济的调峰调频电能。紫坪铺电站地处成都及德阳负荷中心，可年发电34亿千瓦时，是川西电网最经济的主要调峰、调频电源。

五是枯水期向成都市提供环境保护用水。紫坪铺水库建成后，枯水期可向成都市提供20立方米/秒环境保护用水，年增加供水量3.15亿立方米，使枯水期府河和南河水质达到地表水三级标准。

六是保护都江堰世界文化遗产和改善岷江上游生态环境。可控制岷江上游98%的多年平均推移质，实现防洪拦沙作用，保护千年古堰不受损坏。库区移民搬迁至成都平原受益县（市、区），对移民脱贫、退耕还林和涵养水源，建立岷江上游天然林保护工程具有重要作用。

总之，紫坪铺水利枢纽工程建成后，可为都江堰终期灌溉

1400 万亩农田提供用水保障，可提高岷江中游和成都平原防洪标准，使岷江上游由 100 年一遇洪水峰流量消减至 10 年一遇洪水下泄，直接保护都江堰、崇州市和温江、双流、新都等县（区）的 29 个乡镇、72.2 万人的生命财产安全，保护耕地 600 多万亩及 3 个工业经济开发区。

精品工程，优质工程

2000 年 1 月，古老的都江堰再放异彩：被联合国教科文组织列入《世界文化遗产名录》。至此，伟大的水利工程都江堰与道教圣山青城山双双成为成都平原上最为璀璨夺目的两颗明珠。然而，申遗成功刚刚一年，在都江堰上游 6 公里处，一项号称中国西部开发"十大工程之一"、四川省基础设施建设"一号工程"的紫坪铺大坝横空出世！

紫坪铺水利枢纽工程主要由以下关键部分组成：

（1）大坝工程：设计最大坝高 156 米，累计完成填筑方量约 800 万立方米，具备抵挡 500 年一遇洪水的条件。

（2）隧洞系统工程：4 个引水洞，其中 1 号、2 号为泄洪排砂洞。

2002 年 5 月 20 日，时任中共中央总书记、国家主席、中央军委主席江泽民在四川围绕党建和西部大开发进行调研。期间，他还重点考察了四川实施西部大开发的进展情况，并来到都江堰市紫坪铺水利枢纽工程建设工地视察。江泽民指出，实施西部大开发，是全国发展的一个大战略，对于推进全国的改革和建设，保持国家的长治久安，不仅具有重大的经济意义，而且具有重大的政治意义。要加强基础设施建设，抓好交通、通信、能源、水利建设。要进一步扩大开放，提高对外开放水平。要搞好生态环境保护和建设，重点抓好天然林资源保护和退耕还林还草工程。

当年，江泽民同志在四川视察时的讲话，对紫坪铺水利枢纽的决策者、建设者和参与者无疑是一种巨大的精神鼓舞。时任四川省紫坪铺开发有限责任公司副董事长朱家清说：2001年2月，国家计委批准紫坪铺工程开工建设，工程已于2002年11月23日按期实现截流。2002年11月至2003年初，枢纽主体大坝、溢洪道、引水隧洞和厂房等工程项目相继开工建设，按照计划于2003年底下闸蓄水，2005年3月第一台机组具备投产发电条件，力争2005年底4台机组全部投产发电，提前发挥工程灌溉、供水、防洪和发电等综合效益。

在建设紫坪铺水利枢纽工程期间，改建了国道、乡道及龙池旅游公路。到2004年8月，库区213国道淹没段及龙池公路改建工程主线长30.6公里、水磨支线长约7公里。当时，除受雨季滑坡、专项设施拆迁以及乡村机耕道连接施工滞后所影响的局部路段路基工程未完建外，全线其余大部分路段路基工程施工已基本结束。213国道改建工程下闸蓄水前基本完建，具备试通车条件。库区龙池公路改建工程全长5.28公里，主体工程已基本结束，具备试通车条件。

2004年8月9日（农历六月二十四）是"都江堰之父"李冰的诞辰，也是都江堰建堰2260周年纪念日。都江堰景区内人山人海，海内外约5万游客齐聚二王庙前，鞠躬燃香，鲜花洒江，共祭李冰。14时，参加都江堰建堰2260周年纪念活动的水利部副部长敬正书前往紫坪铺水利枢纽工程现场，专门听取了四川省紫坪铺开发有限责任公司有关负责人的汇报。当敬正书副部长了解到紫坪铺将在年底下闸蓄水、次年3月第一台机组具备投产发电的条件时，对紫坪铺工程给予了充分的肯定，并向承担这项工程的紫坪铺开发有限责任公司提出了三点要求：把紫坪铺建设成全国优质工程、西部大开发的标志工程、四川省的一流工程。

2008年5月12日的汶川大地震导致紫坪铺水库大坝受损，发电机组全部停机。5月14日中午，一度传出紫坪铺水库非常危险，中国水利部紧急启动"保坝方案"，当地有关部门调派2000名官兵火速前往，打通水库排洪通道，降低蓄水水位，确保都江堰安全，缓解水库溃决的危险。紫坪铺水库附近山体滑坡相当严重，已出现大量土石流，这些土石流对紫坪铺水库也造成了一定程度的破坏。当地驻守的数千官兵，负责随时监测和抢救险情。

汶川地震发生后，都江堰水利枢纽安全问题引起了社会广泛关注。水利部有关负责人表示，都江堰水利枢纽处于紫坪铺水库的下游，其安危不仅取决于自身状况，而且还取决于紫坪铺水库的安全与否。大震之后，要保护好都江堰水利枢纽，必须首先保护好紫坪铺水库大坝。如果紫坪铺水库大坝出现重大安全问题，则都江堰水利枢纽及都江堰市都将遭受灭顶之灾。

抗震救灾期间，为确保紫坪铺水库大坝和都江堰水利枢纽安全，水利部门采取了五项措施：

（1）水利部直接派出工作组和专家组，由矫勇副部长带队到都江堰、紫坪铺现场指导抗震抢险工作；（2）在紫坪铺成立现场抗震救灾指挥部，确立了保紫坪铺大坝安全、保下游都江堰安全、保成都平原安全的目标；（3）组织专家对紫坪铺大坝地震后的状况会诊，提出保坝方案，集中力量打通紫坪铺下泄通道，降低蓄水水位，确保都江堰安全；（4）加强监测，动态监测紫坪铺的运行状况；（5）派出工作组到都江堰水利枢纽和灌区，针对地震出现的损毁情况进行现场指导、办公，现场解决问题。

2008 年 5 月 26 日，紫坪铺受损泄洪洞闸得到修复。8 月 21 日紫坪铺水库完成永久修复。后经管理部门核实认为：虽然地震使都江堰水利枢纽鱼嘴部位出现裂缝，外江闸管理房和备用发电机房坍塌，但尚不影响工程的安全运行。

民生工程，造福百姓

"新居新景新家园，乐祥乐和乐盛世。"这是当年驾虹乡一户移民家门口贴的春联，对都江堰紫坪铺水利枢纽工程建设的赞美之情溢于言表。

移民，是每一项水利工程背后最难的两个字，而如何实现"搬得出、稳得住、能致富、不返贫"，这是水库辖区移民和当地政府最为关心的事情。

紫坪铺水库淹没区人口密度大。淹没土地面积 1880 公顷，淹没乡镇 7 个，企业 30 家，32455 人，人口密度达 1772 人／平方公里。漩口镇是被淹没的 7 个镇中最大的一个镇，2582 人，单位 51 家。

做好水库移民安置规划，是水库移民的关键。1993 年 8 月 2 日，都江堰市委办公室《关于成立都江堰市紫坪铺水利工程淹没区移民工作领导小组的通知》（都委办〔1993〕47 号）批准成立"都江堰市紫坪铺水利工程淹没区移民工作领导小组"，负责我市境内紫坪铺水利工程淹没区移民安置的组织、协调工作，领导小组下设办公室，负责日常工作。

1999 年，经都江堰市人民政府常务会议研究同意设立"紫坪铺水库都江堰市移民办公室"，负责紫坪铺、鱼嘴水利枢纽工程库区移民工程的征地补偿和移民安置工作。

2000 年 1 月 13 日，都江堰市机构编制委员会《关于市移民办公室机构编制和人员编制的通知》（都编发〔2000〕2号）同意"紫坪铺水库都江堰市移民办公室"更名为"都江堰市人民政府移民办公室"，内设综合科、规划安置科、工程建设管理科和财务科4科室，人员编制15名，经费列入财政预算。

2002年3月14日，经都江堰市机构编制委员会核定，都江堰市人民政府办公室下达了《关于印发都江堰市人民政府移民办公室职能配置内设机构和人员编制规定的通知》（都办发〔2002〕39号），规定在机关内设置办公室（综合科）、规划安置科、工程建设管理科、财务科4个科室，依照公务员管理事业编制15名。其中，主任1名，副主任2名，中层干部4名，机关后勤服务人员事业编制2名，核定总人数17名。

2003年5月27日，都江堰市机构编制委员会下达《关于市移民办设置移民信访科的批复》（都编发〔2003〕12号），同意在移民办设置移民信访科。2009年3月22日，都江堰市机构编制委员会下发《关于市移民办公室调整内设机构的批复》（都编发〔2009〕10号），同意移民办在原有内设机构总数和中层干部职数不变的情况下，将工程建设管理科调整为后期扶持科。2010年，根据市委组织部《关于进一步规范市级部门纪检（监察）办公室机构设置及人员配备的通知》（都组发〔2010〕18号）精神，移民办设置了纪检监察室。

至2011年12月，都江堰市人民政府移民办公室机关内设综合科、规划安置科、后期扶持科、计划财务科、移民信访科、纪检监察室6个科室，人员21人。其中，登记公务员3人，参照公务员法管理11人，机关工人7人。

在实际的移民工作中，面临的情况困难而复杂。紫坪铺水库淹没汶川县漩口、映秀、水磨、白花等乡镇，影响土地面积1880公顷，32455人，房屋138.61万平方米。紫坪铺大坝，搬迁的移民就有 4 万余人。其中，紫坪铺大坝都江堰库区涉及 3 个乡镇，11 个行政村，51 个村民小组，共淹没耕地 5151 亩，应安置人员 1 万余人，搬迁厂矿 4 个。按照工程计划，2005 年底大坝下闸蓄水，四年内完成 4 万移民安置。如此庞大而艰巨的移民搬迁安置工作任务，在全省水利史上是前所未有的。

从安置点选择、移民新村规划到每家每户的新房建设，加上建筑材料、施工队伍组织和调度，时间紧、任务重，以及移民情绪的反复和利益诉求的个性化、复杂化等矛盾，一个个难题摆在了移民工作者面前。

从移民安置进入实际操作层面之初，四川省委、省政府就反复强调：要严格按照国家标准做好移民工作，一定要把移民工程做成惠民工程。为顺利推动移民安置，四川省委、省政府推出了含金量很高的举措。

紫坪铺水库贯彻开发性移民的方针，坚持以大农业安置为基础，以土为本，以农为业，因地制宜。通过调整土地，保证每个移民拥有与搬迁前相当数量和质量的土地资源。采取以"外迁安置为主，少量就近后靠为辅"的安置方式，为退耕还林、库区周边生态环境保护和地方经济可持续发展创造条件。生产安置采取前期补偿、补助与后期生产扶持相结合的办法。

水利部审定的紫坪铺水库淹没处理补偿投资概算为 258944 万元，其中，农村移民安置补偿费为 48244.23 万元。库区农村移民主要安置在水库下游受益区成都市周边的都江堰市、新都区、温江区、崇州市、彭州市、新津县以及阿坝州的汶川县。

都江堰市紫坪铺、麻溪乡的移民，主要搬迁到了太平、驾虹和翠月湖 3 个乡镇。紫坪铺水库征地移民阶段投资总概算控制在 24.8 亿元左右（含税费）。截至 2004 年 12 月 30 日，库区累计完成农村外迁移民 3508 户、11335 人，占规划安置户数的 89%，占规划安置人口的83%。

总体上来说，紫坪铺库区农村移民安置效果是好的，具体表现在：

（1）移民生活得到妥善安置。移民建房统一规划，相对集中，由移民自建，都江堰市农村移民平均住房面积达到42.4平方米。移民住房、交通、水、电、气、讯、环境等基础设施与搬迁前有了质的飞跃，移民普遍感到满意。

（2）土地等生产资料配置到位。实际移民安置的耕地面积人均1亩，耕地数量和质量均高于库区。

（3）移民的生活逐步走上正常轨道。据都江堰市9个移民安置乡镇2004年经济收入抽样调查结果统计，库区移民的人均收入为3299元。而我市2002年全年人均收入为3398元，表明移民基本步入正常的生活轨道，收入接近当地居民的水平。

（4）普遍开展了对移民的培训。通过对移民开展种植、养殖、汽修、电气、家政、理发、美容、厨师、旅游服务、法律法规等培训，提高了移民的素质、技能，谋生本领增强，移民打工收入不断提高。

（5）移民择业观念逐步改变，就业渠道不断拓宽，家庭收入随之增加。

（6）脆弱群体受到普遍关照。按照省政府对紫坪铺库区移民安置工作的有关精神，安置区对丧失劳动力的五保移民、残疾农村移民等脆弱群体分为特困户、贫困户和困难户3个等级，分别按照每人3000元、2000元、1000元的标准予以补助，解决了老年人的生活问题和后顾之忧，对社会的稳定起到了重要作用。

为了使移民能致富，政府还出台了就业创业、产业发展的相关举措和奖励办法，积极引导进城移民参与县域经济建设，发展特色产业，促进移民变市民。

都江堰市移民办把移民工作法宝总结为"三情三心一主意"：对待移民要有人情、亲情、感情，把移民当亲人，设身处地为移民考虑；要有决心、耐心、诚心，对做好移民工作有决心，耐心倾听移民的困难和诉求，如实地讲解各项政策，不欺骗移民；要主动帮移民出主意、解难题。

看得见的变化就在眼前，以前地势低洼、道路不平的村子铺上了混凝土路，一幢幢楼房拔地而起，实现了住宅别墅化、用水自动化、道路平整化、宽带电视数字化、村庄环境绿色化以及弱电管线下地、雨污两水分流，很多新村还建有小学、卫生所、休闲娱乐广场等配套设施，使库区移民人居环境实现了历史性跨越，真正实现了安居乐业。

一路艰辛一路歌。回顾我市移民工作走过的七年风雨历程，中央的重托、群众的期盼、移民干部和工程建设者的辛勤劳动、库区群众的无私奉献……一幕幕，将永远铭刻在都江堰紫坪铺水利枢纽工程建设史上。

在未来的规划中，紫坪铺库区还将结合山清水秀的自然风光、丰富深厚的人文景观，开发成具有特色的集观光、娱乐、休闲、度假以及科学、文化、教育活动于一体的水利风景区，实现水域风光、地域风情、工程风貌和人文景点、水利文化之间的和谐统一，充分体现生态旅游的特点，建立旅游产业链上的大美岷江亮点工程。

畅想未来，人水和谐。都江堰紫坪铺水利枢纽工程这座丰碑，将被四川的水利事业铭刻，被库区的山水、百姓铭记！

潮涌风劲正扬帆

——都江堰拉法基水泥有限公司发展纪实

木 子

在距成都 55 公里的四川省都江堰经济开发区，1 公里长的拉法基大道从东向西伸向大山脚下，道路两边是绿油油的树木和花草，道路的尽头矗立着一个现代化的水泥企业——都江堰拉法基水泥有限公司。

"都江堰厂是法国拉法基集团在中国兴建的第一个水泥厂，也是四川省的第一条干法水泥生产线。现已经成为拉法基瑞安在中国最大的水泥工厂。"都江堰拉法基水泥有限公司前任董事长兼总经理董益宇向笔者介绍说。工厂占地面积 3600 亩，自 1999 年进入都江堰至今，已经投资 46 亿元人民币，拥有 3 条新型干法水泥生产线、1 座石灰石矿山、1 座页岩矿山和一条 2.38 公里的铁路专用线，年总产能达到 540 万吨，是四川建材行业的领先企业。

二十年筚路蓝缕，二十年风雨兼程，二十年砥砺前行。都江堰拉法基水泥有限公司在挑战中革弊求新，在机遇中创新突破，实现了经营发展的历史性跨越。

成绩的背后，承载着无尽的责任与担当；奋进突围的过往，记载着都江堰拉法基公司一次次逆境崛起的铿锵步伐……

筑巢引凤，年产能百万吨水泥厂落户都江堰

1958 年，国家决定在灌县境内修建大型水泥厂，以满足解

放之初西南地区建设用材之需，后因四川省委有关领导的反对而未遂。1994年，国家水利部拟建紫坪铺水库，库区将淹没5家水泥厂，损失水泥生产能力近60万吨/年，都江堰市再建水泥厂逐步被提上议事日程。1998年，都江堰市委、市政府制定了"旅游兴市，工业强市，农业产业化富农村"跨世纪经济和社会发展战略，拉法基水泥厂便在这种情况下应运而生。

为建设水泥厂，那些日子里，都江堰市上上下下动用起了各种关系。时任市委常委、副市长杨仁义及各部门负责人如汤献涛、卿建伦、周邦宁、刘仁杰、曹怀林等一切热爱都江堰市的人，都在为都江堰市60万吨水泥厂的筹建奔波着。

围绕这个项目，我市先后与美国协和集团托普公司、美国远东集团、德国红宝公司、新加坡裕廊工程有限公司、新加坡工合组控股（私人）有限公司进行过合资洽谈。

杨仁义曾深有体会地说："在招商引资中，我们必须把每一家公司、每一个投资商都看成是'上帝'。对'上帝'，我们应该以诚信相待，面对诚信，你就必须做好面对辛酸与伤心的准备。"

为了大型水泥厂的建设，我市招商人员没有放过任何一条信息。1997年3月，市领导得到一信息：世界最大的水泥跨国集团——法国拉法基集团准备在成都投资兴建一石膏企业。拉法基集团的主导产品是水泥，而我市当时正在筹集资金建造水泥厂。

对此，市领导立即与时任成都市常务副市长朱永明取得联系，希望能得到他的支持。很快，朱永明将都江堰市筹建水泥厂的项目情况向法国客人做了介绍，拉法基负责人极其感兴趣。

经过双方真诚接触，1997年4月，双方签订《投资合作意向书》。为使此项目尽早进入实施阶段，四川省成立了"都江堰市水泥厂协调领导小组"，刚从省政府到都江堰市挂职任副书记的徐进任组长。徐进到都江堰市报到的第一天，就制定了倒计时工作制。四川省、成都市、都江堰市下定决心，一定要在1998年9月24日法国总理若斯潘访华之际，正式签订此项目。

时任市委书记侯雄飞在千头万绪的工作中，仍时时刻刻关注着水泥厂的各项工作甚至每个细节。1998年4月17日，在侯雄飞等的陪同下，拉法基公司高级执行副总裁罗时先生一行查看了水泥厂扩勘施工现场、厂址及供电、交通情况。

告别时，罗时先生紧紧握住侯雄飞的手说："我们要在这里建造一座中国最漂亮的工厂。"

拉法基集团是世界最大的建材生产跨国集团，在世界各地拥有60多家水泥厂，其水泥产品在全球市场的占有量排名第二。根据市委、市政府安排部署，都江堰水泥厂将建在金凤乡（现划归蒲阳镇）境内，主厂区占地400多亩，项目总涉及面积为920多亩（不含取料矿山）。其中，仅金凤乡就要从紫柏村、金凤村、银杏村共12个组内搬迁140户、600余人。

拆迁是一件难事。不少拆迁户都盼着一锄挖个"金娃娃"。但是，这次拆迁实际比以往建企业让农民兄弟所做的奉献要少得多。从1998年5月份开始，金凤乡的领导就开始着手抓拆迁工作。他们逐家逐户讲解建水泥厂对发展都江堰市经济的巨大作用。经过他们的辛勤工作和广大农民群众的支持理解，没有一家"钉子户"。到1999年1月31日，金凤乡拆迁工作就全部结束，清场完毕。

1998年9月24日，都江堰拉法基水泥有限公司合营合同及章程正式在北京举行签字仪式。项目总投资1.59亿美元（折合人民币13.1820亿元），其中建设投资为12.6490亿元，生产流动资金5350万元。注册资本为1.04亿美元（折合人民币8.5683亿元），占总投资的65%。注册资本中，中方都江堰市建工建材总公司以土地使用权、矿山采矿权折价入股，以及现金投入2140.7万元，占注册资本的25%。

该项目是都江堰市有史以来最大的投资项目，也是西南地区中外合资最大的并具有 20 世纪 90 年代最先进工艺技术和管理手段的建材项目。

　　这是都江堰市有史以来第一次进入北京人民大会堂签订经济合同，也是我市有史以来第一次与外国集团合资的最大项目。1998 年 12 月 19 日，总投资达 13.2 亿元的国家计委重点项目——都江堰拉法基水泥有限公司水泥厂在金凤乡隆重举行奠基典礼。至此，都江堰市在"工业强市"之路上迈出了坚实的第一步。被誉为都江堰市"生命工程"的拉法基水泥厂的奠基，终于奏响了"工业强市"的第一篇乐章。

　　"四川省各级政府给都江堰拉法基提供了一个优越的投资和经营环境，各级领导也对企业的发展给予了极大的关心和支持。"从 1999 年拉法基决定在都江堰建工厂时就加入拉法基的王俏回忆说。当初选择在都江堰建厂主要看中的是这里的资源与环境。都江堰虹口乡棕花嘴高山上有非常丰富的石灰石，这是生产水泥最重要的原材料。

　　从市场角度来看，国家实施"西部大开发"战略以来，四川省的 GDP 从 1999 年以来一直不断上升，成都发生着日新月异的变化，对水泥需求也不断增加。水泥是重物，运输半径是 200 公里以内，把水泥厂放在距离成都最近距离的都江堰非常合适。自投产以来，都江堰水泥厂就为成都地区提供水泥，同时还辐射到阿坝州，在构建美丽成都的同时，也为少数民族地区的建设添砖加瓦。

　　成都良好的配套政策和招商引资环境、高效的政府管理能力，包括成都城市文化的包容性等诸多方面都给拉法基集团留下了深刻的印象。在都江堰建厂时，都江堰市专门委派一名副市长负责公司的项目，进行点对点的协调。成都市政府还定期举行外商企业座谈会，直接面对外商企业，收集大家的问题，开辟绿色通道，非常负责任地将投资方的问题交给专门的部门，特事就特办，落实在实处。

在资金方面，得到了各级政府的很多支持和帮助。当初建厂时，法方采取的是交钥匙工程的模式，即由总包商负责建设和安装，包括从国外进口部分设备。由于总包商也是国内企业，按照中国当时外汇管理局的规定，公司需要进行多次换汇才能够满足不同方的需求，但这样就给企业增加了额外的成本。

成都市领导在了解了这个问题之后，及时帮助公司和外汇管理局进行沟通和协调。因为这个项目是四川省的第一个交钥匙工程，并没有什么外汇交易方面的案例，但是外汇管理局在研究和借鉴了其地区以及国外的类似项目后，很快特别批准投资方的交钥匙合同可以对进口设备部分直接按照外币结算，为拉法基都江堰工厂的顺利建设提供有力的保障。

当初建厂时，都江堰拉法基还面临着一个比较大的问题，即缺少水泥"专业人士"。因为他们建造的是国际上先进的新型干法水泥生产线，也是当时我省水泥行业第一条新型干法水泥生产线。因此，需要聘请外国专家以及国内其他地区的专业人员和专业工程师来进行施工和管理。如何让这些专业人士能够专心扎根在工作岗位上，这就决定着都江堰工厂的建设和后期的发展规模。

正在一筹莫展时，成都市政府和都江堰市政府都给予了拉法基大力的支持，帮助他们解决了外来专业技术人才的户口和孩子的入学等诸多实际问题，为这些专业人士解除了后顾之忧。

正是因为成都市政府和都江堰市政府当时在招商引资方面的软环境、在人才引进方面的力度、政府各个部门的整体协调能力以及良好的金融环境使得拉法基将第一条干法生产线的建设选在成都附近的都江堰，从而让法国拉法基集团坚信外资企业在这样的土壤一定可以很好地成长。

与时间赛跑，天津水泥院精兵强将列阵蜀西

天津水泥院是我国水泥行业最大、实力最强的设计院，不仅在中国水泥界是个响当当的名字，在全球水泥界都是颇具影响力的公司。但 2005 年在企业重组过程中却发生了部分技术骨干出走风波，使正在进行中的拉法基都江堰二线总承包项目面临尴尬境地。

在危难关头，副院长于兴敏被委以重任，成为天津院建院以来的第五任院长，真可谓是"受命于危难之际"。于兴敏清楚地认识到，在这种非常状态下，只有做好这个示范项目，才能稳定军心，才有可能使企业从困境中走出来。

当时，天津水泥院遇到的最大困难莫过于人才问题。于兴敏不拘一格、知人善用，大胆启用年轻人。困难总与机遇相伴，长江后浪推前浪，天津院人才辈出，在都江堰拉法基项目中很多优秀人才被发现，很多人的潜质得到充分挖掘。

8 月 3 日，于兴敏走马上任。8 月 8 日，他就配备齐"人马粮草"，列阵蜀西。都江堰拉法基二线项目是天津院承揽的所有总包项目中唯一一个举行了两次开工仪式的项目。他大将风度，指挥若定。他要求下属工程技术人员坚持"持续创新的技术，不断优化的设计，全方位优质的服务"的方针，贯彻"生产可靠、技术先进、为业主创造最佳经济效益"的设计指导思想，从设计人员的安排、设计方案的优化到驻厂调试队伍的组建，都列为他工作中的重中之重。经过项目经理部全体人员的艰辛努力，确保了该项目顺利竣工。

2007 年 1 月 19 日，该工程项目顺利完成，投产剪彩仪式隆重举行，嘉宾云集、高朋满座。成都市委副书记刘宏建、中国水泥协会副会长曾学敏、都江堰市委书记兼市人大常委会主任刘俊

林、拉法基瑞安水泥有限公司董事长罗康瑞以及拉法基集团水泥分支总裁胡吉勉到场并为新生产线剪彩。

对于都江堰拉法基水泥有限公司来说，这天还是个双喜临门的日子。在第二条生产线正式投产的同时，拉法基瑞安金凤窑博物馆也正式落成。"金凤窑"是1999年年底都江堰拉法基在一期工程建设中发现的一处宋代瓷窑遗址。为了保护中华民族的文化遗产，公司斥资搬迁了四座窑炉，并修建博物馆对出土文物进行异地保存。该博物馆正式落成之后将面向公众开放，供广大群众、学生、外国企业家等热爱中国文化的友好人士参观。

天津院体制重组期间工程启动延后，业主为工程是否能如期完成非常担忧。在天津院新一届领导班子的精心策划下，经过辛勤努力，积极推动项目，使工程如期顺利竣工，业主对承包建设工程表示满意，非常感谢。同时，业主对在中国建厂投资更增强了信心，希望能与合作伙伴紧密联系，寻求更多的投资机会。

调整战略，都江堰拉法基迅速扭转被动局面

都江堰拉法基工厂的建设与发展，更离不开一个女强人。2014年11月20日，中法两国建交五十周年时，法国驻华大使顾山先生在其官邸为这位美丽优雅的女士举办了法国国家功绩勋章授勋仪式，授予其军官级勋位。她就是我国建材行业获此勋章的第一人——拉法基瑞安水泥有限公司中国区公共事务前高级副总裁、都江堰拉法基水泥有限公司首任总经理周海红。

投产初期，都江堰拉法基由于营销策略的问题使得产品销售和工厂正常生产陷入窘态。2002年9月，周海红临危受命，从北京来到都江堰工厂。

在中方合作伙伴的配合下，周海红对成都市场各相关企业和政府部门进行了缜密调查。经研究分析后，她为公司制定了新的

营销策略和价格定位，基本扭转了当时的被动局面。

2003年3月，她任都江堰拉法基总经理后，又相应调整了产品结构，并推行因地制宜的散装措施，使水泥用户认识和接受了拉法基品牌，并一跃成为成都地区最受欢迎的产品，成功地开发了市场，年年取得佳绩。即使在"非典"时期，都江堰拉法基公司的年度销量也高达130万吨。

在都江堰拉法基任职期间，周海红认真研究了四川省水泥市场的产品需求，对水泥工业的发展态势及时做出正确评价。在中方的大力支持下，果断决定对公司实施滚动发展战略，分别于2003年5月第6次董事会和2006年6月第8次董事会做出扩建都江堰2线、3线的决议。

都江堰拉法基公司在这一战略指引下，历经八年的规模扩建，使其年产量由原140万吨发展为540万吨，翻了两番。至此，拉法基都江堰工厂实现了四年一跨越的战略目标，形成现有公司最终最佳生产规模。

在担任都江堰拉法基水泥有限公司总经理及四川地区总裁期间，周海红带领公司创造出卓越业绩的同时，还依照拉法基公司以人为本的原则和公司先进的人员发展体系为公司培养了大批的优秀地方人才；作为拉法基瑞安在中国水泥协会副会长单位的代表，她积极支持和参与行业协会的工作，致力于在行业内推广拉法基的先进管理理念，致力于拉法基在环境保护和企业社会责任方面的可持续发展理念和实践。

从2003年担任拉法基都江堰工厂总经理伊始，周海红的信念就是要建立一个可持续发展的模范工厂。她说，除了要严格控制大气污染物排放之外，还要严格按照集团标准实施矿山生态恢复，还大自然以清洁的空气和绿色生机。

然而，这也成为当时都江堰团队遇到的最大挑战之一。首先是在最高海拔台段上种的所有树种都难以成活，周海红百思不得其解，有一天，她在公路旁看到油麻藤长得非常旺盛，就建议团队试种这一当地优势物种，结果一举成功。

但是，很快问题又接踵而来。不同台段由于气候条件不同，要试种不同植物。当不同台段上各种植物都长得一片葱茏，并且和工厂矿山生态恢复计划模拟图越长越像的时候，都江堰团队的每位成员都由衷地感到自豪和欣慰。

周海红的所作所为，为都江堰工厂矿山成为国家级绿色矿山示范试点单位奠定了坚实基础。

灾后重建，都江堰拉法基实现涅槃重生

在"5·12"地震中，都江堰拉法基遭受了严重破坏，经济损失高达 4 亿多元。2008 年 5 月 19 日，法国《回声报》报道，法国拉法基集团在四川都江堰的水泥厂，因大地震停产一个月。拉法基都江堰工厂开业六年，雇用了 400 名工人。该厂原来年产 300 万吨水泥，占成都水泥消费量的 20%。

都江堰拉法基水泥有限公司原副总经理葛冠军介绍，该公司由世界 500 强之一、全球最大的水泥生产商——法国拉法基集团与都江堰市建工建材有限责任公司共同投资组建。2007 年，该公司上缴税收 1.2 亿元，实现净利润 2.8 亿元。

"5·12"地震时，都江堰拉法基厂区两条水泥生产线的核心原料预热器发生倾斜，回转窑发生移位；全厂大部分原料、熟料等输送装置垮塌，入库系统全部断裂；一些水泥库和设备库垮塌；投资上亿元、长达 6 公里的矿石输送带也全部中断，整个工厂陷入瘫痪，损失超过 4 亿元。

都江堰拉法基虽然遭受了严重破坏，但他们顾不上厂里的损失，在派出大部分员工参与都江堰抗震救灾的同时，还向社会紧急捐助 1000 万元用于抢险救灾，将全厂的挖掘设备派到向峨乡

等受灾最严重的地方参与救援。

抗震救灾工作告一段落后，拉法基都江堰工厂立即着手恢复生产。第一步，恢复供电是关键。"没有电，什么都搞不成。"葛冠军说。工厂的变电站在地震中全部损坏，成都市电业局派来电力抢修小组，经过二十多天的奋力抢修，公司第二条生产线的供电就全部恢复。

中国银行和建设银行主动向拉法基提供了 3 亿元的资金援助，攀枝花攀甬路桥、武汉欧艺建筑加固等单位也派出精兵强将驰援拉法基。2009 年 10 月 15 日，受损相对较轻的第二条生产线正式恢复生产。到 2010 年初，受损较重的第一条生产线也全部恢复，达到了上年的产能。震后一年，都江堰拉法基两条生产线均满负荷运行，日产水泥近 10000 吨，为灾后重建提供着强大的物资保障。

"地震给我们造成了巨大的损失，但也带来了巨大的发展机遇。"时任副总经理葛冠军说。由于本地建材生产遭到了严重破坏，但需求巨大，导致市场上水泥等各种建材的价格迅速上涨。瞅准这一机遇，都江堰拉法基决定加快第三条生产线的建设。

2009 年 10 月，都江堰拉法基第三条生产线正式上马建设。第三条生产线总投资 7.49 亿元，日产水泥熟料 4600 吨，当时预计 2010 年 4 月能投入生产。届时，都江堰拉法基的水泥年总产能将达 540 万吨。

2010 年 8 月 27 日 10 时，都江堰拉法基三线项目一号水泥生产线成功投料，水泥年生产能力超过 200 万吨。项目经理肖军贵、现场经理赵森、调试经理郑德喜及拉法基项目经理丁桂芳、调试经理 Walter 等出席了简单而热闹的庆贺典礼。

环保优先，走在变废为宝循环经济前列

最近几年间，因为工作关系和同学关系，笔者多次走进都江

堰拉法基工厂。都江堰拉法基第三任董事长兼总经理董益宇（笔者的初中同班同学）曾说："竖起来是高楼大厦，躺下去就是一马平川。"

用这句话可以形象地描绘水泥企业为社会创造的价值，我们的发展目标是成为本行业安全和环保管理方面的典范、最具市场竞争力的工厂、客户首选的合作伙伴和员工首选的公司。

拉法基都江堰工厂重视环保，将环保成果作为公司的战略竞争要素，严格执行集团和中国的国家环保政策、标准，并以最为严格的标准作为控制标准，采用先进的技术、工艺和装备保障对环境保护有利，以负责的态度面对工厂所在地的环境和周围社区。

拉法基都江堰工厂的三条生产线全部采用布袋除尘器，其中由德国洪堡公司设计和制造的第一条生产线在建设时是国内首家全部采用布袋除尘器的水泥生产线。都江堰拉法基的生产线工艺设计采用低氮燃烧技术和分级燃烧技术，并率先建设水泥脱硝项目。三条线都建有生产循环水处理净化系统，循环利用率95%以上，无生产废水外排。

秉承拉法基集团的可持续发展策略，都江堰工厂还在废气排放、噪音治理、废水处理、工厂绿化和矿山恢复方面投入大量资金，致力于将工厂建设成真正的现代化清洁式工厂。据了解，都江堰工厂在环保建设方面的直接总投资达到1.435亿元。他们还在通过不断进行工艺和设备的改进，通过利用新燃料和新原料，持续进行节能减排的工作。

在人们的印象中，水泥厂是污染行业。但实际上，水泥企业可以利用其水泥窑的特点，协同处置废弃物，变废为宝，使其成为可替代燃料。十多年来，都江堰拉法基一直不遗余力地进行着这方面的工作。拉法基都江堰工厂使用的很多料都是其他行业不用的废料，比如混合材料矿渣、电厂的粉煤灰、磷石膏、硫酸渣等。除此之外，他们还用农户种植蘑菇剩下的蘑菇渣、酒厂的酒糟和周边伐木场以及木制厂的木渣等作为可替代燃料。

笔者了解到，拉法基都江堰工厂替代燃料的重质替代率已经达到了10%。该厂还在积极研究和开发其他的一些替代燃料，以减少煤的使用量，从而减少二氧化碳的排放。

作为四川水泥行业的领先企业，都江堰拉法基工厂积极配合成都市政府在循环经济和节能减排方面的规划，为水泥行业和整个成都的可持续发展做贡献。

水泥窑高温煅烧会产生氮氧化合物，所有水泥厂都面临着这一挑战。拉法基都江堰厂是四川第一家开展水泥脱硝项目的企业。他们先期投资了350万元用于二号窑水泥脱硝设备的建设，该项目已经于2012年年初投入运营，其他两条线的脱硝工作也相继全部启动，总投资达到800万元。

基于上述各方面所做的努力，2012年，拉法基都江堰工厂成为首批获得环保部颁发的"中国低碳水泥产品认证企业"，是四川省唯一一家获得该认证的企业。

矿山恢复计划也是拉法基引领整个中国水泥行业可持续发展的一个亮点。中国大部分矿山在开采后没有采取生态保护措施，而都江堰工厂在1999年建厂时就根据拉法基集团在全球通行的做法，提出矿山恢复的概念，即采取阶梯式开采方式，边开采边治理。

他们遵循"因地制宜，因矿而异"的原则，进行植被的恢复，以确保植被重建的有效性。同时，设置完善的排水系统，设立拦截坝防止滑坡和泥土流。有关报告数据显示，从2002年至今，都江堰工厂共在矿山植被复绿及水土保持方面投资了7000多万元。

都江堰拉法基公司牢固树立环保优先的理念，努力促进生产经营与环境保护地和谐发展。该公司严格执行国家环保政策和标准，采用有利于环境的先进生产技术、工艺和装备保障，以负责的态度面对工厂所在地的环境和周围社区。截至 2013 年底，都江堰拉法基和双马水泥宜宾公司 5 条新型干法水泥生产线均安装并运行了 SNCR 降氮脱硝设备，还积极参与国家绿色矿山试点单位建设，开展打造"国家级绿色矿山"的各项工作。

都江堰拉法基水泥有限公司是中国西部最大的水泥生产企业之一，年产值约 15 亿元人民币。公司拥有 3 条熟料新型干法水泥生产线，2013 年成为国家安监总局认证的安全一级达标企业。

生态设计是工业设计的重要内容。这是按照全生命周期的理念，在产品设计开发阶段系统考虑原材料选用、生产、销售、使用、回收、处理等各个环节对资源环境造成的影响，力求产品在全生命周期中最大限度降低资源消耗，尽可能少用或不用含有有毒有害物质的原材料，减少污染物产生和排放，从而实现环境保护的活动。

2015 年 9 月，工业和信息化部（工信部）公布全国首批工业产品生态设计试点企业，共计 41 家企业上榜，覆盖钢铁、有色、石化、建材、机械、电子电器、汽车、纺织 8 个行业。都江堰拉法基水泥有限公司榜上有名，是水泥行业两家上榜企业之一。

对此，董益宇曾说："都江堰拉法基是全国首家安装 SNCR 设施进行降氮脱硝的水泥企业，我们宁愿为环保投入更多成本，因为我们必须对后代负责，做环境友好型的企业。这与成都招商引资的理念也是契合的，在发展经济的同时保护好成都和都江堰的山山水水。"

关注安全与健康，构建具有特色的企业核心价值观

企业是树，文化是根。二十年的艰苦奋斗，砥砺前行，"创

新、激情、诚信、担当、感恩"的价值理念时刻传递着积极向上的正能量，成为催生凝聚力和向心力的源泉，为企业发展注入了不竭的动力，成为企业不可复制的核心竞争力。

关注安全与健康是都江堰拉法基的战略方针之一。都江堰拉法基致力于为所有工作场所的所有人员，包括员工、客户、供应商、第三方等提供安全与健康的工作环境。该公司 2014 年度报告就明确提到，公司以安全为核心企业价值观，营造健康安全氛围，创造公司安全文化。

健康和安全是拉法基的核心价值观，也是企业文化的基石。所有员工都有权享有安全、健康的工作环境，同时也必须为营造这一环境负责。企业对所有工厂进行安全评估，建立包括总部、运营单位及工厂等各个层面在内的安全管理团队，并制定了一套完整而详细的安全规则加以实施。同时，公司不定期组织安全培训，提高安全健康意识，与员工与客户共同持续改进，全面提升安全业绩。拉法基将健康与安全目标融入各级管理体系中。在全公司范围内开展"安全之星"评选活动，以此鼓励公司在安全健康方面有突出表现的员工。子公司都江堰拉法基和宜宾公司都通过安全生产标准化一级评审。

公司建立了科学、成熟的先进企业管理体系，全面涵盖了采购、生产、销售等业务流程，有效地控制了企业的运营，使其保持有序的良性发展状态。同时，完备的即时反馈监督机制有力保障了企业的长足发展。

"生产因精巧而增产，管理因精细而增效，服务因精准而增色。"这是都江堰拉法基公司领导集体经常挂在嘴边的话语。管不厌"精"，理不厌"细"，把握重点，推陈出新，精细管理，都江堰拉法基公司的发展步伐越发坚定有力。

拉法基都江堰工厂立足都江堰，充分发挥生态本地优势，不仅为都江堰经济社会发展做出了显著贡献，更为绿色制造业乃至整个绿色经济发展，推动企业转型升级都起到了标杆、示范、引领作用。

岁月不居，天道酬勤。在探索前进的征程中，公司各项经济技术指标实现历史性飞越，基础管理水平大幅提升，工程质量创优实现历史性突破，企业市场占有率不断扩大，社会知名度不断提升，各级各类荣誉纷至沓来，拉法基都江堰工厂发展道路呈现出一派勃勃生机。

自 2003 年起，公司曾多次荣获"四川企业 100 强"称号，是国家重点支持发展的大型水泥企业之一。2007 年，成都市政府决定对 100 户"2007 年度模范纳税大户"予以通报表彰，都江堰拉法基水泥有限公司名列其中。2014 年，公司全年销售水泥约 788 万吨。2015 年，公司全年销售水泥 790 万吨。2016 年，都江堰拉法基水泥有限公司总经理董益宇被成都企业联合会和成都市工业经济联合会授予 2016 年度"最具社会责任企业家"之一。2017 年，都江堰拉法基水泥有限公司被评为"成都市纳税大户"（30 家工业企业纳税大户之一）。2017 年，我市 10 名企业家获得 2017 年度"成都市优秀企业家"表彰。其中，就有都江堰市拉法基水泥有限公司董事长兼总经理孙华鸿。

潮起海天阔，扬帆正当时。面对新的征程，都江堰拉法基水泥有限公司上下正以更加饱满的热情、更加奋发的精神、更加务实的作风、更加昂扬的斗志，为实现"从优秀到卓越"的跨越式发展目标，踏浪前行。

城市温度

——感动都江堰的平凡市民的故事

李　曦　张艺舸

岷江边长大的孩子二十年后傍水的守候

因为有五条河流穿城而过的得天独厚的优势，夏夜的都江堰有着清透的凉爽。岷江穿过宝瓶口奔腾而下，经历了白天的暑热，人们总喜欢依水纳凉，现在的南桥、西街成了人群聚集的繁华之处，但是它们依旧矗立不变，继续记录、见证着这座城市的变迁和一代又一代人成长的故事。

西街紧邻岷江，古为茶马驿道。百年转瞬，驼铃、马蹄似乎还可循回声，现在的西街却也因为各式精美的小店让游客流连忘返。2018 年刚满 34 岁的黄维在这里经营着一家咖啡厅，咖啡厅不大，楼上楼下加起来近百平方米，时尚又顺应川西民居特色的装饰让这个小店有着简约的文艺范。"叮当！"玻璃门打开，有客人进门，黄维不多言语，简单招呼一番就开始做咖啡。玻璃门关上以后咖啡厅里是便一番闲适自得的小世界。

随着都江堰市旅游型城市的着力打造，这座城市的时尚、国际感也越米越强。咖啡文化不仅被推广，这样一家小店也成了驻留都江堰的"老外"们了解都江堰的一扇窗户。但是这个故事还得从黄维说起。

追根溯源，黄维的祖辈并非都江堰本地人。当年黄爷爷从故乡流浪到都江堰，因为谋求生计，干起了在南桥下游钩拉从岷江上游水运而下的木材的活儿。说到这份工作，老灌县人应该还有清楚的印象。因为当年的货运不发达，上游的木材只有靠岷江的水流运输到下游。而下游的工人仅仅站在水流湍急的江面上没有保护措施的"水耙子"上用人力拦截比人体还大很多倍的原木木材。风险中求得了生存，黄爷爷也就在都江堰安了家开始了生活。而他的安家之处也就是岷江旁的西街。时光荏苒，黄爷爷在西街结婚生子，慢慢生活成了老灌县人。

临水而居是人类的生存本能，所以西街也是都江堰城市区域发展的原点。与西街垂直的南街连接南桥，与南街垂直的幸福路逐渐延展了都江堰人生活的范围。再后来的古城区、一环路、二环路……都是城市发展的必然历程了。西街街道不长，街道的宽度也不过5米，可是这里的人们从祖辈到孙辈都生活在群居的人情味当中，闲适而与世无争。20世纪80年代，如黄维这样的西街八零后出生，他们跟父辈一样跟邻居、小伙伴在西街玩耍，相互串门，在宝瓶口看岷江流过南桥……

然而成长在90年代的黄维等一代人因为社会经济节奏加快，他们一面在西街的慢生活里成长一面接收着改革开放以后的多样化信息。读书、学习，大学毕业后黄维走出了西街在杭州的合资企业工作，成为IT从业人员。

然而，2008年的地震却刺痛了黄维的乡愁。对于刚工作不久的他来说杭州是很好的事业发展之处，但是家乡的每一次变故都在牵动他的心。"我就是在新闻上看到说，中国第一条县级动车即将在成都与都江堰之间开通，都江堰的发展前景好，我觉得我要回来，这里才是我的根。"于是，黄维向公司递交了辞呈准备回家创业。

灾后重建的都江堰充满了新生的机遇，黄维和志同道合的小伙伴成立了科技公司，用互联网思维服务商业，新兴的商业模式做得有声有色。但是创业小有成就的黄维一直心系自己成长的西街。

同样，在灾后重建的新生中，西街的老住户们聚集在一起在西街的街道上摆上了让人印象深刻的坝坝宴，此后西街也开始重新打造。几年时间，都江堰日新月异，黄维回到了西街，将重建后的老宅打造成了时尚的咖啡厅。而这样的咖啡厅对于从小不善言辞的他来说也算是最大的突破。黄维说，这就是他对于都江堰的情怀，也是他对西街最深厚的眷念。

随着都江堰市国际旅游城市的打造，越来越多的游客来到了都江堰，越来越多的外国人常住在了都江堰。擅长英语的黄维每周二都在咖啡厅里举办英语角。起初他的本意是让咖啡厅搭建交流的桥梁帮助对英语有兴趣的朋友学习英语；慢慢地，咖啡厅也成了老外们初来都江堰融入都江堰的一扇沟通的门。

从黄爷爷在岷江打捞水运木材，到黄维又在西街开店迎客，几十年的时间仿佛只是折叠。除了生活的酸甜苦辣，黄维的故事基本没有波澜起伏，但正是这平平淡淡的乡愁和守候熬磨出了这座城市独有的人情味——有温度而实在。

残疾父母是偶像　我用所有来报答

2017 年 7 月，19 岁的王熙以 597 分的优异成绩考上了北京化工大学，成了村里考到北京读大学的第一人，而更让十里八村津津乐道的是王熙和他的残疾父母自立自强的感人故事。

1997 年，脊柱先天残疾的施石燕经人介绍，从蒲阳金凤老家嫁到了河西的中兴镇永安村。丈夫王思学比她大十岁，也是一个残疾人，靠在菜市场卖些小菜为生。

在旁人看来，两人搭个伴儿，这辈子也就这样过了。可倔强的施石燕并不甘心，她想生孩子，她渴望和健全人一样拥有一个完整的家。

1998 年 9 月 5 日，施石燕剖腹产下一个男孩，因为脊柱患有严重的残疾，施石燕不能顺产，也无法使用麻醉药。"那个手术刀、手术钳在我肚子上生拉硬扯，活鲜鲜地痛，当时觉得可能要死在那里了。"回忆起生孩子的过程，施石燕至今难忘。

孩子出生这天，是农历七月十五，当时，村里认识夫妻俩的人都为他们捏了一把汗：这样的一对夫妻，这样的一个家庭，在这样一个有些"不吉利"的时间生下了这个孩子，孩子以后会是什么样？

尽管周围的议论声不断，但当看到四肢健全的儿子时，夫妻俩已然觉得自己是世界上最幸福的人。他们给孩子起名王熙，希望他阳光乐观、健康成长。

王熙 3 岁那年，腿脚不方便的父亲王思学把家从村里搬到了几公里外的中兴镇农贸市场。"这样一来，既方便照顾母子俩，也免去了来往奔波的折腾。"王思学觉得自己的计划两全其美。

在菜摊旁支个蜂窝煤炉，在避风的墙边搭一张床，一家三口就在这个临时的家里安顿下来，这一住就是六年。在菜摊上吃饭，在菜摊上睡觉，在菜摊上学习，农贸市场几乎就是王熙童年生活的全部。

虽然条件很艰苦，可小小年纪的王熙在这里感受到了浓浓的人间烟火气，这段经历也成了专属于他的精神财富。

每天早上，步履蹒跚的父亲围着菜摊忙前忙后，卸货、送菜等体力活全由他一肩挑。身体更差一点儿的母亲则坐在菜摊上帮忙择菜、称菜、算账。饭点时间，王熙就学着大人的模样帮忙做饭，但因为年纪太小，饭做得时好时坏，水掺多了、汤烧干了的事时有发生。"遇到这种情况，临近摊位的叔叔阿姨总会笑嘻嘻地把他们的回锅肉、番茄炒蛋往我碗里夹。"这段温暖的记忆，一直让王熙反复品味着。

闲暇时，王熙喜欢在菜摊边看着来往的人们。"经常有一些娃娃跟着爸爸妈妈到这边来买菜，他们一只手拿着冰激凌，另一只手拿的就是奥特曼之类的玩具。"这是让王熙很羡慕的。"可有时也会看见一些四肢健全，却带着孩子在市场里行乞的人。"每每这个时候，王熙总会条件反射一般转身去看菜摊里忙碌的父母。"看到这些人，我才知道有这样自食其力的父母，我是多么幸运！"

有了身残志坚的父母做精神指引，王熙也如父母的期盼逐渐长成了一个健康向上的男孩，从小学到中学，王熙的成绩一直名列年级前茅，并担任班干部，中考时，他还以优异的成绩考入了青城山高级中学"火箭班"。

在同学心目中，王熙全面发展，是学习的榜样；在老师心目中，王熙组织能力突出，是班级管理的好助手；而在父母心目中，王熙孝顺懂事，是家里最暖的"小太阳"。

"5·12"地震后，王熙家得到了政策帮扶，5万元的帮扶款加上父亲卖菜挣来的微薄积蓄，一家人修起了几间小青瓦房。父亲在市场卖菜走不开，母亲的身体又每况愈下，照顾家庭的重担就落在了王熙身上。洗衣服、做饭、打扫卫生、背母亲去看病……家里大大小小的家务都由王熙一个人包办。读中学住校后，王熙每周只能回家一次，他不得不请自己的奶奶帮母亲做做饭，其余活儿就等周末自己回家后再干。

每个周末，王熙总会一边做家务，一边绘声绘色地给母亲讲述近段时间学校里的一些趣闻。他总会从学校带回各种奖状，还有考试成绩单，看到母亲像攥着宝贝似的攥着这些纸片，王熙十分满足。

除了和母亲分享自己的收获，于自己的父亲，王熙又有另一种分享方式。"每学期家长会，我会提前给菜市场熟悉的叔叔阿姨打招呼，请他们帮忙照看菜摊。"王熙最喜欢邀请父亲去参加家长会，而且每次都是早早地到校门口去迎接父亲。让比自己高很多的儿子牵着在校园里散步，起初，父亲还有些不好意思，可王熙觉得很踏实。"我希望父亲能够知道我在学校过得很好，也想让同学们认识我这位了不起的爸爸。"在王熙眼里，自强自立的父母是他一辈子的骄傲。

2015年12月，王熙被评为了"都江堰市最美孝心少年"。

2017年7月，王熙收到了北京化工大学的录取通知书，成为村里考到北京读大学的第一人。因为家境困难，王熙的求学之路一度陷入迷茫。在都江堰媒体和社会各界的关注、支持下，2017年9月，王熙如愿走进了位于北京昌平的北京化工学院。

"希望时间过得慢一点儿，好让父母老得慢一些。"和所有人一样，王熙对于时间的流逝也有着深深的无力感。每每想到这里，乐观的他总会给自己进行心理按摩："时光飞逝也不错！这样就可以早日学成回来，报答父母、回馈家乡了。"

无人区的坚守只为那片林山花海

3月底，地处无人区的华西亚高山植物园龙池基地，不到10℃，凉风飕飕。

一大早，李建书套上那件已经被磨得看不出本色的棉夹克走出基地的小木屋。在门口，他把弯刀别在腰后——杜鹃花陆续开放了，清理花林间的枯枝杂草十分必要。爬坡上坎、修枝剪叶，精瘦的李建书利索得很。窸窸窣窣的走路声，收拾枝叶时断断续续的嘎吱声，回应着山谷间的鸟鸣声。

"滴滴……"两声无比清脆的喇叭声打破了杜鹃园的宁静。

"李师、周姐，菜来咯！"华西亚高山植物园的副主任张超、主任助理王飞兴冲冲地跳下越野车，从后排提着四块猪肉、一捆芹菜、一袋花菜，还有豌豆、蒜苗、大葱走进了小木屋。

正在厨房里淘米的周小芳连忙迎出来，听见喇叭声的李建书也三步并作两步地从杜鹃园里跑了回来。

又到了同事送菜、送生活用品到基地的星期二——李建书、周小芳夫妇最喜欢的日子，这一天，基地不再冷清。

周小芳开过农家乐，厨艺了得，为同事们做上一顿可口的柴火饭不在话下。三下五除二，麻辣凉粉、蒜苗回锅腊肉、烂肉豌豆、耙耙菜大杂烩就端上了桌。

山里阴冷，李建书早已养成了顿顿喝二两的习惯。同事们上山来送菜，不开车的人免不了陪他喝两杯，每每酒过三巡，大伙儿就会开始"想当年"，彼此间烂熟于心的龙门阵又被一遍遍摆起。

华西亚高山植物园龙池基地建于 1988 年，规划面积 600 余亩，有原生杜鹃花品种 426 种，是全亚洲最大、种类最多的原生杜鹃花引种栽培基地。为了保证基地的安全和种苗的正常生长，自打建园起，植物园就面向社会招聘了常驻基地的管理员。

因为基地的海拔在 1750 米以上，生活条件艰苦，每月工资也就 300 多元，愿意长久待在这里的管理员并不多。

"开农家乐轻松，他就喜欢打牌，我就觉得这种生活太颓废了，正想重新找个啥事来做。"得知了龙池基地的招工信息，周小芳毫不犹豫地拉着李建书去报了名。就这样，时年 38 岁的李建书和 40 岁的周小芳夫妇关掉了在虹口深溪沟的农家乐，成为了基地的第三批管理员。

那一年是 2005 年，出于对自然资源保护的考虑，龙池景区也正好在那年开始了封闭打造。封闭打造让本来游人如织的龙池景区逐渐成为无人区。"5·12"地震发生后，这里更是断水断电，看不了电视，上不了网，加上手机没信号，龙池基地几乎与世隔绝。

基地一共有 4 名管理员，结束一天的劳作后，李建书和周小芳就和其他两名管理员借着烛光摆龙门阵。"整个山上就这几个人，哪里有那么多话摆嘛，所以天天都摆'重皮子'龙门阵。"

宁可没话找话，也不愿去睡觉，因为在湿气很重的山区睡觉，尤其是在冬天，简直就是遭罪。"用不了电热毯，睡那个床就是浸骨头般冷！"回忆起冬夜睡觉的滋味，夫妻俩不禁打了一个寒战。

后来，李建书想了一个办法："我们就穿着衣裳睡，睡热乎了就把外套脱了，又睡热乎了就把毛衣脱了，再睡热乎了就脱保暖衣……"这样一层一层地脱衣服睡觉，虽然要花四五个小时才睡得踏实，但好在不再那么冷了。

十多年下来，平时能喝点儿酒的李建书身体还扛得住，不会喝酒的周小芳却落下了风湿的病根，经常腿疼，手指的关节也开始变形。

利用每月几天的轮休假期，李建书就会陪周小芳下山回家探望父母，顺便也去镇上的卫生院看看病，准备一些风湿药膏。得知她在龙池基地的情况，劝她改行的亲朋好友不在少数。

"我好多朋友的老公都挣到大钱了，她们现在都打扮得非常好看，感觉也过得很潇洒，但不知道为什么，我真的还不羡慕。"周小芳有些自嘲地说，"我现在硬是喜欢山里面的清新空气，看到那些生机勃勃的花花草草，都不觉得苦了，可能已经当惯'原始人'了。"在周小芳看来，她选择了一条与众不同却让自己无比踏实的路。

有了妻子的支持，李建书也成了基地的骨干力量，育苗、修枝，甚至修花台、修房子全都带头干。"他真的既肯干又能干，我们每次上来，他都有新发现，一会儿又是土壤改良，一会儿又是浇水密度改良一下，真的还能出效果！"在华西亚高山植物园副主任张超的眼里，李建书这个土生土长的农民已经成了杜鹃花种植和栽培的"土专家"。

十三年间，李建书、周小芳和基地的同事们一手一脚地栽下了一株株杜鹃花。到2018年，龙池的杜鹃花种植面积从2005年的100亩左右扩大到了超过400亩，种植数量从5万株增加到了30余万株。

"再过两天，雾气散了，温度就会起来了。这不，好多杜鹃花都开了。"远眺漫山芳菲，李建书、周小芳知道，又一个春天到来了。

近几年，李建书、周小芳以及另外两名管理员的待遇得到了逐步改善，工资已从最初的300多元调整到了1500元，还购买了社保。2017年底，龙池基地终于装上了太阳能，基本用电得到了保障。生活条件慢慢在变好，李建书和周小芳的信心也就更足了。守护这片林山花海，他们还会继续。

小女子扛"非遗"大旗坚守都江堰匠人精神

川西林盘竹林茂盛，因此竹制器是川西地区特有的生活器具。都江堰市的青城山地区有着悠久的竹制历史，但是由于耗时耗工，竹制品利润不高，越来越多的竹制器艺人开始放弃了编制竹器，精巧的川西手艺面临失传。但是就在这个时刻，一个九零后的小姑娘毅然辞去工作扛起了这百年手艺传承的大旗，她就是都江堰第四代"马椅子"传人——马娇。

战国时成都平原已经开始使用竹笼筑堤。劈竹成篾，编成石笼，内装石块，围在岸边用来防止河岸冲刷，巩固堤坝，修建水库，在都江堰水利工程上就被广泛使用。竹笼柔中带刚的特性，十分符合岷江沙质河道的特性。光绪年间，青城山芒城村由马双河所创立的"马椅子传统竹椅制作技艺"因其制作的竹椅扎实、美观，远近闻名，青城山也有了"马椅子"美名。

经过三代人的传承，社会经济的发展节奏加快，竹制器的销量逐年减少，"马椅子"的手艺人所剩无几。1990年，"马椅子"的第四代出生，因为竹编手艺对体力的要求以及竹编手艺传男不传女的原则，竹编手艺面临失传。

马娇是独女，因为是女孩儿，马家对她怜爱有加，虽然她从小也跟随父辈做点儿竹艺手工，但是马娇父母还是不愿女儿做手艺吃苦。大专毕业后的马娇回到都江堰，找到了一份外企的工作，然而在公司工作了三年，马娇发现了父母的担忧，祖辈们传承下来的手艺如果没人继承即将面临失传。

看着一天天老去的父亲，同时一直都记挂爷爷临终前的嘱咐，当年才23岁的马娇毅然辞掉工作，回家帮着父亲一起经营马椅子。

接受过高等教育的马娇一面在父亲的指导下勤练竹椅制作技艺，一面利用自己所学的知识和理念，开始研究马椅子的营销和推广。马娇发现父母把椅子驮到街上去卖的办法传统，既费人力又浪费时间。经过调查研究，马娇决定用品牌打开销路的方式来加大销量。

2013年5月，马娇在四川新闻网麻辣社区发表了一篇关于民间手工艺马椅子需要大家关注的帖子。一时激起千层浪，"马椅子"被很多人知晓，同年，不少媒体也对马椅子进行了宣传、报道。此时，逢论坛网络聚会，逢重大节庆活动，马娇都会抽空参加或免费当志愿者，每到一个地方都会大力宣传"青城马椅子"，果不其然，马娇与马椅子的知名度慢慢热涨起来了，网友和朋友也纷纷给予好的建议或意见，靠着执着坚持和营销推广理念，马椅子在都江堰逐渐产生了影响力和知晓度。

马娇说："虽然自己是一个九零后女孩子，但是自己比普通女孩更懂事和成熟，待人接物也都靠着一份真诚。"竹编手艺靠的是纯手工制作，编制环节非常烦琐和费体力，要将祖辈辛苦打拼的"马椅子"事业做大做好，不仅要打开知名度，还要解决最根本的耗时耗工经济收益不高的实际难题。这靠的不仅是热情还必须得有长此以往的坚持。

2013年10月，在青城山镇政府和民建都江堰总支的帮扶下，马椅子首家店铺在青城山镇青正街开业；同时也在网上开起了网店。就这样，马椅子的销售量渐渐地有了提升。马娇还在2014年注册了商标。

2014年中央电视台CCTV－4《远方的家》江河万里行栏目对马椅子进行报道后，马椅子的实体店销售量和网店的销售量明显上升。日复一日，马娇把青城马椅子的知名度在都江堰逐步拓展开来，并且接触网友及朋友相互帮助，2014—2016年期间马椅子得到了成都市、四川省，及至全国各大主流媒体广泛关注，青城马椅子从此成为都江堰又一张城市名片。

2016年4月，马椅子成功申请为都江堰市非物质文化遗产，其知名度和影响力开始走向一个辉煌阶段。9月，马娇又回到了青城山芒城村成立了农民专业合作社，希望能带领当地的村民致富。

2016年5月，青城马椅子正式入驻都江堰市创业园区，成立都江堰市星梓家具有限公司，马娇也成功成为都江堰市2016

年第一批创业青年。这家店铺是都江堰市共青团市委为大学生创业所提供的平台，店铺以竹文化茶文化以及书画为主题，既可购买竹工艺品，又可品茶，还可以欣赏字画。从传承马家手艺到现在，马娇尝试从产品上开始改变，利用自己所学的雕刻技术和烙画技术，在产品上增加亮点，从而增加产品的文化价值、艺术价值和收藏价值。马椅子不再是当年的马椅子，"马椅子"已经做成了都江堰市的文创品牌。

现在的青城马椅子不仅在国内有了一定的影响，2018 年 3 月，马椅子还走进了南非约翰内斯堡，向国外友人展现都江堰的手工技艺。

谁说女子不如男，九零后的娇小女子马娇就做到了让人佩服的坚韧。如果说匠人精神是百年如一日的一丝不苟，那马娇的匠人精神更是体现在对传统手艺的坚持和发扬光大。这是新时代年轻人的思辨和正能量，也是都江堰青年的纯粹和温度。

奔跑的力量

——成都双遗马拉松纪实

苏卫星

　　"马拉松比赛"是一项长跑比赛项目，其距离为 42.195 公里。这个比赛项目距离的确定要从公元前 490 年 9 月 12 日发生的一场战役讲起。这场战役是波斯人和雅典人在离雅典不远的马拉松海边发生的，史称希波战争，雅典人最终获得了反侵略的胜利。为了让故乡人民尽快知道这个胜利的喜讯，统帅米勒狄派了一个叫菲迪皮茨的士兵回去报信。菲迪皮茨是个有名的"飞毛腿"，为了让故乡人早知道好消息，他一个劲儿地快跑，当他跑到雅典时，已上气不接下气，激动地喊道："欢……乐吧，雅典人，我们……胜利了。"说完，就倒在地上死了。为了纪念这一事件，在 1896 年举行的现代第一届奥林匹克运动会上，设立了马拉松赛跑这个项目，把当年菲迪皮茨送信跑的里程——42.195 公里作为赛跑的距离。

首届蜀道驿传马拉松接力赛

　　蜀道驿传马拉松接力赛是继 1983 年 2 月 27 日成都市第一届马拉松比赛后 31 年来，四川省和成都地区的首个大型马拉松赛事。1983 年 2 月 27 日以成都市职工业余长跑协会主办的成都市第一届马拉松比赛只有 60 个人参赛，据成都市职工业余长跑协会的马拉松元老杨玉定和周维汉回忆，这届马拉松只有"60 个人参加 59 个人完赛，其中还有 4 个女同志，真是太不容易了"。当时，成都媒体报道后《人民日报》《中国体育报》《文汇报》等全国 7 家报纸也报道了成都马拉松赛，在全国各地引起巨大轰动。

2014 年初，都江堰市体育局创新工作思维，在推进国际旅游城市建设中，坚持以市场为导向，改变传统的办赛方式，积极引入社会办赛新机制，根据国际国内马拉松热潮和都江堰市的自然条件拟利用社会力量举办马拉松赛事。都江堰市经过面向社会征集优质资源和反复遴选，最终确定与成都金富源投资有限公司进行合作。通过项目洽谈和投资运行赛事反复磋商之后，都江堰市体育局约请国家体育总局马拉松办公室主任张永良对都江堰市举办马拉松赛的自然环境、道路设施、接待能力以及赛事配套设施进行实地考察评估，考察结果显示都江堰市完全具备举办国际级马拉松赛条件。经过前期准备工作以后，都江堰市体育局受都江堰市人民政府委托和成都金富源投资有限公司在同年 4 月 1 日就"成都·青城山—都江堰国际马拉松比赛（暂定名）"相关事宜签订备忘录。备忘录就"成都·青城山—都江堰国际马拉松比赛"赛事的项目策划、营销宣传、赛事推广、媒体招商、赛事管理、竞赛活动组织等工作以及体育活动策划、文化活动策划、会展活动与服务进行了约定。在赛事筹备工作按计划推进的同时，按照备忘录约定，同年 6 月 12 日，由成都一点一滴文化传播有限公司和北京行知探索文化传播有限公司共同出资 1000 万元人民币在都江堰市注册业经核准定名的"成都双遗马拉松赛事管理有限公司"对赛事活动进行管理。

（赛事公司由成都一点一滴文化传播有限公司和北京行知探索文化传播有限公司共同出资设立。其中，成都一点一滴文化传播有限公出资 60%，北京行知探索文化传播有限公司出资 40%。刘洋为成都金富源投资有限公司和成都一点一滴文化传播有限公司的实际控制人，担任成都双遗马拉松赛事管理有限公司法定代表人。）

随即，成都双遗马拉松赛事管理有限公司、都江堰市体育局、公安局、交通局又对赛道的设计再次进行反复研究、反复论证。再次组织精干力量对青城山新山门（起点）—双钟街—青云路—环山旅游线—熊猫谷—赵公大院—鑫玉大道—铁军路—外江大桥—彩虹大道南段—都江堰大道—天乙街—公园路—复兴街—鱼嘴—复兴街—南桥—幸福路—宣化门—都江堰大道—彩虹大道北段—壹街区—永安大道—彩虹大道南段—凤凰体育场（终点）进行反复踏勘和模拟赛事演练，在确保交通安全、交通顺畅和尽量不影响市民正常生活的前提下，尽可能地完美展示都江堰厚重的历史文化和得天独厚的自然之美，让广大参赛选手在享受运动快感的同时饱览世界自然遗产和文化遗产地古城、山林、水域浑然天成之美景，使参赛选手全程感受都江堰、青城山好山好水好空气及宜居宜业宜休憩的自然风光、人文情怀和厚重的历史文化与现代文明交相辉映的大美画卷。

如今，城市马拉松赛早已形成世界趋势，一场有影响力的马拉松比赛可以很好地展示城市魅力，提升城市品位。欧洲的城市马拉松赛事，在百余年的发展中早已各具特色，成为全球主要赛事。而在中国，马拉松也已经在民众中普及，马拉松赛事的举办已初现格局，在未来还有很大的潜力。"蜀道驿传"马拉松比赛，取意"蜀道驿传文化"，驿传，就是邮驿，古代也称驿传，早在公元前558至前486年，古波斯就建有急使信差传邮的邮政驿站，设有待命的信使和驿马，信件由信使一站传一站的方式急速传递，邮递速度很快，当时人们称其为接力邮政。我国的邮驿通信一般认为是从殷商盘庚年代算起，直到1912年废驿归邮为止。蜀道就是四川省内的道路，亦泛指蜀地。

唐李白《蜀道难》诗：

噫吁嚱，危乎高哉！蜀道之难，难于上青天！

唐温庭筠《过华清宫二十二韵》：

早梅悲蜀道，高树隔昭丘。

《隶续·汉建平郫县碑》宋洪适释：

右《建平郫县碑》二十九字。建平者，哀帝之纪年，其五年已改为元寿矣……殆蜀道未知改元尔。

《三国演义》第六十回：

修谓松曰："蜀道崎岖，远来劳苦。"

明赵震元《为李公师祭袁石寓宪副》：

英雄裂蜀道之篇名，公（袁可立子）遂先辈之误。

陈毅《咏三峡》：

蜀道真如天，江行万山间。

驿传文化，是古代薪火相传的文化沿袭，是蜀中厚重历史文化的重要组成部分。在赛事的命名上，都江堰市人民政府提出要严格按照"传承历史文化，宣传城市品牌"这一要求来实施，中共都江堰市委常委、宣传部部长王聪，都江堰市人民政府副市长王敏，都江堰市体育局局长陈晓、副局长谭红，成都双遗马拉松赛事管理有限公司总经理刘洋等人经多方收集意见、咨询专家、查阅资料、反复斟酌，结合都江堰市拥有青城山、都江堰世界文化遗产和赵公山大熊猫栖息地自然遗产的悠久历史和都江堰市仅距中国西部特大中心城市——成都68公里，平均海拔500米，四季平均气温16℃，空气清新纯净，自然环境幽美，市域内空气具有非常高的负氧离子含量的优势，几经反复最终将赛事定名为"蜀道驿传马拉松接力赛"。

2014年10月25日上午8时，由都江堰市人民政府、成都双遗马拉松赛事管理有限公司主办的"2014成都·都江堰双遗马拉松热身赛暨首届蜀道驿传马拉松接力赛"在好山好水好空气的青城山下鸣枪开赛，来自重庆、成都、都江堰和北京、上海、武汉、中国香港特别行政区、中国台湾地区及新加坡的17所商学院的1112名马拉松爱好者（其中EMBA参赛人员190余人）参加比赛。最终四川省都江堰中学二队、跑步男子一队和约跑队分别在 11 小时 02 分 08 秒、11 小时 04 分 15 秒和 11 小时 11 分 10 秒完成比赛获得第一、二、三名。

2015 成都·都江堰双遗马拉松赛

马拉松运动作为跨国界越种族的传统体育赛事活动，早已在全世界范围内形成了"马拉松文化"，马拉松赛的城市对外影响力日益增强。成都市作为中西部特大中心城市，自 1986 年以后，就再也没有自己的马拉松赛事，2014 年都江堰市举办的"2014 成都·都江堰双遗马拉松热身赛暨首届蜀道驿传马拉松接力赛"从专业角度讲是不能称为"马拉松比赛"的，因为"马拉松比赛"是没有接力的。"5·12"汶川特大地震以后，都江堰市的体育事业得到较快发展，城市交通体系不断优化，城市公共服务体系、网络通讯体系等基础配套设施持续改善，城市接待能力大大增强。在 2014 年 10 月 25 日成功举办"2014 成都·都江堰双遗马拉松热身赛暨首届蜀道驿传马拉松接力赛"的基础上，都江堰市决定举办大型马拉松比赛。

为推动成都马拉松比赛健康、有序地发展，引导社会力量积极参与体育赛事投入，2014 年 1 月，都江堰市体育局受都江堰市人民政府委托多次与成都金富源投资有限公司董事长刘洋反复磋商，就成都金富源投资有限公司作为投资主体在都江堰市开展马拉松赛事活动相关事宜进行洽谈。经过无数次的协商、沟通、谈判，双方意见基本统一。同年 3 月，都江堰市成功引进成都金富源投资有限公司在都江堰市运作马拉松赛事。4 月初，都江堰市和成都金富源投资有限公司签订了《马拉松赛事合作备忘录》。6 月，成都金富源投资有限公司正式在都江堰市注册成立"成都双遗马拉松赛事管理有限公司"。期间，中共都江堰市委书记张余松亲率市公安局、体育局等相关部门负责人前往甘肃省敦煌市和瓜州县进行举办马拉松比赛的实地考察，并同行知探索创始人、"玄奘之路"发起人、戈壁滩马拉松赛发起人之一、原中央电视台著名主持人曲向东以及马拉松爱好者就都江堰市举办马拉松比赛进行广泛交流。6月底，都江堰市再次约请国家体育总局马拉松办公室和四川省田径协会相关负责人和专家到都江堰市对"成都·都江堰双遗马拉松"比赛线路进行现场勘查，对道路交通路网体系及公共服务设施设备进行评估。在国家体育总局、四川省田径协会和成都市体育局的大力支持和悉心指导下，在都江堰市体育局、公安局、交通局、卫生和计划生育局、城市管理局和幸福镇、灌口镇、青城山镇、中兴镇、玉堂镇等有关部门和乡镇（街道）的密切配合和通力协作下，比赛线路经过多次实地踏查，在"既保障赛道安排合理，又最大限度缓解交通压力"的原则下，赛事组委会最终确定凤凰体育场为赛事起终点，比赛线路主要为凤凰体育场—都江堰大道—宣化门（古城区）—南桥—都江堰景区（鱼嘴）—环山旅游公路（熊猫谷）—青城山（建福宫）—S106—外江大桥—永安大道南一段（快铁站）—彩虹大道南段—凤凰体育场。赛事组委会将赛事名称暂定为"都江堰双遗马拉松赛"。

2014年10月至2015年2月，都江堰市委、市政府相关领导多次召集都江堰市法制办公室、发展和改革局、财政局、城市管理局、体育局等相关部门就"成都·都江堰双遗马拉松赛"合作方式、协议内容等多方面进行专题研究。2014年12月30日，市政府第49次常务会议就选择赛事合作单位等事宜进行审议并通过合作方案。12月31日，按法定程序发布《关于公开选取成都·都江堰双遗马拉松赛事联合主办单位的公告》，召开公开选取"成都·都江堰双遗马拉松赛"联合主办单位项目比选评选会议，最终确定成都双遗马拉松赛事管理有限公司为中选人。

2015 年 1 月，都江堰市正式启动选择赛事合作单位相关程序。为进一步扩大赛事影响力，都江堰市人民政府函请成都市体育局同意，在主办单位中增加"成都市体育局"，经成都市体育局同意，该项赛事正式定名为"成都·都江堰双遗马拉松赛"。同年 1 月 29 日，都江堰市人民政府与成都双遗马拉松赛事管理有限公司签订了正式合作协议，协议约定"将连续 10 年在都江堰市组织开展成都·都江堰双遗马拉松赛活动"。

2015 年 4 月 18 日上午 8 时，由成都市体育局、都江堰市人民政府主办，成都双遗马拉松赛事管理有限公司承办的"2015 成都·都江堰双遗马拉松赛"在彩虹大道南段凤凰体育场前鸣枪开赛。来自全国各地和新加坡、美国、日本、埃塞俄比亚、马来西亚等国家及中国香港、澳门特别行政区和台湾地区的近 5000 名马拉松爱好者参加了比赛，比赛设全程马拉松、半程马拉松和 5 公里"赞助商乐跑"3 个项目。国家体育总局体操运动管理中心主任、都江堰市人缪仲一，成都市体育局局长谭学军，中共都江堰市委、都江堰市人大常委会、市政府、市政协领导张余松、王彝福、马汉选（后因犯罪被判刑）、高润川，行知探索创始人、"玄奘之路"创始人、戈壁滩马拉松赛发起人之一曲向东，成都双遗马拉松赛事管理有限公司董事长刘洋等出席起跑仪式，奥运冠军陈龙灿、张山、陈静、冯喆和著名运动员李雪梅、刘静等应邀参加起跑仪式和为本次比赛前三名参赛者颁奖。

"2015 成都·都江堰双遗马拉松赛"有 5000 名马拉松爱好者参赛，其中参加半程马拉松和全程马拉松的人数共计 3917 名，3798 人在规定时间跑完比赛，完赛率达 97%。经过两个多小时紧张激烈的争夺，男子全程马拉松冠军由中国的李永远夺得，成绩为 2 小时 26 分 50 秒；女子全程马拉松冠军由中国的郑文荣夺得，成绩为 2 小时 55 分 7 秒。

"2015 成都·都江堰双遗马拉松赛"呈现了多个亮点：第

一，成都·都江堰双遗马拉松是继 1986 年以后，三十年来成都市举办的规模最大的一次马拉松比赛，也是全球首个奔跑在世界文化遗产和世界自然遗产之间的马拉松比赛；第二，赛事吸引了来自亚洲各大华语商学院近千名 EMBA 学员参与；第三，民生银行、沃尔沃汽车、平安保险等国内外知名企业对本次赛事给予了高度关注，并提供支持；第四，赛道设置从古城区宣化门到南桥，从都江堰水利工程飞沙堰到鱼嘴，从熊猫谷到青城山，世界上首次将马拉松赛道与世界自然遗产和文化遗产完美结合，既有现代景点也有历史古迹，有穿越古今的感觉。

2016 成都双遗马拉松赛

2016 成都双遗马拉松比赛是在 2014、2015 年连续成功举办两年的基础上，升格为成都市人民政府主办，成都市体育局、成都市旅游局、都江堰市人民政府承办的中国西部地区的大型马拉松比赛。成都市成立了以成都市人民政府副市长傅勇林为赛事组委会主任的赛事组委会，都江堰市成立了中共都江堰市委书记张余松为赛事执委会名誉主任，中共都江堰市委副书记、市长何维楷任赛事执委会主任的都江堰市赛事执委会。在认真总结前三届（2014 年举办 1 次，2015 年举办 2 次）比赛经验的基础上，都江堰市执委会对赛道设计、赛事宣传造势以及赛事合作模式进行精心谋划、细致打造。

为切实加强 2016 年成都双遗马拉松赛的统筹工作，都江堰市执委会下设了 8 个专项工作组，明确工作职责，落实工作责任，建立每周工作例会制度和市级领导分赛段包干负责制度，统筹推进赛事的筹备工作。成都市组委会傅勇林、廖成珍、谭学军和都江堰市市委、市政府领导张余松、何维楷、王敏、陶旭东及市级相关领导多次召开专题会议对筹备工作进行研究部署，各工作组、负责赛段包干的市级领导和各相关单位负责人赛前赛中全部靠前指挥、现场调度，各司其职、联动配合，对各自分工负责的节点和重点任务逐一上图，挂图作战，切实把工作落实到每一个具体环节、每一个责任人，实现赛事各阶段的每个步骤、每个节点不留死角、不剩空档、不漏盲点。

在赛道的设计上，都江堰市体育局、公安局、交通局会同成都双遗马拉松赛事管理有限公司，按照"体育＋旅游"的办赛理念，始终把塑造城市品牌、展现旅游魅力作为重点，对赛道反复踏勘、精心设计，把青城山、都江堰、灌县古城、南桥、飞沙堰、鱼嘴、熊猫谷、建福宫等核心景点囊括其中，让来自世界各地的马拉松选手和马拉松爱好者们在享受比赛乐趣的同时，亲身感受都江堰厚重的历史文化、现代文明和两大世界遗产的独特魅力。赛道的科学设计使都江堰好山好水好空气的优势自然资源和风光无限的城市风景尽显其中，让世界各地的马拉松选手和马拉松爱好者们在比赛中享受"洗"眼的好风景、"洗"肺的好空气、"洗"身的好江水、"洗"心的好环境和"吸引"人的好赛事。据说，这是世界上独具匠心的马拉松赛道之一，也是唯一一个把世界双遗产地连在一起的马拉松赛道。

大型体育赛事的举办是对一个城市综合能力的检验，其中最重要的就是安全问题。为确保赛事安全顺利，3月15日，成都市人民政府副秘书长、成都市公安局常务副局长王平江及成都市公安局副局长巢维在都江堰召开了赛事安全保卫工作对接会。都江堰市执委会通过反复讨论和多次现场踏查，制定了赛事活动总体工作方案以及涉及竞赛、安保、宣传、服务、保障等方面的13个工作方案，各个工作组根据总体方案制定了若干个工作细案，各相关部门和乡镇（街道）均结合实际制定了详细的方案，确保了整个赛事活动有序推进。赛事执委会在凤凰体育场专门建立了赛事活动指挥部，实现赛道监控全覆盖，建立有效的指挥体系。在成都市公安局指导下，科学制定了赛事活动安保总体方案和17个分方案，制定了赛事活动社会风险评估报告和应急预案。按照赛事需求，对赛道起、终点实施了硬隔离，足额配备和设置了安保设施设备，科学设置了道路隔离栏、高护栏通道、锥形桶、防撞桶、水马等交通保障设施，完善了交通管制的标示标牌，加强了车辆分流引导工作。赛事活动的安保力量总人数达6700余人 [其中，成都市支援警力950人，都江堰市公安局安排警力750人，聘请保安1000人，从市级各部门、乡镇（街道）抽调机关干部4000余名]，对相关人员进行培训。

3月26日17时左右，离2016年成都双遗马拉松比赛只有15个小时了，按照都江堰市体育局的要求，卢劲松、苏卫星在对赛道起点进行最后一次赛前安全检查时发现，赛事公司设置的起点拱门为"m"型的熊猫造型，从承担大型马拉松比赛的专业角度来看，这是比赛起跑时最大的安全隐患。卢劲松立即将情况报告给赛事执委会，执委会副主任、都江堰市副市长王敏，执委会副主任、都江堰市副市长、市公安局局长陶旭东，执委会成员、都江堰市公安局副局长杨智，执委会成员、都江堰市体育局局长陈晓和副局长田充、谭红，成都双遗马拉松赛事管理有限公司总经理刘洋、总经理杜鹏立即赶到现场查看。在现场，王敏听取汇报以后当即决定撤掉拱门，确保赛事安全。当天连夜组织人员撤除拱门，重新设置安全、简单的起跑点。

赛事当天，专门设置了安检通道，将安保力量安排在赛道沿途所有路口、出入口、折返点、小区门口等地，确保赛道秩序和运动员安全。在赛前、赛中全力做好反恐防暴维稳工作，以赛道沿途区域为重点，相关部门对赛事涉及的舞台搭建以及燃气管道、加油站点进行了全面检查，对辖区开展安全隐患排查，对各类矛盾纠纷、涉稳涉恐人员、易铤而走险人员进行全面排摸，提前落实了相应管控措施，赛事期间社会稳定治安良好。

马拉松赛最容易发生的重大事故就是参赛人员的猝死，赛事执委会十分重视这个问题，召集体育、医疗部门的专家结合赛事从运动医学和人体心肺功能耐受的角度科学设置赛道医疗救护点。都江堰市执委会在赛前就医疗救护点位设置、医疗设备、急救药品、救护车辆、通信设施等做了充足的准备，都江堰市卫生和计划生育局派出骨干力量对参加医疗保障人员及医疗志愿者进行了规范化培训，提高了医疗保障队伍的快速反应能力、协同联动能力和应急救治能力。本次比赛在赛道上共设立 35 个固定医疗点和 60 个移动医疗点，配备手动除颤仪 35 台，安排医疗应急指挥车 1 辆和救护车 36 辆，聘请了专业赛事安全应急救援机构——上海"第一反应"团队，上海"第一反应"为赛事提供了 60 台移动 AED（自动体外除颤仪），为赛事顺利进行提供了设备和技术应急医疗保障所需。执委会还在全市抽调医疗和护理技术骨干 500 名，组成 52 支医疗救护队伍，全力开展医疗救护保障工作。赛事活动期间在现场共处置急性运动障碍 7000 余人次，收治伤病员 9 人，同日下午全部离院。

　　赛事期间，赛道沿线按马拉松比赛要求开放和设置了足够数量的厕所，满足了赛事的需求。赛道沿线乡镇和街道还在赛前加强了市容环境的综合整治，确保了"视野所及美轮美奂"。赛事期间，都江堰市加大了对旅游市场、酒店、食品卫生等监督检查力度，强化服务保障措施，赛事期间没有一例食品安全事故发生，也没有收到欺客宰客等不良行为的举报。都江堰的各宾馆、酒店、农家乐为参赛运动员提供了延时退房、提前早餐和提供详细的交通信息等服务，有的酒店还为运动员提供了到赛事起终点的交通图。都江堰新濠酒店还为运动员在房间里准备了洗脚盆的特色温馨服务，就这样一个小小的举动，获得了众多网友的点赞。在交通方面，都江堰市进一步优化调整了公交线路，安排 49 台摆渡车和赛道收容车，为全部参赛运动员提供免费乘车服务，转运 4000 余名运动员准时抵达比赛地点，转运 1500 余名运动员顺利出城，全市出租车载客率 65%。并在全市规划了 5 万个停车点位（含临时停车点位）在赛事期间向公众提供，城区各街道派人对临时停车点位进行守护，保证公众车辆安全。赛事期间电力、通信、供水、气象、环保等相关保障工作也有条不紊地全力配合。

2016 年 3 月 27 日上午 8 时，由成都市人民政府主办，成都市体育局、成都市旅游局、都江堰市人民政府承办的"2016 成都双遗马拉松赛"在风景秀丽的世界双遗产地都江堰市鸣枪开赛。四川省体育局局长朱玲，成都市副市长傅勇林，成都市人民政府副秘书长廖成珍，成都市体育局局长谭学军，中共都江堰市委书记张余松，中共都江堰市委副书记、都江堰市市长何维楷，都江堰市人大常委会主任、中共都江堰市委常委、宣传部部长王聪，都江堰市政协主席高润川等参加起跑仪式。本次赛事规模为 30000 人。其中，外籍和中国港、澳特区及台湾地区选手 420 人；北京、上海、重庆、山东、河北等省外选手 12580 人；省内选手 17000 人，来自四川省以外的选手占选手总数的 43%。参加全程马拉松和半程马拉松的有 15000 余人，参加 10 公里健跑的有 13000 余人，参加 5 公里乐跑的有 2000 余人，其中男性占总参赛人数的 70%，女性占总参赛人数的 30%，其中 60 岁以上的有 632 人，20 岁以下的有 405 人。来自美国、英国、肯尼亚、埃塞俄比亚等 17 个国家（地区）和全国各省（直辖市）29959 名马拉松选手参加完比赛，其中全程马拉松和半程马拉松的参加人数总和达 14000 万人，超越了兰州马拉松和重庆马拉松，刷新了中国西部马拉松赛事全程马拉松和半程马拉松参赛人数的纪录，最终全程马拉松和半程马拉松完赛率为 96%。来自肯尼亚的 Jonathan Kibet 以 2 小时 19 分 36 秒的成绩夺得男子全程马拉松的冠军，中国的李伟和李永远分别以 2 小时 25 分 43 秒和 2 小时 26

分 52 秒夺得男子全程马拉松的第二和第三名。蒙古国的 Bayart-sogt Munkhzaya 以 2 小时 36 分 50 秒的成绩夺得女子全程马拉松的冠军，中国的梅英和郑文荣分别以 2 小时 53 分 13 秒和 2 小时 57 分 18 秒夺得女子全程马拉松的第二和第三名。本次赛事是都江堰市有史以来规模最大、人数最多的体育赛事，也是西部地区规模最大、人数最多的体育赛事。

2016 成都双遗马拉松赛在都江堰市圆满落幕，赛事呈现出"组织严密、安全有序、氛围热烈、精彩纷呈、综合配套、拉动明显"的特点与效果，实现了"安全、精彩、圆满"的目标，赢得了各级领导、参赛运动员和社会各界的高度评价和广泛赞誉。

2017 成都双遗马拉松赛

2017 成都双遗马拉松比赛是在 2014—2016 年成都双遗马拉松比赛成功举办的基础上，升格为由中国田径协会、成都市人民政府主办，成都市体育局、成都市旅游局、都江堰市人民政府承办，成都双遗体育产业发展有限公司（2016 年 9 月更名为"成都双遗体育产业发展有限公司"）负责执行的西南地区的大型马拉松赛事。

2 月 10 日，成都市体育局和都江堰市人民政府向成都市人民政府报送了《关于 2017 年成都双遗马拉松赛相关问题的请示》，成都市人民政府批复同意作为本次比赛的主办单位。3 月 2 日，都江堰市公安局正式向成都市公安局报送《大型群众性活动安全许可申请书》，3 月 7 日，成都市公安局派员就赛事安全保卫工作对都江堰市进行现场考察和工作指导，并就赛事中的反恐防暴、警力保障、调度指挥等提出具体要求。

在总结去年赛事的基础上，都江堰市会同中国田径协会技术官员对比赛线路进行了优化，取消了人员密集的建设路线段，对起终点功能分区、赛道隔离、安检等进行更科学更规范的调整，功能区由原来的凤凰体育场内调至成灌高速辅道上，使领取赛包的参赛人员有序分散，有效减轻了凤凰体育场的安全压力。赛道隔离首次采取双重硬隔离，确保赛道安全。安检口首次设置在第一层硬隔离凤凰体育场入口处，方便参赛运动员快速通过安检，进入检录区。对安检、卫生间、赛道诱导等各类标识标牌进行全面完善提升，做到指示更清晰、引导更有效。科学地完善了卫生间的设置，合理调整男女卫生间配置比例。在赛道上设置了30个固定医疗救护点位和30个移动医疗急救点位。本次比赛投入保安人员400名，安保排爆人员90名，动用直升机2架和反无人机系统（莲花盾电子炮）1台，出动救护车辆32辆，负责赛事的安全保卫和应急救援。

中国田径协会作为赛事的主办单位之一，在2017年2月派技术官员对经过成都市和都江堰市反复踏勘的2017成都双遗马拉松赛道进行了认证，并决定为比赛提供计时、裁判执裁、国外选手邀请等竞赛服务和后勤保障工作。由此可见，成都双遗马拉松正向规范化、专业化、国际化一步步迈进。

成都双遗体育产业发展有限公司就本次比赛与宝马、怡宝、蓝光地产、中国平安、萨洛蒙、松拓等大型企业进行合作，进一步增加赛事的影响力，对宣传营销都江堰起了积极作用。

3月19日上午8时30分，由中国田径协会、成都市人民政府主办，成都市体育局、成都市旅游局、都江堰市人民政府承办，成都双遗体育产业发展有限公司执行的"2017年成都双遗马拉松赛"在都江堰市鸣枪开赛。比赛设置全程马拉松、半程马拉松和8公里乐跑3个项目。共有来自美国、法国、澳大利亚、加拿大、埃塞俄比亚、肯尼亚、日本、芬兰、英国、德国、马来西亚、新加坡、丹麦、希腊等国家及中国香港、澳门特别行政区和台湾地区及全国各地的参赛者近30000人参赛。其中，国外参赛者为 304 人，省外人数为 17400 人，省内人数为 12296 人。男女选手比例为6：4，特邀专业马拉松选手 40 名。四川省内选手占比为 42%，省外选手占比为 58%，其中，省外参赛人员在各项目中的比例分别为：全程 76.26%，半程 59.58%，乐跑 37.4%。经过紧张激烈的角逐，肯尼亚选手桑·亨利以 2 小时 24 分 05 秒的成绩夺得男子全程马拉松赛冠军金牌，女子全程马拉松赛的冠军金牌则被埃塞俄比亚选手托拉以 2 小时 45 分 57 秒的成绩收入囊中，中国选手冯青和埃塞俄比亚选手布图坎分获女子马拉松赛二、三名。中国的毛阿木以 1 小时 14 分 54 秒的成绩夺得男子半程马拉松冠军，中国的何正强、杨刻古分别获得第二和第三名。中国的王刚红以 1 小时 19 分 59 秒的成绩夺得女子半程马拉松冠军，中国的夏宁、唐庭婉分别获得第二和第三名。

四川省体育局局长朱玲，中共成都市委副书记、市长罗强，成都市市长助理韩春林，成都市人民政府秘书长张正红，成都市人民政府副秘书长、办公厅主任廖成珍，成都市体育局局长谭学军以及都江堰市市委、市人大常委会、市政府、市政协主要领导出席颁奖仪式并为获奖运动员颁奖。

赛事的成功举办，彰显了都江堰市深厚的历史文化底蕴，提升了都江堰市在国内外的知名度和美誉度，充分展示了都江堰市作为国际旅游名城完善的旅游基础设施和完备的旅游服务体系以及优良的旅游投资环境。

2018 成都双遗马拉松赛

2018 成都双遗马拉松赛是以打造国际化体验式马拉松和中国最美马拉松赛道为目标，赛事充分融入天府绿道元素，赛道途经都江堰市新建的金马河绿道示范段、龙门山绿道环山路段。赛事组委会对龙门山绿道大约 15 公里的路段进行了彩化、靓化和花卉组团打造。赛道在串联起都江堰、青城山、熊猫谷世界文化和自然遗产的同时，还充分展现了"绿满蓉城、花重锦官、水润天府"的天府绿道特色景观，以"大美成马世界双遗"的赛事吸引力得到进一步提高。整个赛事呈现出"组织严密、安全有序、氛围热烈、精彩纷呈、拉动明显"的特点，赢得了社会各界的高度评价和广泛赞誉。

2018年成都双遗马拉松成功升级为中国田径协会铜牌赛事，继续由中国田径协会和成都市人民政府共同主办。这次赛事由中国田径协会选派赛事裁判长和副裁判长等主要竞赛官员，派遣技术专员对比赛赛道进行认证。比赛采用"分区集结、一枪出发"的做法，提高了出发点的安全、畅通和分流水平，缓解了赛道后续的补给压力。这次比赛共投入各警种警力1000余人，组织安保力量2200余人，抽调干部职工5000余人，确保了赛道秩序和赛会安全。赛事安排专业医护人员500余名，组成58支医疗队伍，设置固定医疗救护站23个，医疗救护点70个，为运动员的安全提供了有效保障。设置临时停车点5万余个，投放摆渡、收容车95辆，在运动员集结区和赛道共设置临时厕所580余座，有效缓解了马拉松赛事常见的"如厕难"问题。整个赛事做到了赛前有准备、赛时可控制、应急能处置，交通组织、安全保卫、医疗救护等指挥调度井然有序。

中央电视台、央视网、新华网、《华西都市报》、四川电视台、《成都日报》、成都电视台等80余家知名新闻媒体对比赛进行了专题报道。都江堰市通过城区3处LED屏对赛事进行了实时直播。近3万名跑者和20万余名游客通过微信、微博等自媒体推送赛事盛况和分享美景美图，辐射达4000万人次以上。在广覆盖、多形式、实景化的宣传营销都江堰市"好山、好水、好空气"的城市形象的同时，也提升了成都市在国内外的知名度和美誉度。

2018年成都双遗马拉松在赛前筹备中，策划开展了"成都双遗马拉松三年跑者免费参赛""订制个人报名海报""赛道海报征集"等系列赛事宣传造势活动。将赛事文创品牌"把成都带回家"升级为"熊猫集市",发行赛事特色邮票,都江堰市摄影人苏卫星、何勃、向力民拍摄的展示都江堰美景的作品被收入邮票,特色邮票展示了都江堰青城山的美感和韵味。特别值得一提的是,本次赛事与世界马拉松大满贯联盟合作,开通成都双遗马拉松与伦敦马拉松等大满贯赛事的通道,邀请大满贯联盟总裁兼首席新闻官蒂姆·哈德兹玛出席赛事活动,有力提升了赛事品牌的国际影响力。

3月18日上午8时30分,由中国田径协会、成都市人民政府主办,成都市体育局、成都市旅游局、都江堰市人民政府承办,成都双遗体育产业发展有限公司、封面新闻共同运营的"2018成都双遗马拉松赛"在都江堰鸣枪开跑。成都市副市长刘玉泉、成都市人民政府副秘书长涂智、世界马拉松大满贯联盟总裁兼首席新闻官蒂姆·哈德兹玛等领导和嘉宾赴现场观赛。经过两个多小时的激烈角逐,来自肯尼亚的选手丹尼斯以2小时16分35秒的成绩获得全程马拉松男子组冠军,创造新的赛会纪录,成都市副市长刘玉泉和都江堰市市长何维楷为冠军颁发奖牌和奖金,他的肯尼亚同胞特斯科和安德森分获第二和第三名。女子冠军归属中国姑娘罗川,成绩为2小时45分49秒,世界马拉松大满贯联盟首任总裁兼首席新闻官蒂姆·哈德兹玛和万达体育集团总裁杨恒明为她颁奖,来自埃塞俄比亚的戴比利和阿马兹拿到了第二和第三名。

百汇集团大中华区负责人 Paul Gregersen 先生说道:"本届赛事的医疗保障体系全新升级国际化标准,作为一名参与全球各地马拉松比赛的跑者,我能感受到双遗马拉松全方位的国际化专业水准。"成都双遗马拉松的美誉度和影响力将随着都江堰建设国际生态旅游名城而更加广泛。

"灌阳春韵"动乡情

——2018年都江堰市春晚纪实

宋正刚　包媛媛

狗年春节来临前夕，辛苦了一年的市民们开始采办年货、计划春节出游……也有人感叹：这年味为什么越来越淡了？此时的都江堰市新闻中心办公楼内却夜夜灯火通明，中心领导、专家学者、工作人员们在谋划着一件大事：办一场史无前例、新意十足，真正属于都江堰市人民的春节联欢晚会！

一场大型晚会的筹备工作何其艰巨。首先，该如何命名这场晚会？经过认真讨论，"灌阳春韵"四个字浮出水面。晚会选址、舞台布置、节目安排、确定演员、安全保卫……经过两个多月的筹备，一场具有地方特色兼国际水准的晚会终于呈现在都江堰广大市民及游客眼前。2018年2月10日晚，由市委宣传部主办，市新闻中心、市体育局、市文广新局承办的"灌阳春韵·2018年都江堰市春节联欢晚会"在飞龙体育馆圆满举行。之后，有权威媒体这样评价："灌阳春韵·2018年都江堰市春节联欢晚会"新意十足，完成了一场传统晚会的华丽蜕变。

丰厚文化　独特风格

文化，是一座城市的独特印记，更是一座城市的根与魂。本届"春晚"集全市之智，聚全市之力，全方位、多角度、立体化地展示了我市丰富的文化内涵和深厚的文化底蕴，是都江堰撤县建市三十年以来，规模最大、影响力最强、文化展现最丰富、节目创作最一流、宣传覆盖面最广泛的一场视听盛宴，体现出了我市建设国际生态旅游名城的高度文化自信。市新闻中心全程负责本届春节联欢晚会的策划与导演，充分运用电视、广播、报纸、新媒体等自有媒体资源，联动省市主流媒体进行整体宣传，有效提升了"春晚"覆盖率和关注度，形成了良好的社会反响。

经过春晚团队的悉心策划，"灌阳春韵·2018年都江堰市春节联欢晚会"是一场拥有着惊艳开场、惊喜结尾，用都江堰民俗特色文化，以最有新意的形式打造出的盛会。既然是晚会，肯定就离不开吉祥物了，这次的吉祥物选择了都江堰当下最萌"网红"之一的熊猫"暖暖"，它还是一只"海归"熊猫。晚会当天它作为颜值担当在舞台上秀上了一波……2017年回归的大熊猫"暖暖"在晚会中担纲了重要角色。这只出生于马来西亚的中国大熊猫，在本次晚会上以"副导演"身份出场，为大家拉开演出序幕，节目中还为现场观众送上了新春祝福。

一场让人难忘的晚会，必定会有着属于自己独有的风格。开国内相关晚会之先河，"灌阳春韵"2018年都江堰市春晚首先在形式上就做到了标新立异——没有主持人。一场没有主持人的晚会会是什么样的？似乎从小到大都未曾见过这样的演绎形式，很多人就是带着这样的好奇，开始期待，直到惊喜收场。

过年了，回家了，没有什么能比一家人团聚更能让人开心幸福的了，春晚用情景剧代替了主持人的串场报幕。由都江堰资深主持人们串演一家七口、三世同堂的场景，把都江堰人家庭的过年场景还原舞台。情景剧用七个不同剧情，以一个普通家庭喜迎新春的情景剧作为串场方式，以剧情带动晚会节奏，串联了晚会的各个章节。不仅有传统的写春联、吃团圆饭，更还原了只有都江堰才有的雨水节民俗情景。这个散发着都江堰普通家庭团圆过年的热闹氛围以及触动生活的节目引起了全场共鸣，既让观众产生了代入感，又耳目一新。这种串珠成线的形式，完成了一场新意十足的传统晚会的蜕变。

酷炫舞台　精彩节目

要想一场晚会视听效果俱佳，那么必定少不了一个酷炫的舞台。2018年的春晚导演组为大家奉上了多演区、全方位立体的舞台。整个舞台长18米，宽24米，共4个表演区，为了确保每个节目呈现的舞台效果更加完美，在彩排当天，导演组和舞美老师不断尝试各种效果，为每个节目的演员们定光定点，共同商讨演出节奏，让节目无缝对接，也让节目视觉效果更加震撼人心。舞台还用都江堰"水元素"在节目中展现出了大型水景特效，与层层筛选精心准备的舞台节目相结合，给观众带来了更加美妙的舞台享受。各种高科技设备震撼整个现场，让这场春晚惊喜连连。

本届春晚改变了以往购买表演服务的模式，采取了发动群众、鼓励原创的方式招募演员。通过前期宣传招募，得到了本土文艺团体和文艺爱好者的热烈响应和参与。整场晚会共28个节目，原创节目高达90%并首次登台，涉及的演员来自我市各行各业，有本土专业艺人，有在校师生、医生、记者，也有"一带一路"的建设者、留学生等，让观演的每个观众都能在娱乐中找到自己的影子。2018年春晚还邀请到了在都江堰生活的外国友人，真正做到中外结合。同时，晚会还通过山、水、道、熊猫这四大文化元素重点，以小品、歌曲、大型舞蹈、先进市民和道德模范推介等节目形式进行展示。喜庆热烈是春晚的总基调，春晚无论是舞蹈、歌曲还是语言类节目，都弘扬着社会主义核心价值，带给观众正能量。在 600 多位演职人员及上百位工作人员的共同努力下，新春之际，"灌阳春韵"2018 年都江堰市春晚为大家送上了这份属于都江堰人的骄傲，留下了一段新春最温暖的记忆。

每一个节目背后都有着属于自己的故事，舞台上展现的那一刻的光辉，却是演员们台下无数日夜的苦练和心血换来的。在春晚舞台上，一首古风歌曲《太平花香醉千年》让不少都江堰人为之迷醉。它不仅曲调好听、舞剧优雅，更有深入都江堰的故事。这首《太平花香醉千年》是四川音乐学院青年教师陶辚竹演唱的一首歌曲，由四川知名作家马瑛和都江堰市学科带头人、现崇义小学副校长邓堃蓉作词，著名音乐制作人、四川音乐学院理论教师黄天信作曲。

太平花和都江堰可算得上渊源深厚，它最早名丰瑞花，以青城山的太平花最为大家向往。2017 年，都江堰从北京故宫迎回了太平花，勾起了都江堰文人对太平花的情怀。"灌阳春韵"2018 都江堰市春晚导演组邀约都江堰文化名人，共同创作了《太平花香醉千年》，再一次呈现了它的风采和故事。太平花让歌曲第一作词人马瑛魂牵梦绕了半个世纪，十几岁时，他第一次在书中读到了有关青城山太平花的文字，从此便再也无法忘却。直到 2017 年初夏，离家千年的太平花回归故里，他终于一睹了太平花的芳容。作为第一作词人，马瑛在字里行间不仅将自己对太平花多年的情感融入其中，更把太平花清丽之感表现得淋漓尽致。其中一句"离愁别恨历经千年，魂牵梦绕青城故园"给歌曲的另一位作词人邓堃蓉留下了深刻印象。在她看来，太平花与花蕊夫人的命运一样，"红尘一半，净土一半"就是对她们命运多舛最好的诠释。为了将歌词融入更多的都江堰文化元素，也让听众便于传唱，邓堃蓉多次查阅与太平花相关的档案、视频资料等进行学习研究，对《太平花香醉千年》歌词进行优化。作曲部分则由著名音乐制作人黄天信担纲制作。这首与都江堰相关的原创歌曲不仅登台本地春晚，更是在 2018 年 1 月 31 日就在网易音乐对外首发。此次演绎，除了歌曲让人动心动情以外，更有钟宏宇和万孝雯两位专业舞蹈老师用如痴如醉、如泣如诉的舞姿将歌曲中包含的情感故事进行了深情演绎，感动着现场每一位观众，让人回味无穷。

都江堰作为一座给人无限灵感的城市，原创作品自然不会少。"灌阳春韵" 2018 都江堰市春晚中一首原创歌曲《我从都江堰来看你》，带着情怀和感动，揭开了面纱登上舞台。幕后的创作者用这首歌见证着都江堰援藏干部对雪域高原的一片真情。"折多河水流淌我的情，贡嘎山下也是我的家……"其中作为歌手、演员的岳正剑，不仅为《我从都江堰来看你》作曲，也是歌曲的演唱者，他想歌唱雪域高原，更想歌唱让高原更加美丽的援藏干部们。对于这首歌的编曲周科来说，歌曲展现了都江堰与康定的深情厚谊，也赋予了更多青春活力的色彩。无限的创新，给予了这个舞台更多年轻的元素，不同类型的歌曲用不同的方式为大家呈现出不同的感觉，每一个节目都有一个惊喜，让前来欣赏这场晚会的观众都不枉此行。

"拜水都江堰，问道青城山。"这是都江堰这座城市风靡海内外的响亮名片，李冰的治堰之道造就了都江堰人勇于创新的骨血，在创新的同时，天府子民们也没有放松"根""魂"的传承。舞蹈《温情雨水节》体现传统孝道给这个土地的人们带来的影响，向人们讲述养育和感恩的深情。"雨水节"作为都江堰保存较完整的传统节日，"这天，女婿要给父母送节，买一段红棉带，炖上罐罐肉，如果是农历的闰年闰月还要增加一对椅子。"这支原创舞蹈，前期经过了专业舞蹈演员邓大莉精心编排，把都江堰雨水节拥有的特点和文化内涵融入舞蹈当中。15 名青春亮丽的舞蹈演员在表演当天，伴随着轻快婉转的音乐，拿起手中的罐罐，翩翩起舞。这支以都江堰"雨水节"为背景，展示都江堰民俗文化的原创舞蹈节目，在"灌阳春韵"上也是首次登台。虽然在台上他们没有台词，只有短短几分钟的表演时间，但是这15 位都江堰本地的演员却用自己的方式，为在座的观众展现出都江堰雨水节独有的文化和情感，用肢体语言表达着对父母的感恩之情。

在这次都江堰春晚的舞台上，虽然大多是都江堰本地的演员出演节目，但是也有在都江堰安家多年的外地人，他们用自己的方式爱着这片土地。还记得南桥的萨克斯爷爷吗？还记得音乐人阿宝吗？还记得南桥一哥的那首《南桥一梦》吗？他们来自不同的地方，却有着同样的经历，他们是"都漂"的音乐人，对都江堰有同样的情怀。三个毫无联系的"都漂"音乐人，在都江堰找到了归属感。他们应"灌阳春韵"2018 都江堰市春晚导演组的邀请，有了第一次的合作。

原创歌曲《南桥一梦》，在他们精彩的演绎下，以最特别的方式展现在舞台上，键盘、贝斯、萨克斯的现场伴奏，以及那娓娓动听的歌声，在激烈与舒缓中碰撞，让大家收获到了意想不到的惊喜。他们因为都江堰的美而留下，都江堰却因为有了他们而变得更加美丽，他们是都江堰南桥上最亮丽的风景，南桥的夜晚有了他们的歌声和乐声显得更优雅，都江堰的春晚因为有了他们也更加温暖。

比起专业的表演队伍，春晚还有这样一个由"业余团队"组织的节目，在导演组初选节目时，这个节目差点儿被"毙"，无缘春晚舞台，可最后却以惊艳的表演获得好评连连，它就是《绣春风》。

《绣春风》是市中医院各医护人员演绎的舞蹈，在节目初选时，虽然有着好的创意，却因舞蹈动作不整齐，眼神表情不到位，各工作人员排练时间不确定等诸多原因，导致呈现效果并不佳，所以导演组起初是决定不予采纳的。但就在导演组即将离开的时候，舞蹈领队和演员们拦下总导演，希望能再给他们一次机会，并立下"军令状"，给他们十天时间，一定呈现出能够配得上"灌阳春韵"的舞蹈，如果不行就自愿退出。虽然他们是一群"舞蹈小白"，但是有一颗炽热的心，想要通过努力参加这场属于都江堰人的春晚。所以在之后的排练时间里，1位拥有舞蹈功底的领队，带着27名来自医院15个科室、毫无舞蹈基础的医护人员每天勤加练习。

每位演员排练期间口含筷子，微笑、提眉，进行表情训练。练抛袖、对动作、看眼神，每个细节做到妩媚动人也深情似水。果然不负期望，十天后的表演让导演组眼前一亮，眼看着一群"舞蹈小白"在这短短的时间内变得专业，并且舞出了属于自己的特色，当即便留下了这支舞蹈。

在春晚正式演出当天，《绣春风》艳丽的妆容、动感的舞姿、深情的眼神交流，让现场观众掌声不断，连连叫好。他们用专业的水准站在了自己梦想的舞台上，有的演员也曾表示自己是第一次登上这么大的舞台，在这么多家乡人面前表演节目，这让他们也感到无比自豪，能够得到大家的肯定，也非常感动，之前的努力都没有白费。

"灌阳春韵"的舞台上，总是充满着感动，在欢庆春节、辞旧迎新的时间节点，回望往昔，展望未来，晚会增加了"城市温度"篇章，以记者推荐形式，鲜活地展示出了在困境中自强不息、照顾残疾父母的孝心少年代表王熙、退休后满腔热血搞科研发明的老有所为代表赵金江、勇救跳河女子的道德模范代表王正田、送餐途中救人于危难的见义勇为代表小唐的凡人善举。讲述他们与这座城市的感人故事，传递了满满的正能量。通过向城市建设者颁发奖杯的形式，形成了感恩、奋进氛围。同时，春晚导演组还邀请了公安部表彰的"全国优秀人民警察"唐科，国家旅游局表彰的"全国优秀景区工作者"杨华群，国家电网都江堰分公司爱岗敬业的共产党员服务队队长王畅，医疗中心援助非洲的最美医务工作者银保，爱岗敬业忠于爱情的最美环卫工人陈容，教师进修校无私奉献乐于助人的最美劳动者李尔第，坚守向峨山乡服务群众、骑坏8台自行车的最美邮递员张全书等市民代表观看演出，一起感受属于都江堰的城市温度。

有力保障　强势宣传

这场让大家连连称赞的晚会也离不开台前幕后的演员和工作人员们。在晚会结束时，演员和工作人员共同返场，向给予晚会肯定的观众朋友致以感谢。所有节目的演员，在台上一刻的表演倾注了台下无数个日夜。为了当天演出能够顺利进行，也许大家都没能好好吃上一顿热乎乎的饭菜。为了呈现出舞台最佳效果，幕后的现场工作人员在各个环节站好自己的岗。导演组、宣传组、视频制作组、摄影摄像组、技术保障组、舞台监督组、服装化妆道具组、后勤保障组等，都做着非常重要却又不为大家所知的事情……虽然在现场，他们却没有办法好好欣赏这场自己参与的晚会。但是观众朋友们的肯定，让这群现场忙前忙后的工作人员倍感欣慰。也许你记不住他们的名字，但是请记住2018"灌阳春韵"，记住这场盛会为你带来的欢笑和感动。

中华优秀传统文化是我们最深厚的文化软实力，也是中国特色社会主义植根的文化沃土。2018年的都江堰春晚传承传统文化并以现代化的方式呈现，用喜庆、温暖、感动等方式，为大家奉上了 2018 年的新春祝福。如此精湛的晚会，通过多样化的宣传，不仅让都江堰本地的朋友切身感受到节目的震撼，也通过多媒体的方式，让身在他乡的游子也能共同见证这场都江堰人的晚会。

本次春晚实现了多样化、全过程宣传、全媒体报道。前期通过微信公众号"i 都江堰"发布节目招募等信息，吸引文艺团体和商家企业共同参与。同时，"i 都江堰"与电视、广播、报纸等传统媒体形成联动，通过精心策划热点话题，对春晚的筹备进展、排演花絮、节目创作背景、演员故事、特色亮点等进行介绍和解读，与市民形成互动，提高市民群众对春晚的关注度和期待值，充分调动了全市上下参与春晚的积极性。晚会开始期间，相关平台同时进行了全媒体现场直播。除都江堰电视台现场直播外，"i 都江堰""每日都江堰"微信公众号进行网络直播，百伦广场、东能财富广场户外 LED 大屏同步进行了直播，进一步营造出了"全民看春晚"的热烈氛围，使本届春晚成为一场现场参与观众上千人、网络直播影响 60 余万人的视听盛宴。

春晚现场精彩的节目，使得 600 多名演职人员和 1000 多名现场观众的家人、朋友、同事，积极使用微信、微博发布有关春晚现场实况的内容，并在朋友圈发起互动话题，形成了"全民聊春晚"的热潮。当晚，都江堰春晚的各类信息刷爆微信朋友圈，实现了阶段性的话题热度。

除此之外，更邀请了主流媒体集中报道。人民网、新华网、中新网、中国网、国际在线、四川新闻网、四川在线、四川经济在线、网易四川、凤凰四川、成都全搜索等中央、省、市十余家主流媒体对春晚进行密集报道。晚会结束后，微信公众号"i 都江堰"大量发布本届春晚的幕后花絮，并发起为最喜爱的春晚节目投票活动，持续延长春晚热度。截至 2 月 12 日，都江堰市新闻中心共报道春晚有关消息 80 条。其中：微信公众号"i 都江堰"共推送 32 条；微信公众号"每日都江堰"共推送 17 条；电视新闻《都视报道》采编播出 8 条；电视专题栏目《城事》共采编播出 1 期；广播电台共采编播出 14 条；《都江堰快报》共采编刊播 8 条。集中的宣传报道，让所有对"灌阳春韵·2018 年都江堰市春节联欢晚会"有兴趣的朋友，多渠道了解到了相关信息，并且通过这些渠道与导演组形成了互动，给出了更多好的建议，导演组虚心采纳建议，晚会结束后也及时召开总结会，在实践中总结经验，希望将以后的活动越办越好。

在发展的道路上，都江堰从不曾停止前进的步伐；在实现梦想的征程中，都江堰更不曾停止探索的脚步。从 1988—2018 年，哪一年不是不断奋进的一年。三十年了，都江堰市已逐渐成熟丰满，时时展现出她无限的城市魅力，恰如都江堰的第一个春晚。一年伊始，首届都江堰春晚主办单位决心以"灌阳春韵·2018 年都江堰市春节联欢晚会"为新起点，用一个惊艳的开场，一个惊喜的结尾，给观众留下一段温暖的记忆，共同迈进新时代，开启新征程！

后　记

　　在都江堰建市三十周年的喜庆日子里，相信这本书写着建市三十周年的鸿篇华章、成功喜悦的献礼纪实文集会散发着微微的书香，出现在你的书案上。让你循着作者的笔触，去回忆那意气风发的一万零九百五十天，去被其中的事件、故事、人物所感动，相信在本书中你会发现你的身影。

　　岁月迢迢，只在弹指之间。都江堰市由灌县破茧化蝶，经历了太多的坎坷，因中国共产党的英明决策，因都江堰人的顽强拼搏，才成就了今天都江堰的大业辉煌。

　　过去的是过去的历史，未来的历史我们正在书写。让我们在回眸昨天的时候，信心十足地去展望、去创造都江堰的美好未来。谨以此书祝贺都江堰市三十而立。在此，谨对为本书提供资料的单位集体表示谢意，并对辛勤写作而因篇幅之限没有采用文稿的作者表示深深的歉意，更要对本书的全体作者说一声：辛苦了。

编　者
2018 年 5 月